KB126452

미스터리는 풀렸다!

미스터리는
풀렸다!

기막힌 반전에서
절묘한 트릭까지,
깨알같고 비밀스런
추리소설 산책

박광규 지음

사람들은 왜 추리소설을 읽는가? 기본적으론 "재미" 때문일 것이다. 그렇다면 추리소설의 재미는 무엇일까? "어려운 수수께끼를 푸는 것", "탐정의 매력", "권선징악의 후련함" 등 사람에 따라 의견은 다양할 것이다. "기괴한 사건이 벌어지고 명탐정이 등장해 논리적으로 사건을 해결한다"는 추리소설의 기본적 플롯은 19세기 중반 에드거 앨런 포가 발표한 「모르그 거리의 살인」 이래 끊임없이 이어지고 있지만, 이러한 반복적 도식성은 오히려 독자들의 흥미를 끄는 요소로 이어지고 있다. 독자들은 작가가 던진 수수께끼를 풀기 위해, 또 명탐정의 활약을 즐기기 위해 추리소설을 또다시 손에 잡곤 한다.

추리소설은 미국이나 유럽, 일본 등 이른바 독서 선진국의 대중문학 시장에서 큰 위치를 점하고 있는 세계적으로 일상화된 읽을거리이다. 이와는 대조적으로 한국에서의 추리소설 위상은 어정쩡하다. 한마디로 표현하자면 "불안정"이라는 단어가 적합하지 않을까. 여름에는 "추리소설 인기" 등의 기사가 실리는가 하면,

다른 한쪽에서는 끔찍한 범죄가 추리소설을 모방한 것이라고 비난하는 기사가 실리기도 한다. 가끔 "한국에서는 허구(소설)가 현실 사회의 다이내믹함을 못 따라간다"는 말도 나오는데, 우스갯소리로만 들리질 않으니 안타까울 따름이다.

어떤 것에 흥미를 가지는 것은 쉬워 보이면서도 어려운 일이다. 추리소설을 처음 접하는 사람이라면 범죄라는 소재를 다루는 탓에 거부감을 느낄 수도 있고, "명탐정의 놀라운 추리"는 황당하고 비현실적으로 보일지도 모른다. 또 복잡하게 꼬인 복선 탓에 머리가 복잡하게 느껴질지도 모른다. 하지만 한번 매력을 느끼면 쉽사리 벗어나기 어려운 것이 추리소설이다.

비유가 적절할지 모르겠지만, 야구를 전혀 모르는 사람이 경기를 처음 본다면 도대체 무슨 일이 벌어지는지 이해하기 어렵겠지만, 거듭 경기를 보면 차츰 복잡한 규칙을 이해하게 되고 그 묘미를 즐기게 된다. 추리소설도 마찬가지이다. 규칙에 의해 지배되는 추리소설을 익숙하게 읽기 위해서는 어느 정도 숙달이 필요하지만, 이러한 도식성 때문에 오히려 애호가들의 증가를 가져왔다. 한번 재미를 느끼게 되면 다음 작품을 찾게 되고 후속 작품이 언제 나올지 기다리게 된다. 하나의 분야에 깊이 빠지면 그 주변의 이야기도 궁금해지고 더 많은 것을 알고 싶어지는 것이 인지상정이다. 작품을 계속 읽다 보면 딱 꼬집어 말할 수는 없어도 차츰 추리소설이라는 분야에 눈을 뜨게 된다. 눈에 쉽게 들어오는 것은 사람들에게 칭송받는 걸작, 그리고 유명 작가의 이름이지만, 그 작품이 탄생하기까지에는 구구절절한 사연이 있게 마련이다. 이 책은 그러한 이야기들을 주제별로 모아 엮었다. 무명작가가 세계적인 베스트셀러 작가로 발돋움하기까지의 사연, 소설속 탐정의 가정생활이나 식성, 추리소설로 보는 세상사 등 별로알려지지 않은 뒷이야기도 많다. 때로는 웃음이 나오는 이야기도 있고 때로는 소름 끼치는 이야기도 있다. 수많은 추리소설 중에서 아무것이나 골라 읽는 것도 나름대로의 재미가 있지만, 작가나 작품의 사연을 약간이라도 알고 본다면 읽는 즐거움도 더욱커지지 않을까 하는 마음이다.

이 책은 "미스터리 산책"이라는 제목으로 『주간경향』에 2015년 1월부터 1년간 50회에 걸쳐 실렸던 글을 엮은 것이다.

연재 의뢰를 받을 때의 목표는 두 가지였다. 그중 하나는 시사주간지에 연재하는 만큼 시사 문제와 추리소설을 흥미롭게 연결시켜 보자는 것, 다른 하나는 가볍고 재미있게 쓰는 것이었다. 그러나 막상 연재를 시작하자, 시사 문제와 연결시킨다는 목표는수정해야만 했다. 현실에서 벌어지는 사건과 추리소설과의 접점은 좀처럼 찾을 수 없어서(혹은 반복되어서) "매주"에서 "가능하다면" 연결시키는 방향으로 바꿀 수밖에 없었던 것이다. 결국 또 다른 목표였던 "가볍고 재미있게" 쪽에 더 중점을 두었다. 다행히 예전부터 조금씩 모아놓은 자료들이 있어 주제를 정해놓으면 이리저리 엮어나갈 수가 있었는데, 전반적으로 어렵게 느껴질 만한 부분은 없으니 "가볍다"라는 목표에는 그럭저럭 도달한 것 같다. 다만 "재미" 쪽은 글 쓴 당사자가 점수를 매길 수는 없는 노릇이니, 독자 여러분께서 너그럽게 평가해주시길 바랄 따름이다.

잡지에 연재했던 내용에서 크게 달라진 부분은 없다. 다만 시간이 흐르면서 변화가 있었던 부분이나 보완이 필요하다고 여긴 부분을 추가했고, 일부 오류를 바로잡았다. 그리고 추리소설을 소개할 때 가장 난감한 부분인 스포일러는 아직 읽지 않은 분들을 위해서 최대한 줄이려 노력했다. 피치 못하게 결말 부분이나 반전을 밝혀야 할 경우는 "어떤 작가", 혹은 "어떤 작품" 등으로 막연하게 표현했으니 양해해주시길 바란다.

십여 년 전까지만 해도 한국에서 구할 수 있는 작품들이 별로 많지 않아 추리소설의 뒷이야기를 소개하기 어려운 실정이었다. 그러나 다행스럽게도 21세기에 접어든 이후, 한국에서 추리소설의 출간 수는 무척 많이 늘었다. 연간 수십 권 출간에 불과했던 과거와 달리 요즘은 연간 세 자릿수를 넘기면서 작품 선택에 어려움을 느낄 지경에까지 이르렀으니 추리소설 애호가에게는 행복한 시대가 된 셈이다. 이 책은 학술연구용이 아닌 사전 지식 없는 누구라도 쉽게 읽을 수 있는 내용으로 구성되어 있다. 추리문학계의 에피소드를 비롯해 간단한 역사를 살펴보거나 특정 주제를 다룬 작품을 읽고 싶을 때 도움을 주는 안내서로서도 활용할 수 있을 것이다.

추리소설을 즐겨 읽은 지 제법 오랜 시간이 흘렀다. 초등학교 시절부터 읽기 시작했던 것은 분명한데 몇 학년 때였는지, 또 가장 처음 읽었던 작품이 무엇이었는지는 도무지 기억나지 않는다. 아마도 홈즈나 뤼팽 시리즈 중 하나가 아닐까 싶지만 김내성의 『황금박쥐』가 먼저였을지도 모르겠다. 하여튼 어린 시절 책 읽기를 좋아했지만, 추리소설은 재미있게 읽는 책 중 하나였을 뿐 남들보다 열심히 읽지는 않았던 것 같다. 물론 어린 시절의 독서 경험을 통해 얻은 "추리소설의 재미"라는 기억은 훗날의 밑바탕이 되었던 것 같긴 하다. 추리소설에 대한 감정은 중학교 때 읽은 애거서 크리스티의 『애크로이드 살인사건』을 통해 많이 바뀌었다. 이전까지 추리퀴즈 수준의 작품 정도만 읽어왔다가, 아무런 사전 정보 없이 그저 집어 들어 읽은 뒤 일종의 문화적 충격을 받았다고나 할까. 이전까지 들어본 적도 없던 크리스티의 이름은 머릿속에 뚜렷하게 새겨졌다.

역시 중학교 시절 읽은 『세계의 명탐정 50인』이라는 책은 추리소설의 뒷이야기에 관심을 갖게 된 계기를 마련해주었다. 이 책은 일본의 추리소설 연구자인 후지와라 사이타로의 책을 번역한 책으로 세계적으로 유명한 탐정 50명의 간단한 소개와 퀴즈가 실려 있었다. 탐정 중 절반 이상은 생전 처음 들어보는 이름이었지만(물론 번역된 작품도 없었다.) 추리소설 주변 이야기의 재미를 처음으로 느낄 수 있었다.

"추리소설에 대한 글"을 쓰기 시작한 것은 1990년대 PC통신(모뎀이나 케텔, 천리안 등을 기억하는 분들도 있을 것이다.) 시절부터였다. 동호회 활동을 하면서 이런저런 자료를 찾아 탐정의 소개라든가 작가의 잘 알려지지 않은 이야기 등을 게시판에 쓰다가 몇몇 잡지에서 산발적으로 추리소설 관련 글을 청탁받기도 했다. 그런데 이쪽 방면 글을 쓰는 필자가 많지 않다 보니 부족한 점이 많음에도 불구하고 어느새 추리소설 관련 전담 필자가 되어버리고 말았다.

어떤 분야에 관심이 생기고, 또 그것을 즐기기 시작하면서 자신도 모르게 더 깊이 빠져들게 되는 경험은 아마 많은 분이 가지고 계실 것이다. 예를 들자면 영화계에는 "영화광의 3단계"라는 유명한 이야기가 있다. 프랑스의 유명한 영화감독 프랑수아 트뤼포가 한 말로 기억하는데, 진정한 영화광이라면 같은 영화를 두 번 이상 보고, 그런 다음에는 영화평을 쓰다가 나아가서는 영화를 직접 만든다는 것이다. 추리소설을 워낙 좋아해서 남들 앞에서는 애호가라고 자처하고 있지만, 추리소설을 직접 쓰진 못했고 앞으로도 쓸 것 같진 않으니 "진정한 추리소설광"의 단계에는 영영 도달하지 못할 것 같다. 하지만 남의 작품을 읽는 것만으로도 즐거우니 별로 아쉬움은 없다.

애호가로서의 희망사항에 가깝지만, 이 책뿐만 아니라 그동안 써온 글에는 "추리소설의 재미"를 널리 알리고 싶은 마음이 바닥에 깔려 있다. 만약 추리소설에 전혀 무관심했던 독자가 이 책을 읽은 뒤 여기 언급된 작품을 한 번쯤 읽어보고 싶다는 생각이 들었다면 어느 정도 목적을 달성한 셈이다.

책이 나오기까지 무척 많은 분에게 신세를 졌다. 연재할 기회를 주신 『주간경향』, 그리고 멋진 삽화와 함께 책으로 만들어주신 눌민출판사에 감사드린다. 그리고 언제나 격려와 도움을 아끼지 않은, 사랑하는 가족에게 깊은 고마움을 전하고 싶다.

2016년 11월
박광규

차례

1장 **탐정들**

1 담배 못 끊는 탐정

애연가 홈즈,
담배로 수사 실마리 풀어

체중조절, 운동, 어학공부 등 소박한 목표를 세우는 사람들이 많지만, 적지 않은 수가 나름대로 세웠던 단단한 각오를 꺾고 "작심삼일"이라는 말을 되뇌며 중간에 그만두곤 한다. 그중에서 아마도 성공률 낮은 쪽을 찾아본다면 "금연"은 틀림없이 상위권에 속해 있을 것 같다. 정부가 "국민 건강을 위해"(?) 담배 가격을 올리는 바람에 화가 나서라도 반드시 금연에 성공하겠다고 벼르는 사람도 늘어났지만, 결심과는 달리 쉬운 일처럼 보이진 않는다.

이미 10여 년쯤 전에도 담배 가격 인상을 놓고 작가들이 반발한 적이 있었다.

애연가들이 많은 것으로 알려진 문인들이 경제적 부담과 창작활동 감퇴를 우려해 담뱃값 인상에 반대하고 나섰다. (……) 이들은 성명에서 "삼라만상이 잠든 고요한 새벽에 홀로 원고지와 씨름하는 문인들에게 담배 한 개비는 유일한 안식처"라며 "2000원으로 친구는 살 수 없지만 담배 한 갑은 살 수 있듯 담배는 가난한 문인에게 둘도 없는 벗"이라고 호소했다(《경향신문》, 2004년 11월 18일).

과거에는 애연가 작가가 수두룩했다. 한국 추리소설의 선구자인 김내성은 1930년대에 하루 열 갑을 피울 정도의 애연가로 알려졌다. 당시의 담배 한 갑에는 열 개비씩 들어 있었으므로 모두 100개비, 지금 기준으로는 하루 다섯 갑의 양을 피운 셈이니 "줄담배"라는 말이 어울린다.

하지만 요즘은 사회 전반적으로 흡연 인구가 줄어들고 있다. 개인적 친분이 있는 추리소설가들만 놓고 봐도 그 사실을 확연하게 느낄 수 있다. 담배를 끊은 사람도 있고, 신진 작가들 중에는 비흡연자가 대부분이다. 다만 작품 속에서는 작가가 흡연자건 비흡연자건 여전히 자욱한 연기가 피어오른다. 담배는 작품 속에서 매우 유용한 소품으로 쓰이는데, 흡연 습관과 태도를 통해 인물이나 상황 묘사를 쉽게 할 수 있기 때문이다. 금연구역도 점점 늘어나고, TV에서는 담배가 모자이크 처리되어 방영될 정도로 혐연권은 점점 커져가지만 소설에서는 아직 그런 규제가 없어 흡연 묘사는 얼마든지 나온다.

추리소설의 초창기로 거슬러 올라가 보면, 에드거 앨런 포의 단편 「도둑맞은 편지」는 명탐정 오귀스트 뒤팽과 그의 친구가 한 시간 가까이 아무 대화도 없이 담배만 피우면서 명상에 잠긴 모습을 묘사하는 것으로 시작된다.

뒤팽 이후 등장한 많은 탐정이 애연가였는데, 그중에서도 담배와 관계가 깊기로는 셜록 홈즈가 으뜸일 것이다. 홈즈의 그림이나 영화 포스터 등을 보면 항상 사냥모자와 파이프 담배를 볼 수 있다. 홈즈를 연기한 영화배우 배질 래스본은 담배 광고에 출연하기도 했다.

홈즈는 점토 파이프와 벗나무 파이프, 브라이어 파이프를 번갈아 썼다. 점토 파이프는 무겁고 깨지기 쉽지만 타르 흡수가 잘 되는 편이어서 쾌적(?)한 흡연이 가능했다고 한다. 반면 벗나무 파이프는 가볍고 깨지지 않아 휴대하기 쉬운 반면 불에 타기 쉬워 신경을 써야 했다. 그래서 홈즈는 명상에 잠길 때는 점토 파이프를, 사람들과 대화할 때는 벗나무 파이프를 사용했다. 19세기 후반 등장한 브라이어 파이프는 브라이어 나무뿌리로 만들었는데, 앞의 두 파이프의 장점을 모두 갖춰 홈즈의 애용품이 되었다.

줄담배 탐정의 선구자인 그가 깊은 사색에 잠겨 밤이라도 꼬박 새울 때는 1온스(약 28그램)가량의 담배를 피우는데, 밀폐된 방에서 그만큼 피운다면 산소결핍으로 오히려 사고력이 둔화되지 않을까 의문스럽긴 하다. 한편 담배와 관련된 괴벽도 전해진다. 페르시아 슬리퍼의 코 안쪽에 파이프 담배를 넣어두는가 하면 전날 피우고 남은 찌꺼기를 모아 벽난로에 잘 말린 다음 아침식사 전에 피우는 절약정신도 발휘한다.

또한 홈즈는 단순한 애연가에 그치지 않는다. 「파이프와 시가, 궐련 등의 담뱃재 140종에 관한 논문」을 발표한 바 있으며, 현장에 떨어진 담뱃재를 보고 그것이 어떤 담배인지 단번에 알아볼 정도의 감식 능력을 가지고 있다. 또한 담뱃재를 일부러 흘려가면서 범인의 자취를 증명하는 솜씨도 발휘하는 것을 보면, 담배에 관한 한 가히 장인匠人이라고 할 만하다.

20세기 초반 등장한 하드보일드 추리소설의 3대 주인공은 하나같이 줄담배를 피우는 애연가이다. 샘 스페이드(대실 해밋의 작품에 등장)는 담배를 직접 말아서 피우고, 필립 말로(레이먼드 챈들러의 작품에 등장)는 카멜 담배를 피우며 사무실에서 생각할 때는 파이프 담배를 피우기도 한다. 또 루 아처(로스 맥도널드의 작품에 등장)는 30년간 줄담배를 피우다가 1968년 돌연 금연을 선언하지만, 완전한 금연에는 실패했는지 가끔 피우는 장면이 나온다.

21세기에 출간된 작품에서도 애연가들이 이어진다. 올리퍼 푀치의 『거지왕』에 등장하는 주인공 야콥 퀴슬이 누명을 뒤집어쓰고 체포되었을 때 가장 아쉬워했던 것이 "사랑해 마지않는 담배"였다. 그는 "뭔가 생각할 필요가 있을 때"는 더욱 절실하게 담배

를 필요로 했다. 히가시노 게이고의『플래티나 데이터』에서 살인 사건 수사를 맡은 형사 아사마는 금연구역에만 가면 답답해서 안 절부절못할 정도의 애연가이다. 전자는 17세기의 독일, 후자는 미래의 일본으로 때와 장소가 판이하게 다른 무대임에도 불구하고 주인공들은 자신의 능력을 발휘하기 위해서 담배를 갈구한다.

예외는 물론 있다. 빌 프론지니의 작품에 등장하는 "이름 없는 Nameless" 탐정은 40대 후반의 중년 남성으로 원래 애연가였으나 원인 모를 심한 기침에 폐암의 공포를 느껴 금연을 선언한다. 이 사람은 소설 속의 인물이니 담배 끊는 것도 식은 죽 먹기일 테지만, 실생활 속에서는 여간 어려운 일이 아닐 것이다. "담배 끊는 것만큼 쉬운 일은 없다. 나는 지금까지 열 번도 넘게 끊어봤다."라는 우스갯소리가 있는 것처럼, 금연에는 금단증상이라는 커다란 고비가 있다. 다양한 금연 방법이 알려졌지만, 모두 성공하지는 못한다. 자신도 모르게 손이 가서 금연에 실패한 사람도 부지기수일 테니, 자력으로 금연하기 어려운 사람을 도와주는 회사가 있으면 좋을 듯하다.

다만 그런 아이디어는 이미 스티븐 킹이 작품으로 내놓았다. 그의 단편소설 「금연 주식회사」는 제목 그대로 금연을 원하는 사람에게 확실한 금연을 하도록 책임져주는 회사의 이야기이다. 이 회사는 가격이 비싼 대신 금연 성공률이 100퍼센트에 육박하는데, 거기에는 (아직 읽지 않은 분들을 위해 알려드릴 수 없는) 특별한 방법이 있다.

최근 21세기를 배경으로 원작을 재해석한 영국 드라마《셜록》에서는 홈즈도 담배를 끊으려 노력하고, 생각에 잠길 때면 여러 장의 니코틴 패치를 붙이는 모습을 볼 수 있다. 하지만 완전히 끊지 못하는 것을 보면, 탐정과 담배는 쉽게 헤어질 수 없는 사이인 것 같다.

2

멋진 스파이소설은
언제 나올까

한국문학에
스파이소설이 드문
원초적 이유

"세상에서 두번째로 오래된 직업"은 무엇일까? 인터넷에서 검색해보면 다름 아닌 "스파이"이다.

스파이라고 불리지는 않더라도 그리스 신화나 삼국지 등에서 현대의 스파이와 흡사한 활동을 했던 인물의 기록을 찾아볼 수 있다. 『삼국사기』에 나오는 낙랑국 멸망 이야기도 넓은 의미에서 보면 스파이 활동 이야기가 아닐까. 아시는 분도 많겠지만 요약하면 다음과 같다.

낙랑공주와 혼인한 고구려 왕자 호동은 고구려로 돌아온 후 공주에게 사신을 보내 자신의 뜻을 전한다. 자명고(적이 침입하면 저절로 울리는 북)를 파괴해야만 다시 만날 수 있다는 것. 사랑에 빠진 공주는 그 지시대로 자명고를 부쉈고, 고구려는 그 틈을 타 공격을 개시한다. 뒤늦게 침입 사실을 안 낙랑국왕은 배신한 딸을 죽이고 고구려에 항복하고 낙랑국은 멸망한다.

애절한 로맨스가 곁들여져 있지만 전형적인 스파이소설의 플롯을 갖추고 있어, 시대 배경을 21세기로 옮기고 자명고 대신 레이더 기지 정도로 바꾸어도 충분히 통할 것 같다. 상투적으로 볼 수 있는 미인계 대신 미남계를 썼다는 것도 독특한 점이고, 배신(배우자에 대한)과 배신(국가에 대한)이 이어진다는 점 역시 더욱 현실적(?)으로 느껴진다.

스파이라고 하면 어쩐지 그럴듯해 보이지만, "간첩"이라고 하면 어감이 크게 달라진다. "우리 편"과 "적"으로 느껴지는 관점 차이일 것이다. 호칭이야 어쨌건, 스파이소설은 불가능해 보이는 임무 수행, 화려한 모험담, 그에 덧붙여 매력적인 주인공의 활약 등을 통해 오락소설의 한 갈래로 우뚝 섰고, 또한 대對스파이 활동이 범죄 수사와 흡사하다는 점 덕분인지 어느덧 스파이소설은 추리소설의 한 갈래로 자리를 잡았다. 영화나 TV 드라마 등을 통해 스파이는 탐정보다 오히려 대중에게 더 익숙해지기도 했다.

스파이소설의 인기를 촉발하고 21세기까지 끌고 온 주역으로는 아무래도 영국 작가 이언 플레밍이 창조한 제임스 본드라는 인물을 첫손에 꼽아야 할 것이다. 2차 세계대전 당시 해군정보부 장교로 복무한 플레밍은 종전 후 단순히 돈을 벌기 위해 1953년 『카지노 로얄』을 발표, 부와 명성을 동시에 얻었다. 본명보다 007이라는 암호명("00"이라는 숫자는 임무 수행 중 살인을 허가받았음을 의미한다.)으로 훨씬 잘 알려진 영국 비밀정보부 소속의 제임스 본드는 "영국과 세계 평화를 위해" 온 지구를 누비며 종횡무진 활약한다. 이제는 책보다 영화로 훨씬 더 유명해진 007은 탄생 50여 년이 지난 지금도 새 작품의 제작 소식이 이어지고 있다.

지명도는 제임스 본드에 훨씬 떨어지지만, 아직도 기억에 남아 있는 인상적인 스파이가 있다. 1965년 제작된 영화에서 처음 등장한 데릭 플린트(한국에서는 《전격 후린트 고고 작전》이라는 제목으로 개봉했다.)는 능력이 무척 많은 사람이다. 45개 국어와 방언이 가능하고, 17개 대학에서 학위를 받은 화가이자 음악가, 의사, 변호사, 엔지니어이며 명예 인디언 추장이기도 하다. 또 올림픽 메달리스트에 유도 유단자이며 50경기 연속 KO승을 거둔 권투선수인 그는 세계에 위험한 일이 벌어지면 출동해 해결한다. 게다가 잘생긴 외모까지 갖추고 있어 이웃에 있으면 불편한 "엄마 친구 아들"임에 틀림없다. 이처럼 비현실적 인물이 등장할 정도로 스파이는 어느덧 대중에게 매력적인 존재가 되었지만, 1950년대

들어 이어진 냉전은 새로운 스파이소설이 탄생하는 계기가 된다. 미국과 소련으로 대표되는 동서 진영의 경쟁은 군사력뿐만 아니라 치열한 정보 싸움으로도 이어졌다. 이 시기에 등장한 작가는 존 르 카레로, 그는 활극이 아닌 냉정한 첩보전을 묘사해 스파이소설의 새로운 지평을 개척했다. 이처럼 서구의 스파이소설은 "활극 → 현실적 첩보전 → 두 가지의 절충" 등의 형식으로 꾸준히 이어졌으며, 동구 공산 진영의 몰락 이후에도 작가들은 갈등이 발생한 곳을 배경으로 치열한 첩보전을 묘사하고 있다.

이와는 대조적으로 한국에서는 꾸준히 인기를 얻은 스파이소설을 찾아보기 어렵다. 스파이가 등장하는 외국 작품이나 영화는 인기가 있는 것을 보면 스파이 이야기 자체에 거부감은 없는 것 같은데, 국내 작품은 극히 드문 편이다. 근대에 외국을 침략한 역사가 없기 때문인지 스파이의 활약을 그린 작품보다 "대對간첩활동"에 주력하는 작품이 훨씬 많다. 일제강점기에는 김동인이 스파이소설이라고 할 수 있는 『수평선 너머로』를 발표했고, 김내성은 『백가면』, 『태풍』 등의 방첩防諜소설을 발표했다. 김내성의 소설에서 명탐정으로 유명한 주인공 유불란은 외국의 스파이 조직과 대결을 벌인다.

한국전쟁 후에는 휴전이라는 이례적 대치상황 속에서 남파간첩을 수사하는 작품들이 종종 출간됐다. 언론인이자 아동문학가로 잘 알려진 조풍연은 추리소설도 몇 편 썼는데, 1959년 잡지에 연재했던 『심연深淵의 안테나』가 유일한 장편 추리소설이자 간첩을 다룬 작품이다. 이야기는 어느 독신 여성 아나운서의 기묘한 자살에 의심을 품은 수사관 사광필이 수사를 진행하면서 전개된다. 중반까지만 해도 끈기 있는 형사를 주인공으로 한 추리소설처럼 보이지만, 후반부에 들어와서는 급속하게 간첩단의 음모가 밝혀지는 쪽으로 전개된다.

조풍연은 훗날 "첫째, 스케일이 크고, 둘째, 활동에 제한이 없으며, 셋째, 재정財政의 범위가 넓고, 넷째, 신무기를 마음대로 쓸 수 있으며 사회성을 띨 수 있다"는 것을 스파이소설의 특징으로 꼽았다. 『심연의 안테나』 역시 그런 방향으로 모색했음을 밝혔다. 이런 특징은 요즘도 충분히 통용되는 내용이지만, 그런 장점과는 별개로 한국의 스파이소설은 성장하지 않았다. 1970년대 이후 당시 최고의 인기 작가였던 김성종은 『Z의 비밀』 등 국제적 음모를 다룬 작품을 발표했고, 중앙정보부 근무 경력을 가진 노원은 남북간의 첩보전을 묘사한 『야간항로』 등을 내놓았다. 하지만 전반적으로 극소수에 불과해 스파이소설이 자리 잡기에는 역부족이었다. 이는 21세기에 들어와서도 거의 마찬가지인 상태다.

일본에서는 2차 세계대전이나 심지어 직접 참전하지도 않은 월남전 등을 배경으로 하는 스파이소설이 꾸준히 출간되고 있다. 반면, 한국은 일제강점기를 거쳐 한국전쟁까지 수많은 사연이 있음에도 불구하고 이쪽 분야의 작품이 나오지 않는다는 점은 어딘가 원초적인 이유가 있어서일지도 모른다. "간첩"이라는 존재에 대한 거부감, 침략에 대한 결벽증, 그리고 대한민국의 공식 정보 기관이 대외활동보다 자국민을 상대로 공작을 벌이고 있다는 인상이 강하다는 것이 가장 문제가 아닐까. 국가에 대한 믿음이 살아나면 그와 함께 멋진(약간 비현실적일지라도) 스파이소설이 등장할 것이라고 기대한다.

3

탐정의 조건

소설 속 탐정이 갖춰야 할
다섯 가지 조건

해마다 사설탐정 관련 기사가 눈에 띄곤 한다. 특히 헌법재판소에서 간통죄에 대해 위헌 결정을 내린 직후에는 더욱 많이 볼 수 있었다. 이해 당사자가 경찰을 동반해 불륜 현장을 덮치는 대신 이혼소송에서 유리한 증거를 모으기 위해 사설탐정을 고용할 것이라는 예측 기사였다. "예측"이라는 말을 쓸 수밖에 없는 것은, 아직 허가된 직업이 아니어서 현재 한국에는 정식 사설탐정이 한 명도 없기 때문이다.

아마 많은 사람들이 비슷한 생각을 했겠지만, 어린 시절에는 탐정이 되고 싶었던 기억도 있다. 제목도 기억나지 않는 만화라든가 아동용으로 출간된 셜록 홈즈 소설을 보면서 '어른이 되면 명탐정이 되고 싶다'고 생각했었다. 수수께끼 같은 사건을 거뜬히 해결하고 악당들을 때려눕히는 모습이 멋져 보였던 것이다. 나중에 한국에 사설탐정이라는 직업이 존재하지 않는다는 사실을 알게 되면서 약간의 충격을 받았고, 사설탐정은 장래희망에서 어느새 사라져버리고 말았다.

세월이 흐르면서 "사설탐정이 공인될 듯"이라는 기사를 몇 년에 한 번씩 보아 넘겨왔지만, 이제는 꽤 구체화된 것 같다. 고용노동부가 사설탐정을 새로운 직업으로 육성하겠다는 계획을 보고한 바 있지만 "민간조사업"이라는 다소 낯선 명칭으로 국회에 공인 관련 법안이 여전히 계류되어 있다. 그러나 이처럼 수요가 생기는 분위기라, 언젠가는 법안이 통과되어 공인받은 사설탐정이 탄생할 것으로 보인다.

다만 현대사회의 사설탐정 이미지는 어쩐지 셜록 홈즈와 같은 명탐정들과는 거리가 있어 보인다. 허구의 인물들이 너무나 비인간적(?)인 데서 오는 부작용일 것이다. 소설에 등장하는 탐정은 타의 추종을 불허하는 추리력에 올림픽에도 출전할 만한 체력을 갖추었고, 범죄자와의 대결을 일종의 지적 유희로 생각하는 호사가와도 같은 인물이 많다. 그나마 하드보일드 분야의 탐정들이 그러한 이미지를 많이 깨주긴 했지만 아직도 소설 속의 명탐정 이미지는 강하다.

경찰이 사건을 수사하다가 벽에 부딪치면 탐정에게 도움을 요청하는 일, 또 탐정이 범인을 체포하는 장면은 현실에서 존재하지 않는다. 탐정에게는 사법권이 없기 때문이다. 특히 한국에서 "민간조사원"이라는 명칭에서 알 수 있듯, 탐정이 할 수 있는 업무는 말 그대로 "조사 업무"이다. 불륜 조사나 실종자 찾기 등 형사사건이 아닌 민사사건 쪽에서 주로 활동하게 된다. 이것은 사설탐정 업무가 오래된 미국이나 일본에서도 마찬가지이다.

　이런 제약 아래에서 명탐정이 되려면 어떤 조건이 필요할까? 최소한 보통 사람보다 약간은 앞서는 사고력, 맡은 사건을 부지런히 조사할 수 있는 체력, 쉽사리 포기하지 않는 끈기, 기본적인 지식 등은 현실에서건 허구에서건 당연히 필요한 것이니 따로 설명할 필요도 없을 것이다. 현실의 탐정과는 별개로 이상적인 탐정이 되려면 이외에도 필요한 것이 있다. 소설 속에 등장하는 명탐정들을 떠올리면서 몇 가지 조건을 꼽아보았다(괄호 안은 탐정을 창조한 작가의 이름).

1. 좋은 인상

사설탐정의 업무라는 것이 대부분 사람을 만나는 일이기 때문에 좋은 인상은 대단히 중요한 조건이다. 파일로 밴스(S. S. 밴 다인)는 "뛰어나게 잘생겼고", 엘러리 퀸(엘러리 퀸)은 "스포츠맨보다 학자에 가까운 얼굴"이다. 한편 루 아처(로스 맥도널드)는 자기 자신을 "야윈 식인종 같은 얼굴"이라 표현하고, 샘 스페이드(대실 해밋)는

"유쾌한 금발 악마"로 묘사되는데, 이는 오히려 여성들을 끌어들이는 매력으로도 작용하는 것 같다. 잘생기건 못생기건 남에게 호감을 줄 수 있어야 조사에 도움이 될 것이다.

2. 말솜씨

호감 가는 얼굴만으로 사건이 해결되지는 않는다. 탐정은 사람들을 만나면 대화를 하는데, 궁금한 것을 알아내기 위해 설득도 하고, 구슬리기도 하고, 엄포를 놓기도 한다. 필립 말로(레이먼드 챈들러)는 촌철살인의 달인이며, 에르퀼 푸아로(애거서 크리스티)는 수다쟁이 수준인데, 에둘러 가는 듯한 대화에서도 어느새 많은 것을 알아내곤 한다. 긴다이치 코스케(요코미조 세이시)는 말을 더듬을 때도 있지만 흥분하지만 않으면 문제가 없다.

3. 인맥

앞에서도 언급했지만, 탐정에게는 공권력이 없기 때문에 발품을 파는 수밖에 없다. 누구나 열람이 가능한 정보는 쉽게 알아낼 수 있지만, 기밀 취급을 받는 정보는 친분 있는 관계자가 있어야 얻을 수 있다. 엘러리 퀸처럼 경찰 고위 간부의 아들이라면 거침없이 사건 현장에까지 들어갈 수 있을 정도라 무척 편하겠지만 그런 경우는 드물다. 매튜 스커더(로렌스 블록)나 해리 보슈(마이클 코넬리)처럼 전직 경찰이어서 옛 동료의 도움을 받을 수 있으면 금상첨화이다. 실제로 미국이나 일본의 사설탐정 중에는 전직 경찰이었던 사람이 꽤 많은 편이다.

4. 배짱

소설 속에서 탐정은 그다지 존중받는 직업인이 아니다(현실에서도 그럴 가능성이 있다). 의뢰인 외에는 대부분 만나는 것도 껄끄러워하고, 화를 내며 쫓아낼 때도 있다. 그렇기 때문에 푸대접을 받아도 덤덤하게 넘길 수 있는 심리적 맷집도 강해야 한다. 시드 핼리(딕 프랜시스)는 사건을 맡은 것만으로도 가만히 두지 않겠다는 위협을 받아 공포에 질리지만, 그래도 포기하지 않고 조사에 나선다. 반면 메르카토르 아유(마야 유타카)는 "내가 왔으니 사건은 해결된 것이나 마찬가지"라고 큰소리치며 용의자들을 제압해버릴 정도로 배짱이 강하다.

5. 자존심

유능한 탐정이라면 의뢰받은 사건은 반드시 해결하는 것이 자존심이다. 보수를 받은 만큼 철저히 조사하고, 어떨 때는 자신의 가치관에 따른 정의를 구현할 때도 있다. 미국 TV 드라마《트루 디텍티브》는 이러한 모습을 뚜렷하게 보여주는 드라마이다. 주인공 형사 콜은 연쇄적으로 일어나는 엽기적 살인사건이 지역 상류층과 연관되어 있음을 발견하지만 상부의 압력 때문에 경찰을 사

직한다. 그러나 그는 포기하지 않고 독자적으로 파고들어 사설탐
정이 된 옛 동료 하트와 함께 결국 사건을 해결하며 탐정으로서
의 자존심을 보여준다.

꼼꼼하게 따져보면 더 많은 것들이 필요하겠지만, 위에 언급한
것만 갖추면 탐정으로서 일단 시작은 할 수 있을 것 같다.

　레이먼드 챈들러는 수필 『심플 아트 오브 머더』에서 "이 비열
한 거리에서 홀로 고고하게 비열하지도 때 묻지도 않고 두려워하
지도 않는 남자는 떠나야 한다. 리얼리즘 속의 탐정은 그런 사람
이어야 한다. 그는 히어로이다. 그는 모든 것이다. 그는 완전한 남
자여야 하고, 평균적인 사람이면서도 동시에 평범하지는 말아야
한다."(최내현 옮김, 북스피어)라고 설파했다. 그의 말대로라면 명탐
정의 길은 전혀 화려하지 않은 고행의 길이 아닐까 하는 생각이
든다.

4

소설 주인공과 영화 주인공의 간격

활자에서 영상으로 다시 태어나는 탐정들

2015년 2월, 영국에서 새로운 경찰 드라마가 제작된다는 외신 기사가 보도되면서 추리소설 팬들 사이에 작은 화제가 되었다. 경찰 드라마는 세계적으로 끊임없이 만들어지는 터라 새삼스러울 것이 없는데도 특별한 소식으로 다가왔던 이유는 두 가지였다. 첫 번째는 원작이 벨기에 출생의 프랑스 추리소설가 조르주 심농의 쥘 매그레 반장 시리즈였다는 것이고, 두번째는 매그레 반장 역을 로언 앳킨슨이 맡는다는 것 때문이었다. 매그레 반장 시리즈는 1931년 『수상한 라트비아인』으로 첫선을 보인 이후 1972년까지 40여 년 동안 70편이 넘는 작품이 출간된 베스트셀러 시리즈로, 일찌감치 영상화도 진행되었다. 1932년부터 2005년까지 세계

각국(프랑스나 영국뿐만 아니라 이탈리아, 스페인, 소련, 심지어는 일본에서도)에서 꾸준히 영화나 TV 드라마로 제작되어 20여 명이 넘는 배우가 매그레 반장을 연기했으니 10년 만의 TV 드라마 제작이 새삼스러운 것은 아니었다. 다만 이번 드라마에서 주연을 맡은 로언 앳킨슨은 "미스터 빈"이라는 코믹한 인물로 너무나 잘 알려져 있어서 그 이미지를 어떻게 벗어날 수 있을지에 대한 흥미가 팬들의 화젯거리였던 것이다.

매그레의 외모는 『수상한 라트비아인』에서 다음과 같이 묘사된다.

그의 몸집만큼은 단연 서민적인 골격이라 할 수 있었다. 한마디로 거대한 통뼈였다. 단단한 근육들은 옷 여기저기를 불거지게 했고, 새로 산 바지 모양을 금세 엉망으로 만들었다(성귀수 옮김, 열린책들).

이런 우람한 체격의 매그레 반장과 잘 봐줘야 키는 비슷하지만 보통 체격의 로언 앳킨슨과는 분명 괴리감이 있다. 얼굴만 봐도 웃음이 나오는 "미스터 빈"의 이미지를 얼마나 벗어날 수 있을지가 궁금했는데, 2016년 제작된 작품을 보면 다소 호리호리하긴 해도 예상보다 어색함이 없어서 역시 뛰어난 연기자로구나 하는 감탄이 나올 정도였다.

특히 이번에 제작된 작품 중에는 『매그레, 덫을 놓다』가 포함되어 있는데, 이 작품은 1958년 한 차례 영화로 제작되었으며 당시 주연은 프랑스의 명배우 장 가뱅이 맡았다. 장 가뱅은 이 영화를 통해 프랑스 팬들 사이에서 최고의 매그레 연기자로 기억되고 있다.

대개 인기 있는 소설을 영화로 제작할 때 주인공으로는 기본적으로 원작과 비슷한 용모의 배우를 선택한다. 특히 요즘처럼 팬들의 반응을 즉각적으로 확인할 수 있는 시대에는 원작자나 제작자가 많은 신경을 쓰게 된다. 예를 들어 조앤 롤링의 「해리 포터」 시리즈를 영화로 제작할 때는 오디션을 통해 원작의 묘사와 비슷한 용모의 어린이들을 선발했다. 그렇기 때문에 주인공들은 마치 실제로 책에서 튀어나온 것 같은 느낌을 준다.

작가의 의도대로 되는 것만은 아니다. 댄 브라운은 『다빈치 코드』에서 주인공 로버트 랭던은 "해리슨 포드를 닮았다"고 묘사했다. 하지만 영화에서는 톰 행크스가 주인공을 맡았는데(처음에는 존 팩스턴이 고려되었고, 러셀 크로, 휴 잭맨, 조지 클루니도 물망에 올랐다.) 솔직히 빈말로라도 두 배우가 닮았다고 하기는 어려울 것이다.

또한 영화가 상기적으로 계속 제작될 경우, 배우도 나이가 들기 때문에 어쩔 수 없이 변화가 생긴다. 제임스 본드, 즉 007 시리즈는 50년이 넘도록 계속 만들어졌는데, 초대 007이었던 숀 코너리와 21세기의 007인 다니엘 크레이그의 외모에서 공통점이라고는 찾아보기 어렵다. 초기 작품에서는 원작처럼 장신에 짙은 색 머리카락이었으나, 현재는 별로 크지 않은 키에 금발로 바뀌었다. 아마도 소설을 읽은 사람보다 영화로만 본 사람이 많아지면서 이제는 별다른 거부감 없이 받아들이는 것 같다.

외모 논란이 잦았던 것으로 기억나는 배우는 톰 크루즈가 있다. 뚜렷하고 잘생긴 용모에 연기력까지 갖춘 그는 소설을 각색한 영화에 출연할 때 종종 반대 여론(?)에 휩싸이곤 했다. 2012년 《잭 리처》에 출연한다는 소식을 들은 원작의 팬들은 귀를 의심했다. 영국 작가 리 차일드가 창조한 액션 스릴러소설의 주인공 잭 리처는 집도 없이 미국 곳곳을 떠도는 전직 군인이다. 가는 곳마다 커다란 사건이 터지지만, 머리도 좋고 사격 솜씨도 뛰어나고 싸움도 잘해서 언제나 위기를 거뜬히 벗어나곤 한다. 이런 연기는 톰 크루즈에게 별로 어려울 것도 아니겠지만, 팬들의 걱정은 이런 내적 실력이 아니라 외모의 차이였다. 리처는 파란 눈에 금발 머리, 그리고 195센티미터, 110킬로그램의 남들을 압도하는 체격을 가졌는데, 톰 크루즈는 갈색 눈에 갈색 머리, 그리고 잘 알려졌다시피 미국 배우 중에서도 작은 편에 속하기 때문에 캐스팅 자체를 이해할 수 없었던 것이다. 원작자 리 차일드도 그것을 우려했지만, 직접 만나보고는 그가 잭 리처에 잘 어울리는 배우라는 판단을 내렸다. 영화가 나름대로 성공했고, 역시 톰 크루즈 주연으로 후속작인 《잭 리처: 네버 고 백》이 개봉되는 것을 보면 그의 판단은 옳았던 것으로 보인다.

톰 크루즈는 조금 더 거슬러 올라간 1994년에도 약간의 수난을 겪었다. 《뱀파이어와의 인터뷰》에서 레스타트 역으로 캐스팅되자 원작자 앤 라이스가 맹렬하게 반대했던 것이다(라이스는 네덜란드 출신 배우 루트거 하우어가 어울린다고 생각했지만 해당 배역을 맡기에는 너무 나이가 들어서 고려되지 않았다). 그러나 완성된 영화를 본 다음, 자신의 생각이 틀렸음을 인정하는 사과 편지를 보냈다.

드물지만 아예 인종이 바뀌는 경우도 있다. 미남 흑인 배우 덴절 워싱턴은 소설에서 백인이었던 인물 역할을 몇 차례 맡았다. 존 그리샴 원작의 《펠리컨 브리프》에서는 주인공 다비 쇼를 돕는 그레이 그랜섬 기자 역을 맡았는데, 원작의 그랜섬은 "다리가 허연" 백인이다. 몇 년 후 제작된 제프리 디버 원작의 《본컬렉터》에서는 현장 수사 중 사고로 어깨 위 머리와 왼손 약지를 제외한 전신이 마비된 천재 과학수사관 링컨 라임 역을 맡았는데, 그 역시 원작에서는 백인이다(미국의 인터넷에서도 "링컨 라임이 흑인이냐 백인이냐?"라는 질문을 자주 찾아볼 수 있는데, 아마도 영화 때문인 것 같다).

지금까지의 선례를 볼 때, 연기만 잘하면 별 문제가 없다는 단순한 결론이 나온다. 이러다 보면 소설을 화면에서 어떻게 묘사할까 궁금했던 장면을 아예 만들 수 없는 일도 벌어질 것이다. 간단히 예를 들자면, 영국 작가 G. K. 체스터튼은 브라운 신부를 "작은 체격에 얼굴은 노포크의 명물인 푸딩처럼 둥글다"고 묘사했다. 그런데 영국에서 제작된 TV 시리즈 《브라운 신부》에서 신부 역으로 출연한 마크 윌리엄스는 분명 푸딩처럼 둥근 얼굴을 가졌지만 비슷한 것은 그뿐이다. 그는 무려 185센티미터의 장신으로, 플랑보 역으로 출연한 존 라이트(175센티미터)보다도 키가 더 크니, 원작에 묘사된 것처럼 플랑보가 신부를 한 팔로 옆구리에 끼고 달리는 호쾌한(?) 장면을 절대로 볼 수 없으리라는 점이 약간 아쉽다.

5 요리하는 탐정

역대 최고의 미식가 탐정은
네로 울프

요즘 TV 방송에서 "요리하는 남자"가 많은 관심을 끌고 있다. 작은 식당에서 호텔에 이르기까지 남자 요리사는 얼마든지 볼 수 있으니 "남자의 요리" 자체는 그다지 특별한 일은 아닐 텐데, 유명 연예인이 그냥 있는 재료만으로 쓱싹쓱싹 만드는 과정이 흥미롭게 보였던 것 같다. 남자가 사냥을 해 오면 여자가 요리해서 같이 먹는 수렵시대의 전통대로, 한국 사람뿐만 아니라 전 세계를 통틀어 보아도 아버지보다 어머니가 만들어주신 음식을 더 많이 먹었을 것이 틀림없다. 그런 고정관념 때문인지 아무래도 평범한 (?) 남자의 요리는 뭔가 달라 보이는 것이 아닐까.

시작하기가 쉽지 않지만, 요리는 누구라도 할 수 있다. 다만 직접 요리한 음식을 먹는다는 것은 즐거운 일임과 동시에 귀찮은 일이기도 하다. 식당에서 음식을 주문해서 먹는 것과는 달리 조리 도구도 필요하고 재료 구입부터 다듬고 익히기까지 제법 시간이 걸리기 때문이다. 정신없이 바쁘거나 하루 종일 돌아다니느라 피곤한 사람, 특히 분주한 탐정에게는 적합한 것 같지는 않다.

셜록 홈즈는 요리하는 데 관심은 없었지만, 매 끼니를 해결하는 데는 별 문제가 없었다. 베이커 거리에 있는 그의 주거지 겸 사무실은 요즘의 오피스텔 같은 곳이 아닌 하숙집이었기 때문이다. 홈즈는 하숙집 관리인인 허드슨 부인의 음식 솜씨에 대해 "다양하진 않지만 스코틀랜드 여자 못지않게 아침식사를 잘 차려준다."(「해군 조약문」)라고 칭찬한다.

린지 데이비스의 작품 『실버 피그』에 등장하는 마르쿠스 디디우스 팔코는 홈즈보다 대략 1800년 앞선 제정 로마시대에 살았던 정보원(탐정 역할을 하지만 아직 그런 명칭 자체가 없었던 시절이다.)이다. 그 역시 독신으로 요리하기보다는 차려주는 대로 받아먹는 형편이다. 하지만 운 좋게 어여쁜 여성을 집으로 데려왔을 때 가진 것이라곤 싱싱한 정어리뿐이었지만 벌꿀과 향신료를 섞은 소스를 만들어 함께 대접할 정도의 센스는 있다.

현대로 넘어와도 달라지는 것은 별로 없다. 로렌스 블록이 창조한 사립탐정 매튜 스커더는 가족과도 헤어져 호텔에서 혼자 살아간다. 알코올중독자인 그는 대부분의 식사를 거리의 저렴한 식당에서 해결한다. 연인인 일레인과 만날 때는 고급스럽고 분위기 있는 식당을 택하긴 하지만 직접 요리하는 것과는 거리가 있다.

동양에서는 어떨까? 거창하지는 않지만 직접 요리하는 모습을 보여주는 독신 탐정이 있다. 노리즈키 린타로의 작품에 등장하는 노리즈키 린타로(작가와 이름이 같은 아마추어 탐정)는 경찰 간부인 아버지와 함께 살고 있는데, 식사는 대개 바깥에서 해결하지만 아침식사 준비는 종종 한다. 『또다시 붉은 악몽』에서는 아버지와 손님을 위한 아침식사로 샐러드, 치즈와 시금치를 넣은 오믈렛, 바삭하게 구운 베이컨과 토스트, 그리고 통조림 수프를 끓여 대접한다. 이 정도면 간이 숙박업소 수준의 솜씨라고 할 만하다.

역시 일본 작가인 아리스가와 아리스의 『달리의 고치』에 등장하는 범죄학자 히무라 히데오 또한 동료 아리스가와(작가와 이름이 같은 인물)에게 아침식사(토스트와 스크램블드에그, 그리고 커피)를 차려주면서 그를 깜짝 놀라게 하기도 한다.

그러나 음식에 대해 광적인 관심을 가진 어떤 탐정에게 토스트나 오믈렛 정도는 유치한 수준에 불과하다. 네로 울프 시리즈를 쓴 렉스 스타우트는 『네로 울프 요리법』이라는 요리책을 저술할 정도로 요리에 대해 높은 식견을 가진 작가이다. 역대 최고의 미식

가 탐정으로 꼽을 만한 네로 울프는 뉴욕의 3층짜리 건물에 살고 있다. 독신이긴 하지만 탐정 업무의 조수 아치 굿윈을 비롯해 정원사와 요리사를 고용하고 있는데, 굿윈은 울프의 손발이 되어 온갖 고생을 하는 자신보다 요리사인 프리츠 브레너의 월급이 더 많다고 불평하곤 한다. 이 정도로 네로 울프의 훌륭한 요리에 대한 집착은 대단하다. 『요리사가 너무 많다』에서는 그러한 울프의 모습을 생생하게 볼 수 있다. 울프는 열다섯 명의 세계적인 요리장들의 행사에 사건 의뢰가 아닌 "오트 퀴진에 대한 미국의 기여"라는 연설을 하러 참석한다. 이때 살인사건이 벌어지자 울프는 사건을 해결하고 누명을 쓸 뻔했던 요리장 제로메 베린을 구해준다. 베린이 무엇으로든 신세를 갚겠다고 하자 울프가 요구한 것은 금전적인 보수가 아니라 꽁꽁 숨겨놓았던 소시지 요리법이었다. 베린은 누구에게도 알려주지 않는다는 조건 아래 울며 겨자 먹기로 응낙한다. 맥주와 맛있는 요리를 좋아하는 반면 움직이는 것은 극도로 싫어하는 울프의 체중은 무려 140킬로그램에 달한다고 전해진다.

로버트 파커가 창조한 탐정 스펜서 역시 요리에 일가견을 가지고 있다. "상황이 불확실할 때는 무엇이든 요리해서 먹어라."라는 신조로 혼자서도 거창한 요리를 만들고, 연인에게 아침식사로 콘케이크를 만들어주는 세심함을 발휘하기도 한다. 식사량이 적은 편은 아니지만, 울프와는 달리 권투와 달리기 등으로 체력 관리를 열심히 하고 또한 직접 발로 뛰는 스타일이기 때문에 항상 탄탄한 체격을 유지하고 있다. 요리 묘사 장면이 꽤 많다 보니 일본에서는 『스펜서의 요리』라는 책이 출간되었을 정도다.

이처럼 요리사로서도 뛰어난 탐정은 울프와 스펜서를 꼽을 수 있다. 그런데 비록 탐정은 아니지만 이 둘에게 전혀 뒤지지 않을 듯한 인물이 새삼스럽게 등장했다. 토머스 해리스가 창조한 독특한 악인, 한니발 렉터이다. 『레드 드래건』이나 『양들의 침묵』에서는 교도소에 감금된 상태라 주는 대로 받아먹는 신세였지만, 체포되기 전에는 탐미적인 미식가로 잘 알려져 있었다. 다만 문명사회에서는 금기인 특별한 재료(인육)로 요리를 만들어 먹었다는 것이 문제였지만. TV 드라마로 제작된 《한니발》에서는 그의 훌륭한 요리 솜씨를 유감없이 확인할 수 있다(에피소드 제목들도 시즌별로 프랑스, 일본, 이탈리아 요리 이름이다).

또한 드라마 《한니발》에서는 지금까지 별로 볼 수 없었던 장면도 나온다. 직접 요리해서 식사를 마친 후에는 반드시 해야만 하는 것, 즉 설거지하는 장면이다. 특별한 재료를 직접 조달할 정도로 부지런한 한니발은 설거지도 직접 꼼꼼하게 하는 것 같다. 사실 직접 요리하고 먹는 것까지는 즐겁지만, 식사 후의 나른한 상태에서 그릇을 씻고 찌꺼기를 버리는 등 뒷정리를 하는 것은 보통 귀찮은 일이 아닐 것이다. 어쩌면 많은 독신 탐정들은 설거지의 귀찮음 때문에 요리하는 것을 포기한 것이 아닐까 하는 막연한 상상을 해본다.

6 탐정이 사는 곳

무주택에서 대저택까지,
천차만별 탐정의 집

초등학교에 배우는, 옷과 밥과 집을 뜻하는 의식주衣食住. 인간이 인간답게 살아가기 위해 기본적으로 필요한 요소이다. 이 세 가지 중에서 가장 비용이 많이 드는 것은 마지막 요소인 "주", 즉 집일 것이다. 공동주택 실거래가 관련 기사(2014년 거래된 아파트 매매 내역 조사)를 본 일이 있는데, 아파트라는 공식 명칭만 공통점일 뿐 크기와 지역에 따라 가격도 천차만별로 최고가는 65억 6500만 원(서울 용산구 소재), 최저가는 3100만 원(경북 김천 소재)이라는 내용이었다. 몇천 원, 몇만 원이면 해결할 수 있는 의복이나 식사와는 달리 아무리 저렴한 집이라도 소유하기 위해서는 꽤 많은 돈이 필요하다.

허구인 소설 속에서는 당연히 비용 문제가 없다. 추리소설도 마찬가지. 탐정이 많은 돈을 벌 것 같지는 않지만, 그저 좋은 집에 편하게 살고 있는 것으로 설정해도 어떻게 그럴 수 있느냐고 따질 사람은 없다. 다만 천편일률적이면 인물의 개성도 없을 테니 극단적인 경우가 가끔 보인다.

보통 사람들처럼 작품 속 주인공의 거주 형태도 ① 집 없음, ② 임대, ③ 자택 소유 등 크게 세 가지로 나눌 수 있다.

첫번째인 집이 없는 경우는 그다지 많지 않다. 리 차일드의 작품 『추적자』, 『원 샷』 등에 등장하는 퇴역 군인 잭 리처가 대표적이다. 어린 시절부터 청년기까지 외국 군사기지에서 살아온 그는 자신의 고국을 제대로 알아야겠다고 생각하고 미국을 돌아다닌다. 그에게는 집은커녕 미국인의 필수품인 자동차도 없다. 주로 히치하이크나 버스를 이용하면서 미국 전역을 유랑한다. 짐조차 거추장스러워서 입던 옷이 더러워지면 그냥 버리고 싸구려 옷을 사 입는다.

일본 작가 아리스가와 아리스의 『행각승 지장 스님의 방랑』에 등장하는 지장 스님 역시 집이 없다. 사실 그는 직업상(?) 자기 소유의 집이 필요 없다. 지장 스님은 오랫동안 일본 전역을 돌아다니며 수행을 쌓다 보니 온갖 사람뿐만 아니라 기상천외한 사건과도 수없이 마주친다. 그는 소도시의 단골 스낵바를 찾아와 사람들에게 구수한 이야기보따리를 풀어놓곤 한다.

　수입이 많지 않은 사립탐정들은 주로 임대를 택하는데, 이런 경향은 고전 작품에서부터 시작되었다. 에드거 앨런 포의 작품에 등장하는 최초의 명탐정 오귀스트 뒤팽은 파리 포부르 생제르맹의 황량한 구석에 있는 낡고 기괴한 저택에 화자話者인 "나"와 함께 집세를 내면서 거주한다. 코난 도일이 창조한 셜록 홈즈는 베이커 거리 221B번지의 하숙집을 사무실 겸 거주지로 삼아 왓슨과 함께 생활한다. 현대의 탐정 중에는 에드 맥베인의 작품에 등장하는 커트 캐넌, 로렌스 블록의 작품에 등장하는 전직 경찰이자 알코올중독에서 벗어나려는 매튜 스커더 등이 저렴한 호텔 방을 빌려서 살고 있다. 물론 이들이 사는 곳은 별 다섯 개짜리 호텔과는 거리가 멀다.

　마지막으로 소개할 자택 소유자들의 경우, 집 구입 방법은 그

때그때 다르다.

    마이클 코넬리의 작품 주인공인 로스앤젤레스의 형사 해리 보 슈는 집 구입 경위를 본인의 입으로 직접 구체적으로 밝힌다. 일반 적으로 말하는 자수성가, 즉 자신의 수입으로 집을 마련한 것이다.

    저 아래에서 지금 스포트라이트를 비추고 있는 사람들이 나한테 돈을 좀 줬어요. 텔레비전 드라마에 내 이름을 사용하고, 나한테서 이른바 기 술적인 자문을 받는 대가로. 그런데 그 돈으로 할 일이 있어야죠. 어렸 을 때 밸리에 살면서 항상 이런 집에 살면 기분이 어떨지 궁금했기 때문 에 그냥 이 집을 샀습니다. 이 집이 원래는 시나리오 작가가 일하던 곳이 에요. 집이 꽤 작아서 침실도 하나밖에 없지만, 나한테는 충분한 것 같 습니다(『블랙 에코』, 김승욱 옮김, 알에이치코리아).

그러나 이 집은 훗날 로스앤젤레스에 지진이 일어나 파손되고 시의 철거 대상 건물이 되는 곤욕을 치르기도 한다.

미식가 탐정 네로 울프(렉스 스타우트의 작품에 등장)는 뉴욕 웨스트 35번가에 있는 브라운스톤 저택에 거주한다. 이 3층짜리 건물에는 엘리베이터도 있고, 맛있는 음식을 추구하는 인물답게 길이가 12미터나 되는 식당이 있으며, 옥상에는 난초를 키우는 온실이 있다. 분명 비싼 집 같지만 어떻게 구입했는지는 알 수가 없다. 사건을 해결하고 받은 액수가 컸으리라 짐작할 뿐이다.

반면 어떤 사람은 상속이라는 방법을 통해 별로 어렵지 않게 집을 마련한다.

뉴욕의 고고한 아마추어 탐정 파일로 밴스(S. S. 밴 다인의 작품에 등장)는 숙모에게서 적지 않은 유산을 물려받아 이스트 38블록의 아파트 두 층을 개축하여 우아하게 살고 있다. 이 집에는 동서고금의 미술품과 골동품을 전시해놓아 미술관을 방불케 할 정도이다.

로렌스 샌더스의 작품에 등장하는 아치 맥널리는 아직 개인 소유의 집은 없지만(첫 작품 등장 당시) 언젠가는 물려받을 아버지의 저택에 얹혀살고 있다. 그는 예일대 법대에서 퇴학당하는 바람에 변호사 자격증은 따지 못했지만, 아버지의 변호사 사무실에서 조사원으로 근무한다. 말하자면 금수저를 물고 태어난 셈이다. 서커스단 광대이자 눈치 빠른 부동산 투자가인 할아버지 덕택에 많은 재산을 물려받은 맥널리의 부친은 변호사로 성공해서 더욱 부자가 되었다. 그가 사는 집은 3층짜리 튜더 양식의 저택으로 침실은 다섯 개. 그리고 5에이커(약 6100평)의 대지에는 2층짜리 건물이 있는데 거기에는 관리인 부부가 산다. 수영장은 없지만, "나(아치)는 맥널리 집안의 부동산이 꽤나 훌륭하다고 생각한다"고 말할 정도로 으리으리한 저택이다.

큰 집에 살더라도 반드시 편안한 것만은 아니다. 앨런 브래들리의 『파이 바닥의 달콤함』 등에 등장하는 열한 살 소녀 플라비아 들루스는 시골 마을 벅쇼의 300년 넘은 저택에 산다. 오랜 기간을 거쳐 증축되어 넓긴 하지만 한쪽에는 아예 난방시설이 없을 만큼 불편한 곳이다. 겨울에는 컵에 담아놓은 물이 꽁꽁 얼어붙을 정도. 더욱 난감한 것은 그녀의 아버지에게 뾰족한 수입이 없어 언젠가는 집을 떠나야 할지도 모른다는 것이다. 고심 끝에 돈을 받고 벅쇼를 영화 촬영지로 빌려주기까지 할 정도이다. 하지만 플라비아는 혼자만의 장소인 화학 실험실이 있기 때문에 이 집을 떠나면 안 된다.

이처럼 탐정들이 사는 집은 화려한 곳이 있는 반면 구구절절한 사연이 있는 불편한 곳도 있다. 그래도 현실보다는 살아갈 곳을 구하는 것이 훨씬 편하기 때문에 독자는 너무 걱정할 필요는 없을 것이다. 다만 집 없는 잭 리처 시리즈를 쓴 리 차일드는 집을 여러 채(미국 맨해튼의 아파트, 영국의 컨트리하우스, 남프랑스의 저택 등) 소유하고 있으니 모순적이라는 생각이 들기도 한다.

7 명탐정 올스타는 없을까

이루어지기 어려운 독자들의 꿈

이른바 "히어로물"이라고 불리는 할리우드 영화는 최근 몇 년 사이 큰 변화가 생겼다. 과거에는 슈퍼 히어로 하나가 단독으로 주인공을 맡는 것이 당연했지만, 요즘은 각각의 히어로 영화에서 주연으로 출연했던 인물들이 하나의 이야기 속에 함께 모여 협력을 하고 갈등 상황을 벌이기도 한다. 스타를 모으는 것은 영화보다 단체 스포츠 쪽에서 먼저 시작되지 않았나 싶다. 1933년 미국 프로야구에서 올스타 게임이 시작된 이래, 야구뿐만 아니라 축구, 농구, 배구 등 단체 구기 종목에서 스타급 운동선수들이 모이는 경기가 세계적으로 벌어지고 있다. 《어벤저스》와 같은 영화는 주인공들이 모두 같은 저작권사 소속이어서 한자리에 모으는

데 별 어려움이 없다. 운동선수들도 단일 소속 기구 안에서 팬들의 투표로 선발하는 것이기 때문에 가능한 일이다.

이와는 달리 소설의 유명한 주인공 여럿을 한 작품 속에 모은다는 것은 결코 손쉽게 이루어질 수 있는 일이 아니고, 실제로도 드물다. 올스타에 뽑힌 운동선수들은 스타급인데도 불구하고 더욱 돋보이려고 애쓰는 것이 인지상정인데, 하물며 어떤 소설가라도 자신의 주인공이 남의 손에 의해 들러리로 전락할 수 있는 위험을 태연하게 받아들일 리는 없을 것이다.

프랑스 작가 모리스 르블랑은 자신이 만들어낸 괴도 아르센 뤼팽 시리즈에 세계적으로 유명한 탐정을 집어넣기로 결심한다. 그렇게 탄생한 작품이 「셜록 홈즈, 한 발 늦다」이다. 이 명탐정의 아버지 격인 코난 도일이 즉각 항의했고, 그러자 르블랑은 명탐정의 이름 앞부분 철자를 바꾸는 것으로 응수했다. 즉 셜록 홈즈 Sherlock Holmes가 에를록 숄메스Herlock Sholmés가 된 것이다. 문제는 르블랑이 홈즈를 예우해주는 것처럼 하면서도 뤼팽에게 일방적으로 끌려가는 모습으로 그렸다는 것이다. 뤼팽의 팬들에게는 즐거운 일이었을 수도 있겠지만 불쾌하게 느낀 독자들도 적지 않았다.

이처럼 타인이 창조한 주인공을 허락도 없이 가져다 쓰는 것은 오래전에는 가능했지만 요즘처럼 저작권이 확립된 시대에는 불가능하다. 그렇다면 "명탐정 올스타"를 만들 수 있는 방법은? 첫

번째는 작가 자신이 직접 여러 명의 명탐정을 만드는 단순명쾌한 해결책이 있다. 여러 주인공을 탄생시킨 작가들은 일일이 예를 들 수 없을 만큼 많다. 각각의 세계관이 있기 때문에 주인공들을 함께 등장시키는 일이 드물 뿐이다.

추리소설의 여왕으로 일컬어지는 애거서 크리스티 역시 여러 명의 명탐정들을 창조했는데, 그중에서도 벨기에 출신의 에르퀼 푸아로와 영국 시골 마을의 노처녀 할머니 미스 마플은 세계적으로 잘 알려진 명탐정이다. 그러다 보니 크리스티의 애독자들 중에는 푸아로와 미스 마플이 왜 함께 등장하지 않는지 궁금해하고, 두 명탐정의 만남을 요구하는 편지를 보내는 사람도 있었다. 그런데 크리스티는 자신만의 확실한 지침을 가지고 있었다.

하지만 왜 굳이 만나야 한단 말인가? 두 사람은 그것을 전혀 좋아하지 않을 텐데. 완벽하게 자기 본위대로 행동하는 에르퀼 푸아로가 나이 지긋한 독신 여성에게서 충고를 받고 싶어 할 턱이 없다. (……) 두 사람은 모두 스타이다. 그들은 각자 스타로서의 권리가 있다(『애거서 크리스티 자서전』, 김시현 옮김, 황금가지).

크리스티의 작품 『ABC 살인사건』을 영화로 제작한《알파벳 살인》에는 푸아로 앞에서 미스 마플이 대화를 나누는 장면이 나온다(이른바 카메오 출연이다). 일본에서는《명탐정 푸아로와 마플》이라는 애니메이션이 제작되기도 했다. 하지만 크리스티 본인은 작품 속에서 결코 두 사람을 함께 등장시키지 않았다.

하지만 마치 조미료처럼 자신의 주인공들이 만나는 장면을 집어넣는 경우는 드물지 않다. 2014년 작고한 영국 여성 작가 P. D. 제임스는 첫 주인공인 애덤 댈글리시 경감을 두번째 주인공인 여성 사립탐정 코딜리아 그레이 시리즈인 『여탐정은 환영받지 못한다』와 『피부 밑의 두개골』 두 작품 모두에 "조연"으로 등장시켰다(반대로 댈글리시 시리즈인 『검은 탑』에서는 코딜리아 그레이가 잠깐 언급되기도 한다).

요즘은 약간 다른 방법이 많이 보이는데, 어떤 작가는 일종의 증식增殖 형태로 자신의 주인공을 늘려서 함께 등장시킨다. 먼저 주인공의 입지를 확고하게 다진 뒤 새로운 인물을 조연 형식으로 등장시켜 인상을 각인시킨 다음 그 인물을 새 시리즈의 주인공으로 삼는 것이다. 마이클 코넬리가 창조한 로스앤젤레스의 수사관 해리 보슈와 변호사 미키 할러는 개별 시리즈 주인공이면서도 각각의 작품에 등장한다(이 두 사람은 이복형제이기도 하다). 제프리 디버의 링컨 라임 시리즈에 조연으로 나왔던 문서감정가 파커 킨케이드나 동작학 전문가 캐트린 댄스는 새로운 시리즈의 주인공으로 등장한다. 다만 함께 나오는 작품에서는 공평한 비중이 아닌 어느 한쪽에게 비중이 쏠리고, 주연급 인물도 대개 두 사람에 불과하니 올스타급 모임이라고 하긴 어렵다.

객관성이 완벽하게 담보되는 것은 아니지만, 제삼자인 작가가 여러 주인공을 엮는 편이 오히려 그들의 모습을 생생하게 보여줄 수 있다. 일본 작가 니시무라 교타로의 『명탐정 따위 두렵지 않다』에서는 엘러리 퀸, 에르퀼 푸아로, 매그레 반장, 그리고 일본의 명탐정 아케치 고고로가 등장해 미궁에 빠진 사건에 도전한다. 이 작품이 호응을 얻자 『명탐정이 너무 많다』, 『명탐정도 편하지 않다』, 『명탐정에게 건배』 등을 발표했는데, 뤼팽, 괴인 20면상 등 유명 범죄자들도 함께 등장한다. 노리즈키 린타로의 단편집 『녹스머신』에 실린 「들러리 클럽의 음모」는 약간 역설적인 작품이다. 이 작품에 나오는 사람들은 제목인 "들러리 클럽"에서 짐작할 수 있듯이 명탐정의 조수나 친구 등의 조연급 인물이기 때문이다. 나름대로 이름난 인물들이긴 하지만(홈즈의 친구 왓슨 박사는 웬만한 명탐정보다 유명할 것 같다.) 어쨌든 올스타 멤버라기에는 좀 애매하지 않을까.

2014년에는 대규모 작품이 나왔다. 국제스릴러작가협회 소속의 작가 스물두 명이 합심하여 단편집 『페이스 오프』를 출간한 것이다. 물론 스물두 명이 하나의 작품을 합작한 것은 아니고, 두 명씩 짝을 지어 각자의 주인공들이 협력하며 등장하는 형식이다. 다만 합작을 하다 보니 작가 서로 간에 너무 조심한 것이 아닌가 싶은 느낌이 들기도 한다. 또 주로 장편에 등장하던 인물들이 단편 하나에서 공평하게 등장하려다 보니 실제 올스타전처럼 팬 서

명탐정 올스타

비스용 작품이라는 생각도 든다.

세 명 이상의 명탐정들이 한꺼번에 등장해 비슷한 비중으로 활약하는 작품은 쉽게 나올 것 같지 않다. 다만 지금까지 접했던 작품 중에서 하나 추천하자면 줄리언 시먼스가 발표한 『위대한 탐정들』을 선택하고 싶다. 홈즈, 미스 마플, 네로 울프, 엘러리 퀸, 매그레 경감, 푸아로, 필립 말로 등 저자의 표현에 따르자면 "신화의 주인공들이며 대문자로 표기해줄 만한 자격을 가진" 명탐정 일곱 명의 짤막한 전기傳記이다. 이들이 함께 등장하는 장면은 거의 없지만, 우열을 가릴 수 없는 인물들의 이야기를 한 권의 책에서 볼 수 있다는 점에서 진정한 명탐정 올스타 작품이라고 할 만하다.

8 가족의 파괴, 가족의 탄생

괴짜 탐정들의
가정생활

5월의 호칭은 여러 가지다. 봄 날씨가 이어져서 "계절의 여왕"이
나 "신록의 계절"로 불리고, 덕분에 야외로 나서기 좋으니 "가족
산행의 달"이기도 하다. 하지만 가장 귀에 익숙한 별칭은 "가정
의 달"이 아닐까. 아마 어린이날과 어버이날이 며칠 사이에 걸쳐
있는 바람에 이런 이름이 붙은 것 같다. 하여튼 이런저런 별칭 덕
택인지 5월이라 하면 자그마한 아이 손을 잡고 나들이하는 부모
들의 모습이 머릿속에 떠오르곤 한다.

하지만 추리소설의 세계에서 탐정에게 "화목한 가족"은 별로
인연이 없는 것 같다. 19세기 말에서 20세기 초중반에 이르기까
지 출간된 작품들 중에서 다른 것은 몰라도 정상적인 가정을 이

루고 사는 탐정은 그다지 찾아보기 힘들다.

　어쩌면 이것은 근대 추리소설의 뿌리가 되었던 실존 인물 프랑수아 비도크의 인생에서부터 시작된 일이었을 수도 있다. 프랑스 대혁명 시절에 군복무를 마친 비도크는 도망병이라는 누명을 쓰고 처음 체포된다. 교도소에서 위조지폐 제조의 누명까지 뒤집어쓰고 중노동형을 선고받은 그는 이후 10여 년 동안 탈옥과 체포를 거듭하는데, 그사이에 만난 수많은 범죄자들을 통해 뒷골목의 정보, 범죄 수법, 그리고 변장의 달인이 된다. 평생 범죄자로 살 생각이 없었던 그는 교도소에 있는 동안 경찰의 정보원이 되는 길을 택했고, 자유의 몸이 된 후 파리 지역 범죄수사국이 창설되자 초대 국장이 된다. 창설 8년 만에 파리의 범죄율은 40퍼센트나 떨어졌고, 비도크는 그 공적으로 루이 18세에게 과거의 죄

를 사면받기까지 한다. 그는 50대 중반의 나이에 수사국장에서
물러나 "정보회사Le bureau des renseignements"라는 이름의 회사를
설립한다. 이는 일종의 사립탐정 사무소로, 3000여 명이 그에게
사건을 의뢰했다는 기록이 남아 있다. 탐정으로서는 대성공을 했
지만 사생활, 즉 가정생활에서 비도크는 그다지 행복했던 것 같
지 않다. 그는 열아홉 살에 결혼했는데, 신부인 안느 마리가 임신
했다고 속이는 바람에 벌어진 일이었다. 안느 마리는 비도크의
군대 상관과 바람을 피웠고 결국 둘은 이혼한다. 이후 비도크는 두
차례 더 결혼했으나 탐정 일에 헌신한 탓인지 다른 이유인지 알
수 없지만 그에게 아이가 생기지는 않았다. 여성들에게는 인기가
있어서 81세로 세상을 떠났을 때 연인이라고 주장하는 여인이 무
려 열한 명이나 찾아왔다. 여인들은 뭔가 받을 것을 기대했지만

그들에게 돌아간 것은 그동안의 호의에 감사한다는 편지뿐이었다. 세상을 떠나기 전까지 비도크를 보살폈던 가정부에게 모든 유산이 돌아갔던 것이다. 이처럼 그의 사생활마저도 소설을 방불케 한다.

실존 인물 비도크는 결혼이라도 했지만, 그를 언급하며 등장했던 탐정 오귀스트 뒤팽이나 셜록 홈즈는 소설 속에서 항상 독신으로 지냈다. 이러한 분위기가 후배 작가들에게도 이어진 것인지 수많은 탐정이 독신이었다. 이 무렵의 작가들은 기발한 아이디어와 수수께끼에 심혈을 기울였으며, 대부분의 작품이 단편이었던 만큼 탐정의 개성 이외의 일상생활까지 묘사할 지면이 부족했던 것일 수도 있다. 어쨌거나 하늘에서 뚝 떨어진 듯 혼자 살아가는 탐정들이 많은 탓에 기혼 탐정들이 오히려 독특하게 보일 지경이었다.

가정의 달에 걸맞게 화목한 가정을 꾸린 탐정도 사실 못 찾을 정도는 아니다.

19세기 후반 마티아스 맥도넬 보드킨의 작품에 등장하는 사설 탐정 폴 벡은 탐정이라기보다 우유 배달부처럼 보이는 외모를 가졌다. 그는 여성 탐정 도라 멀을 만나 티격태격 경쟁을 벌이다가 급기야는 뜨거운 사이가 되어 추리소설 사상 최초의 부부 탐정이 된다. 그들 사이에는 아들이 태어나는데, 두 사람의 재능을 이어받은 폴 2세는 당연히 탐정의 길을 걸으며 대활약한다.

프리먼 윌스 크로프츠의 『프렌치 경감 최대사건』에서 처음 등장한 조지프 프렌치 경감은 평범함이 특징인 인물이다. 심지어 프렌치 경감이 너무나 성공적으로 평범해서 전혀 흥미롭지 않은 인물이 되고 말았다고 꼬집는 평론가(줄리언 시먼스, 『블러디 머더』)도 있을 정도였다. 하지만 그런 평가와는 상관없이, 예의 바르고 온화한 그는 사건 수사가 막힐 때면 아내와 대화하며 돌파구를 찾기도 할 정도의 애처가이다.

미국 추리문학계에서 최고의 명탐정 중 하나로 꼽히는 엘러리 퀸(작가의 이름 역시 엘러리 퀸이다.)이 유부남이라는 것은 의외로 잘 알려지지 않은 사실이다. 아마도 그가 활약한 작품 속에서 언제나 미혼 상태였기 때문에 그렇게 생각하는 독자들이 많은 것 같다. 하지만 실상 그는 데뷔작인 『로마 모자 미스터리』에서부터 결혼한 남자임이 선언되어 있다. 이 작품의 서문은 엘러리 퀸이 뉴욕을 떠나 이탈리아의 작은 산골 마을에서 아름다운 아내와 아들, 그리고 그의 부친과 함께 평온하게 사는 중이라고 밝히고 있다.

에드 맥베인의 87분서 시리즈에 나오는 형사들은 여느 직장인들처럼 미혼자와 기혼자가 뒤섞여 있다. 이들 중 가장 유능하며 독자들에게 인기 있는 형사 스티브 카렐라는 수사 도중 만난 아름다운 벙어리 여성 테디 프랭클린과 사랑이 싹터 결혼하고, 쌍둥이 아이들을 키운다. 이 시리즈가 반세기 넘게 지속되는 동안, 등장하는 형사들은 거의 나이를 먹지 않는 것 같지만 아이들은 어느덧 사춘기 나이로 접어들고 있다.

21세기에 접어들어, 탐정의 가정생활은 더욱 현실적이 되었다. 데니스 루헤인은 1990년대부터 이어왔던 사립탐정 켄지 패트릭과 안젤라 제나로 시리즈를 『문라이트 마일』로 일단 완결 지었는데(작가 루헤인이 여전히 활동 중이니 언젠가 새로운 작품이 나올 수도 있다.), 보스턴을 배경으로 살벌한 사건을 해결해왔던 두 사람은 어느덧 부부가 되어 있다. 어린 딸을 키우면서 나름대로 행복하게 살지만, 수입이 신통치 않아 전전긍긍한다는 것이 더욱 피부로 다가온다. 이들이 결혼하기 전의 작품에서는 일상생활의 불편함에 대한 묘사조차 별로 특별하게 느껴지지 않는데, 작가의 글솜씨 때문인지 아니면 요즘 시대상 때문인지 전혀 작위적으로 느껴지지 않는다.

탐정의 활약을 보는 것이 추리소설을 읽는 가장 큰 이유겠지만, 그들의 소소한 일상도 흥미로운 이야깃거리다. 특히 탐정이 배우자와 자녀들과 행복한 가정생활을 누리는 것을 보는 것은 5월 같은 가정의 달이라면 더욱 즐거울 것 같다.

9

위기를 벗어나는
잘못된 방법

"손에 땀을 쥐는"
주인공의 위기 상황

사람은 태어나면서부터 평생 위기(?) 속에서 살아가고 있다. 어릴 때 길에 나가면 차 조심, 수영장이나 바다에 놀러 가면 물 조심하라는 말을 듣곤 한다. 세상 모든 물건들은 부주의할 경우 흉기로 돌변할 수 있다. 남의 탓이건 자신의 실수이건, 사소한 상처를 입는 것부터 생명의 위험까지 느낄 수도 있으니 항상 조심하는 것이 세상을 살아가는 중요한 지침 중 하나일 것이다. 어떤 사람들은 암벽등반이나 번지점프 등 순간적으로 위험할 수 있는 행동을 즐기기도 하는데, 개인적으로는 그 정도의 배짱이 없는지라 그저 책이나 영화를 통해 간접경험을 하면서 대리만족을 할 따름이다.

액션영화나 스릴러소설을 보면 주인공들은 항상 위험에 빠진다. 그것도 단순히 한두 대 가볍게 맞는 정도가 아니라 총칼이 난무하고 근처에서 폭탄이 터질 때도 있다. 사실 이렇게 긴박한 위험에 빠져야 주인공이 어떻게 위기를 극복할지, 또 다른 위험은 어떤 것일지 기대하면서 독자들은 이야기에 빨려 들어간다. 하지만 요즘 영화 관객이나 독자들은 워낙 많은 작품을 접하다 보니 쉽사리 만족하지 못한다. 복선이 너무 드러나 있으면 어떤 방향으로 문제를 해결할 것인지 간단히 예측 가능하기 때문이다.

세계 어느 나라라도 작가라면 이런 어려움을 누구나 느끼는 모양인지, 소설 작법 책을 보면 이에 대한 조언을 쉽게 볼 수 있다. 딘 쿤츠는 『베스트셀러 소설 이렇게 써라』에서 "주인공을 극한 상황 속에 빠뜨려버리고 상황을 더욱 악화시키라"고 조언한다. 그리고 "독자가 안타까움이 아닌 짜증을 느낄 만큼 질질 끌지는 말라"는 말도 함께 한다. 이처럼 주인공의 고난은 독자를 즐겁게 (?) 만들어준다.

주인공에게 위험한 상황을 만들어주는 것은 상대적으로 어렵지 않은 반면, 독자가 납득할 수 있는 해결책을 만드는 것은 쉽지 않은 일이다. 훌륭한 해결 방법을 보여준 작품은 쉽사리 잊히질 않는다. 기억에 남는 작품으로는 스티븐 킹의 첫 하드커버 베스트셀러 1위 작품인 『죽음의 지대』가 있다. 이 작품의 주인공 조니 스미스는 교통사고를 당해 식물인간처럼 몇 년 동안 병원에 입원해 있다가, 갑자기 의식을 되찾으면서 미래를 예측하는 능력을

지니게 된다. 그는 우연찮은 기회에 만난 하원의원 후보가 훗날 미국 대통령이 되어 3차 세계대전을 일으키리라는 것을 알게 된다. 그러나 자신의 말을 믿어줄 사람은 아무도 없으니 조니는 그를 죽이기라도 해서 저지해야만 한다는 결론을 내린다. 폭력이라고는 사용해본 적도 없는 선량하고 모범적인 시민인 조니가 과연 암살자로 변신하여 미래의 위험을 막아낼 것인가 궁금해진다. 그런데 역시 스티븐 킹이라는 말이 나올 정도의 인상적인 방법으로 해결한다(어쩌면 요즘은 비슷한 해결 장면을 종종 볼 수 있어서 크게 독특하다고 느끼지 않을 분도 있겠지만).

주인공들이 겪는 흔한 위기는 뒤통수를 둔기 같은 것으로 얻어맞고 정신을 잃어버리는 장면일 것이다. 그들은 한동안 기절해 있다가도 정신이 들면 꿋꿋하게 일어나 괜찮다고 중얼거리며 다시 사건 현장으로 뛰어든다. 물론 끝까지 별 탈 없이 활약하는 경우가 대부분이다. 심지어 어떤 작품의 주인공은 여러 차례 뒤통수를 얻어맞고 기절하는 봉변을 당하기도 한다. 이에 대해 일본의 추리소설가이자 의사인 유라 사부로는 이런 장면이 의학적으로 이치에 맞지 않는다는 의견을 제시한다. 기절할 정도로 강한 타격을 받으면 내출혈 등의 후유증이 있을 가능성이 크기 때문에 반드시 병원에 가서 검사를 받아야 한다는 것이다. 그는 이런 장면을 읽으면 머리를 다친 사람이 정말 괜찮은지 걱정이 된다고 한다.

사실 추리소설 속 주인공은 많이 다치긴 해도 죽지는 않는 경우가 대부분이기는 하다. 훌륭한 위기 탈출 방법을 미리 알면 재미가 없어지니 과오나 실수 쪽을 살펴보자.

쿤츠는 앞에 언급한 책에서 "어떤 작가들은 주인공을 위험 같은 건 아랑곳하지 않는 인물로 묘사하는 과오를 범하기도 한다. (……) 주인공이 두려운 것이 없으면 그를 위해 걱정해줄 것도 없다."라며 그런 실수를 피하라고 충고한다.

이런 점에서 약간 아쉬운 모습을 보이는 시리즈가 있다. 미국의 인기 작가 클라이브 커슬러는 1976년 『타이타닉호를 인양하라』를 시작으로 40년 가까이 더크 피트가 등장하는 시리즈를 써왔다. 가공의 해양조사기관 소속 더크 피트는 잘생기고 머리 좋고 체력도 뛰어나며 집안도 부유한, 무엇 하나 빠질 것 없는 인물이다. 그는 온갖 위험한 특수임무를 도맡아 하는데, 그러다 보니 작품마다 예외 없이 위험 속에 빠져들곤 한다.

『잉카 골드』에서 더크 피트는 급류 속에 휘말리고 만다. 그의 생존 가능성을 묻자 누군가가 다음과 같이 대답한다.

> 피트가 살아 있을 가능성은 심하게 부상을 당한 사람이 그랜드캐니언에 있는 콜로라도 강의 입구에서 물에 내던져져 라스베이거스 밖에 있는 레이크 미드에 이를 가능성과 같다고 할 수 있죠(정영목 옮김, 두산동아).

이 말에 작품 속 주변 인물들은 손에 땀을 쥐면서 초조해하지만,

불사신이나 마찬가지인 주인공을 독자까지 걱정해줄 필요는 없다. 같이 휘말린 사람은 만신창이 죽음을 맞이하지만, 그 낮은 생존 확률에도 불구하고 피트는 아무 탈 없이 생명을 건진다. 일본의 음모를 그린『드래건』에서는 한술 더 뜬다. 더크 피트는 심해 채굴 차량을 타고 외딴섬의 지하로 들어가 기지를 파괴하는데, 그에 따른 해일과 폭발에 휘말려 연락이 끊어진다. 그러나 인공위성의 탐지로도 찾을 수 없어 죽은 줄로만 알았던 그가 4주 만에 무사히 돌아오는 것이다. 어떻게 위기를 모면했는지에 대한 설명은 전혀 없고, 그저 성공적인 시리즈의 주인공이라는 이유만으로 살아나는 것 같다.

어떤 작가는 이보다 믿을 수 없을 정도로 어이없는 해결 방법을 쓰기도 한다. 오래전에 읽은 외국 작품인데, 주인공이 어떤 중요한 정보를 찾아 한참 동분서주하다가 성과가 없자 결국 친구에게 도움을 요청한다. 그리고 얼마 후 친구에게서 그 정보를 얻는다. 여기까지는 평범하지만, 그 직후 이어진 대화는 대략 다음과 같다. 주인공이 도대체 어떤 방법으로 정보를 구했느냐고 묻자, 친구는 "알 필요 없다"고 대답하는 것이다. 이 장면은 전체적인 맥락에서 크게 중요한 부분은 아니었지만 순식간에 작가에 대한 신뢰도가 뚝 떨어지고 말았다. 작가는 한참 고민한 끝에 찾아낸 수단이었겠지만, 현실에서건 소설에서건 이러한 "묻지 마" 식 해결책을 보고 싶지는 않다.

10

명탐정보다
할머니 해결사가
더 친근

아마추어 탐정의 직업

『라일락 붉게 피던 집』으로 호평을 받았던 송시우가 2015년 발표한 연작 단편집 『달리는 조사관』에는 낯선 직업을 가진 주인공들이 등장한다. 즉 "인권증진위원회"라는 가상의 기관에 근무하는 사람들이다(작가의 설명에 따르면 실존 기관인 "국가인권위원회"의 역할과 기능을 참고했다고 한다). 위원회 조사관이 직접 진정인과 피진정인 사이의 범죄 유무죄를 판정하는 것은 아니지만, 증거를 차곡차곡 모아 합리적 추론을 거쳐 결과를 도출하기까지의 과정이 참신했다. 게다가 추리소설에서 흔히 볼 수 있는 수사관이나 명탐정이 사건을 해결하는 것이 아니라는 점에서 더욱 돋보였다.

몇 년 전 일본에서 국세청 공무원을 주인공으로 한 다카도노

마도카의 『토칸』이라는 작품이 출간되어 드라마가 제작될 만큼 인기를 끈 적이 있다. 공무원이라는 안정된 직장을 원한 주인공은 하필이면 국세청의 특별징수부, 일명 "토칸"에 배치되는데, 이곳은 악질적인 세금 체납자들을 담당하는 곳이었다. 이 작품을 보았을 때 일본 작가들은 별 기발한 아이디어를 다 짜내는구나 싶었는데, 『달리는 조사관』 역시 그런 점에서 뒤지지 않는 새로운 맛을 느낄 수 있었다.

추리소설의 주인공 인물 조형에 어떠한 규격이나 법칙이 있는 것은 아니다. 그러나 소설이 허구임에는 틀림없지만 현실성이라는 면은 무시할 수 없다.

19세기 중반 에드거 앨런 포가 「모르그 거리의 살인」을 썼을 때, 사상 최초의 명탐정으로 활약한 오귀스트 뒤팽은 정작 탐정 일로 먹고사는 사람은 아니었다. 그렇다고 사회정의를 구현하려고 했던 것도 아니고, 그저 시간이 남아돌기에 아무도 못 푸는 미지의 사건을 일종의 심심풀이나 두뇌 유희 삼아 해결하려고 했을 뿐이었다.

반세기 남짓 후에 등장한 셜록 홈즈는 첫 작품 『주홍색 연구』에서부터 이미 직업적 탐정으로 활동하고 있었다. 다만 그때까지만 해도 "탐정"이라는 용어 자체마저 생소했던 터라 평생 친구 왓슨조차 탐정이라는 직업을 신기하게 여길 정도였다. 코난 도일은 이런 점에서 대단히 선구적인 아이디어를 발휘한 셈이다. 그의 성공 이후 수많은 추리소설가들이 등장했지만 그들이 창조한 주인공들 대부분이 탐정, 그리고 경찰인 것을 볼 때 등장인물의 직업 다양성의 폭은 별로 넓지 않다고 해도 과언은 아닐 것이다.

비非시리즈, 즉 작품 한 편에만 등장하는 주인공으로는 어떤 사람이 나와도 별로 이상하지 않다. 세상을 살다 보면 누구나 커다란 사건에 한 번쯤은 연관될 가능성이 있는 만큼, 평범한 동네 아저씨나 아주머니가 활약하는 이야기는 충분히 가능하다고 할 수 있다. 다만 작가가 같은 주인공이 등장하는 시리즈를 만들려고 한다면 첫 등장 작품보다는 훨씬 많은 준비가 필요하다. 예를 들어 100명쯤 사는 호젓한 작은 마을에서 기괴한 사건(예컨대 밀실살인이나 연쇄살인)이 연달아 발생하는 것도 어색하고, 또 그런 대형 사건을 경찰이나 탐정 같은 전문가도 아닌 동네 주민이 나서서 연거푸 수수께끼를 푼다면 아무래도 진지한 이야기처럼 보일 것 같지가 않다. 적어도 주인공이 다양한 사건과 마주칠 수 있는 가능성을 열어두어야만 하는 것이다. 아마추어 탐정이 형사사건의 수사 과정에 참여하는 것은 만만한 일이 아니지만, 작가들은 다양한 방법으로 해결책을 마련해나간다.

추리소설의 여왕 애거서 크리스티는 이러한 어려움을 매끄럽게 극복했다. 런던에서 기차로 한 시간 반쯤 걸리는 세인트 메리 미드라는 작은 마을에 사는 할머니 미스 마플은 크리스티의 유명한 주인공 중 하나이다. 그녀는 타고난 통찰력과 인생 경험, 그리고 오랜 세월에 걸쳐 쌓아온 인맥(여기에는 영향력 있는 경찰 간부들도 있다.)이 있어 살인이라는 강력범죄 속에 슬그머니 스며들곤 한다.

미국 작가 엘러리 퀸이나 일본 작가 노리즈키 린타로는 자신과 이름 및 직업이 같은 추리소설가를 주인공으로 내세웠는데, 그들의 아버지가 경찰 고위 간부라는 직업을 가지고 있어서 언제라도 흥미로운 사건에 뛰어들 수 있는 여지를 만들어놓았다. 이런 설정은 무척 편리하지만 독창성 문제 때문에 너도 나도 비슷한 가족관계를 사용하기는 어렵다.

작가의 입장에서 주인공이 탐정, 혹은 전직 경찰이라면 이야기를 만들어내기가 무척 쉬워진다. 고민을 가진 인물들을 자기 발로 찾아오게 만들 수 있기 때문이다. 그러다 보니 평범한 사람을 탐정으로 전직시키는 것도 충분히 가능하다. 리처드 로젠의 『스트라이크 살인』에서 탐정 역할을 맡았던 노장 프로야구 선수 하비 블리스버그는 후속 작품에서 선수 생활을 그만두고 아예 사설탐정으로 직업을 바꾼다. 존 더닝의 주인공 클리프 제인웨이는 경찰직을 그만두고 헌책방을 여는데, 옛 직업 탓인지 자꾸 사건에 말려든다.

하지만 이런 편리함도 미국이나 일본 같은 외국에서나 통할 뿐, 한국에는 사설탐정이라는 직업 자체가 없다. 외국 추리소설 속에서는 탐정이 가다가 발에 차일 만큼 많이 등장하지만 한국의 창작 추리소설에서 사설탐정 대신 아마추어 탐정이 등장하는 이유는 이 때문이다(물론 한국에도 사설탐정이 있다는 설정으로 나온 작품도 있긴 하다). 그래서 한국 작품의 시리즈 주인공은 대체로 경찰 관계자를 비롯해 형사사건과 접할 가능성이 많은 사법관계자, 변호사, 기자, 보험조사원, 검시관 등이다.

아마추어 탐정의 직업은 여러 가지가 있다. 릭 보이어의 작품에 등장하는 찰스 애덤스는 치과의사이며, 해리 캐멜먼의 닉 웰트나 재크 푸트렐의 밴 듀슨 같은 대학교수도 있으며, 체스터튼의 브라운 신부나 엘리스 피터스의 캐드펠 수도사 같은 종교인도 있다. 사회적 신분이 가장 높은 인물은 피터 러브시의 작품에 등장하는 19세기 영국의 황태자인 에드워드 앨버트가 있고, 그 반대로 사회적 신분이 가장 낮은 인물은 올리퍼 푀치가 창조한 사형집행인 야콥 퀴슬을 꼽을 수 있다. 미야베 미유키의 『십자가와 반지의 초상』에 등장하는 스기무라 사부로는 회사 사보의 편집자인데, 판에 박힌 명탐정보다는 이렇게 평범한 직업인이 오히려 독자들에게 친근감을 줄 것 같기도 하다.

또 무직無職도 종종 보인다. 뒤팽은 직업 없는 귀족이며, 리 차일드의 작품에 등장하는 전직 군인 잭 리처는 직업이 없이 미국을 떠돌아다니고 있다(신용카드나 휴대전화도 없다).

이처럼 아마추어 탐정의 직업 세계는 다양하지만, 아직도 새로운 분야는 여전히 많이 남아 있다. 직업은 아니지만 일본 작가 시바타 렌자부로는 유령 탐정이라는 초자연적 존재까지 등장시켰

으니 인간의 상상력은 끝이 없는 것 같다. 앞으로 어떤 개성의 새
로운 직업을 가진 아마추어 탐정이 나올지 기대된다.

2장   작가들

1

세상 빛 못 보고
사라진 원고

독자와 만날 수 없었던
비운의 작품들

"발굴"이라는 단어를 보면 사막 같은 황무지에서 고고학자가 땅을 파는 장면이 떠오른다. 놀라운 기술의 발달로 이젠 지구가 그렇게 크게만 느껴지지는 않는데, 아직도 공사를 하다가 유적이 발굴되는 것을 보면 신기한 생각이 들기도 한다. 여전히 베일 속에 감춰진 유적도 있고, 전설로만 남은 자취도 있다. 발굴이란 이처럼 어디 묻혀 있던 역사적 유물을 찾아낸다는 의미로 잘 알려져 있지만, 사전을 찾아보면 "세상에 널리 알려지지 않거나 뛰어난 것을 찾아 밝혀낸다"는 뜻도 있다. 문학작품도 그렇게 발굴되는 경우가 드물지 않다. 인터넷에서 신문기사를 검색해보니 "이효석의 미공개 수필 발견", "시인 정지용 작품 새로 발굴", "서정

주 시인의 시 100여 편이 작고 15년 만에 공개" 등의 기사도 보인다.

이처럼 어디선가 운 좋게 발견되어 새롭게 공개되는 작품이 있는가 하면, 영영 세상의 빛을 보지 못하는 경우도 적지 않다. 대개 출판할 곳을 찾지 못해 작가가 세상을 떠나면서 함께 묻혀버리는 경우가 가장 흔할 것이고, 동인지 등에 실렸지만 당대의 관심을 끌지 못해 사라지는 사례도 있을 것이다. 이런 경우와는 달리 해외 추리소설 중에는 독특한 이유로 영영 사라진 작품이 종종 있다. 그중 가장 잘 알려진 것은 아마도 타이타닉호의 침몰과 관련된 이야기일 것이다.

《애틀랜타 저널》,《뉴욕 헤럴드》 등의 신문사에 근무하던 재크 푸트렐은 《보스턴 아메리칸》 신문사에 자리 잡은 이듬해인 1905년, 단편 추리소설 「13호 독방의 문제」를 발표한다. "생각하는 기계 The Thinking Machine"라는 별명을 지닌 아마추어 탐정 S. F. X. 밴 듀슨 교수의 기발한 교도소 탈출을 묘사한 이 작품이 호평받자, 푸트렐은 이후 40편 이상의 시리즈 작품을 계속 발표했다. 그러나 1912년, 부인 메이와 유럽 출장 겸 여행을 마치고 귀국길에 오른 푸트렐에게 큰 비극이 일어난다. 그는 다름 아닌 타이타닉호를 탔던 것이다. 배가 빙산과 충돌하자 그는 부인을 구명보트로 탈출시킨 뒤 배에 남아 37세의 젊은 나이로 1514명의 사망자 명단에 오르고 말았다. 함께 작품을 쓰기도 했던 부인

의 말에 따르면 발표하지 않았던 "생각하는 기계" 시리즈 단편 여섯 편도 함께 바다 속으로 사라져버리고 말았다고 한다. 1985년 타이타닉호의 잔해가 발견되고 일부 유품이 인양되기도 했으나, 종이에 쓴 원고가 남아 있을 가능성은 전혀 없어 보인다.

『달과 6펜스』, 『인간의 굴레에서』 등으로 유명한 영국의 문호 서머싯 몸이 스파이소설을 썼다는 것은 별로 알려지지 않은 것 같다. 대학에서 의학을 전공한 몸은 1차 세계대전이 발발하자 군의관으로 참전했다가 정보부에 지원해 유럽 각국에서 첩보원으로 활동했으며, 당시의 경험을 바탕 삼아 16편의 연작 단편으로 구성된 스파이소설 『어센덴』을 발표했다. 몸이 이 작품을 쓰기 시작한 것은 1차 세계대전이 끝난 직후인 1920년 무렵으로, 처음에는 모두 30편으로 구성되어 있었다. 그러나 원고 단계에서 검토한 윈스턴 처칠(당시 육군상)은 절반에 가까운 14편을 "태워버리는 것이 좋겠다"고 충고했다. 쉽게 표현하자면 비공식 사전 검열에 걸린 셈인데, 아마도 당시에 공개되어서는 안 될 군사적 기밀이 있었기 때문이었을 것이다. 몸은 처칠의 충고를 받아들여 문제가 될 작품을 빼내고 남은 16편만으로 단편집을 출간했다. "태워버린" 작품들은 제목조차 남지 않아 어떤 내용인지 짐작도 할 수 없지만, 아무래도 출판된 작품보다 훨씬 재미있을 것만 같다는 근거 없는 추측만 할 뿐이다.

이런 상실의 안타까움과는 반대로 느닷없는 발견으로 대중을 흥분시킨 에피소드가 있다.

1942년 6월, 런던의 신문에 놀라운 뉴스가 실렸다. 코난 도일의 유품을 정리하던 중 미발표된 셜록 홈즈 이야기의 원고가 하나 발견되었다는 소식이었다. 잘 알려진 것처럼 코난 도일은 장편 네 편과 단편 56편 등 모두 60편의 홈즈 이야기를 남기고 1930년 세상을 떠났는데, 12년 만에 새로운 작품을 발견했다는 소식은 독자들의 관심을 집중시켰다. 도일의 막내아들인 에이드리언과 영국의 전기 작가 헤스키스 피어슨이 도일의 전기 집필을 위해 함께 유품을 정리하다가 원고를 발견한 것으로 전해진다. 원고가 들어 있던 봉투 겉에는 도일 부인(1940년 작고)의 필적으로 "남편의 마음에 들지 않아 발표하지 않았다"는 요지의 글이 적혀 있었다고 한다. 「지명수배된 사나이」라는 제목의 이 단편소설은, 피어슨이 읽고 "훌륭한 작품이라고는 말할 수 없다"고 평가했으나 추리소설가 존 딕슨 카(훗날 도일의 전기를 썼으며, 에이드리언 도일과 함께 『셜록 홈즈 미공개 사건집』을 집필했다.)는 호의적인 평가를 내렸다. 원고 발견 보도 직후 다양한 잡지와 신문이 이 단편을 게재하기 위해 경쟁을 벌였지만 유족은 이를 거절했고, 제법 시간이 흐른 뒤인 1948년에야 미국에서 잡지 『코스모폴리탄』에 수록되었다. 그런데 이 작품이 도일의 문체와도 차이가 있고 추리의 설득력도 떨어지는 등 뭔가 심상찮다고 여긴 셜로키언(셜록 홈즈 연구자)들은 집중적인 조사 끝에 놀라운 진상에 도달했다. 결론은 도일의 작품이 아니라는 것. 원작자는 영국의 아마추어 작가인 건축기사 아서 휘터커였다. 그는 도일에게 원고를 읽어달라고 보냈는데, 도일은 혹시 써먹을 수도 있을까 싶었는지 10파운드를 주고 사들였다는 것이다. 결국 홈즈 팬들을 들뜨게 했던 새 작품 발굴 소식은 착각이었다는 결말로 싱겁게 끝나고 말았다.

서지정보가 많이 축적된 외국과는 달리 한국의 상황은 많이 다르다. 추리소설의 발표나 출간 목록 등의 자료가 없어 누가 언제 어떤 작품을 발표했는지 정확한 파악이 어렵다. 예를 들어 한국 최초의 전문 추리소설가로 꼽을 수 있는 김내성은 대중적으로도 꽤 알려졌고 학술적으로도 많은 연구가 이루어져 왔으나 그의 서지목록조차 아직 완벽하지 않다. 김내성을 전후한 시대도 마찬가지. 단정학의 『겻쇠』나 최독견의 『사형수』, 박태원의 소년탐정소설 『특진생特進生』 등은, 작품이 연재되었던 잡지 중 현존하지 않는 것이 있어 작품의 일부가 소실된 상태이다. 그나마 소실된 부분보다 남아 있는 부분이 많다는 점이 불행 중 다행이라고나 할까. 꽤 많은 작품들이 잡지의 소실과 단행본 미보존으로 사라져버린 것 같다. 옛 작품 발굴의 여지가 많다고 긍정적으로 여기는 것이 마음 편할 듯하다.

2

마술사와 닮은
추리소설가

미스디렉션의
달인들

오랫동안 추리소설을 찾아 읽다 보니 아무래도 처음 접하던 시절과는 느낌이 많이 달라진 것 같다. 출간되는 책이 많지 않던 시절에는 닥치는 대로 구해 읽어도 부족할 지경이었지만, 요즘은 감당하기 어려울 정도로 많은 작품이 출간되는 바람에 소수정예를 선택해 읽을 수밖에 없다. 이처럼 독서 경력이 쌓이다 보니 어떨 때는 작가가 이야기를 어떻게 끌어 갈 것인지 뻔히 짐작될 때도 있다. 하지만 그래도 무심한 듯 깔려 있는 복선에 허를 찔리는 경우도 많다. 바짝 정신 차리고 읽어도 속아 넘어가는 것, 결국 이것이 추리소설을 읽는 재미인 셈이다.

"후더닛Whodunit", 즉 "누가 범인인가?"를 밝히는 추리소설은

대개 내용의 대부분을 주인공의 수사 과정이 차지한다. 살인이 벌어졌다면 동기가 무엇인가, 가장 이익을 보는 사람이 누구인가 등의 기본적인 추리를 거쳐 증거를 찾아가면서 사건을 해결한다. 하지만 추리소설이 이처럼 따분하게만 구성되어 있다면 차라리 신문을 보는 사람이 훨씬 많을 것이다. 훌륭한 작가는 독자의 주의를 한쪽으로 돌려놓고 다른 쪽에서 뭔가 깜짝 놀랄 일을 벌여놓는다.

소설을 읽는 독자의 생각은 자유롭다. 책을 읽는 동안 누구도 의식의 흐름을 속박하지 않는다. 그렇지만, 어느 사이에 독자의 생각은 작가의 손 안에서 휘둘리곤 한다. 그것을 깨닫지 못하게 하는 것은 작가의 글솜씨에 달려 있다.

이런 것을 추리소설 분야의 용어로 표현하자면 "훈제한 청어 red herring", 혹은 "미스디렉션misdirection"이라고 하는데, 사전을

찾아보면 "사람의 주의를 딴 데로 돌리는 것"이라고 나와 있다. 사람은 어떤 자극(소리나 빛)이 있는 쪽으로 눈이 쏠리고, 평범한 움직임에는 신경 쓰지 않는다. 그리고 상식적으로 당연하다 생각하게 되면 주의력이 흐려지곤 한다. 제프리 디버는 『사라진 마술사』에서 미스디렉션에 대해 매우 자세하게 설명하고 있다.

작가가 독자를 고의적으로 잘못된 방향으로 이끌어 가는 방법은 여러 가지가 있는데, 영국의 추리소설가 H. R. F. 키팅은 『추리소설 쓰는 법』에서 다음과 같이 충고했다.

독자를 속이고 눈앞에 실마리가 제시되고 있는데도 알아채지 못하게 만드는 가장 좋은 방법은 사실을 제공하면서 그것이 독자와 수수께끼 풀이를 겨루는 것이 아니라 분명히 딴 속셈이 있기 때문에 그렇게 한다고 착각하게 만드는 것이다.

독자가 그럴듯하게 여기도록 하려면 무척 정교한 솜씨가 필요할 것 같지만, 의외로 간단하다. 왜냐하면 독자는 작가의 글을 믿기 때문이다. 예를 들어 등장인물 중 하나가 "○○○는 예전에 죽었다"고 말하면 독자는 ○○○라는 사람이 죽었다고 생각하기 마련이다.

대개의 작품에서 볼 수 있는 미스디렉션은 "매우 수상해 보이는 인물을 수사관이 한참 쫓아갔는데 범인이 아니었고, 알고 보니 전혀 의심스러워 보이지 않던 사람이 범인이었다."라는 것이다.

다만 이런 미스디렉션도 과유불급이다. 탐정이 자꾸만 시행착오를 거듭하고, 그사이에 계속 피해자가 늘어나서 유력한 용의자가 거의 없어진 뒤에야 범인을 밝혀낸다면 과연 그를 명탐정이라고 할 수 있을까 하는 의문까지 생긴다. 사실 극단적인 미스디렉션은 꽤 오래전에 읽은 제목과 저자도 잘 기억나지 않는 소설에서 본 일이 있다. 어느 호텔에서 여성이 살해되자, 치정 문제로 추정하고 주변 사람들을 상대로 열심히 수사한다. 하지만 결말까지 몇 페이지 남지 않았을 때 밝혀진 범인은 그때까지 이름 한 번 언급되지 않았던 호텔 직원으로, 말 그대로 지나가던 길에 벌인 우발 범죄였다는 것. 혹시 이 소설을 읽고 추리소설이 이런 것인가 하고 질색했을 독자도 있지 않았을까 싶어 안타까울 정도이다.

소설에서의 미스디렉션 기술은 마술사의 기술과도 비슷한데, 실제로 마술사로서의 실력을 갖춘 유명 추리소설가는 세 명 정도 꼽을 수 있다.

젊은 시절 일러스트레이터, 아트 디렉터로 활동했던 클레이튼 로슨은 두 명의 마술사 탐정을 창조했다. 1938년 발표한 그의 첫 번째 추리소설인 『모자에서 튀어나온 죽음』이라는 작품에서는 "그레이트 멀리니"라는 마술사가 주인공으로 등장한다. 멀리니는 5대에 걸친 서커스 집안 출신으로 뛰어난 마술사이자 마술 도구를 파는 상점도 운영하는 인물이다. 한편 로슨은 스튜어트 타운이라는 필명으로 또 다른 마술사 탐정 돈 디아블로가 등장하는 소설을 펄프 잡지에 발표했다. 돈 디아블로의 본명은 니콜라스 알렉산더 후딘으로, 그는 초자연적인 범죄와 맞서 싸운다. 멀리니와 돈 디아블로의 창조자 클레이튼 로슨 역시 마술에 관심이 많아 50여 가지에 이르는 마술 트릭을 고안했으며, "그레이트 멀리니"라는 예명으로 무대에 올랐던 아마추어 마술사이기도 했다.

추리소설에 백인 이외의 주인공이 드물던 1960년대 미국에 새로운 모습의 흑인 형사가 주인공으로 등장한다. 『밤의 열기 속에서』에서 첫선을 보인 버질 팁스는 당시까지의 인종적 편견을 벗어난 지성을 갖춘 인물로 화제를 모았다. 팁스를 탄생시킨 작가 존 볼은 기자 출신이자 한때 부보안관으로도 근무했으며, 젊은 시절에는 준프로급 마술사로서 활동했다. 1930년대에 자크 모린텔, 하우더지 등의 예명으로 활동한 그는 당시 마술 관련 잡지의 인명록에도 이름이 올라가 있을 정도였다.

존 볼이 1977년 일본을 방문했을 때, 숙소인 호텔 로비에서 일본 관계자들과 만남을 가졌다. 인사를 마치고 명함을 교환할 때, 그는 갑자기 오른손을 들어 올리더니 공중에서 자기의 명함을 꺼낸 다음 잠시 후에는 그 명함을 허공에서 사라지게 했다. 모두가 감탄하고 있을 때, 그 트릭을 간파한 사람이 하나 있었다. 그는 테이블 위에 성냥을 꺼내놓고 바꿔치기 마술을 펼쳐 존 볼의 감탄을 자아냈다. 마술 솜씨를 보여준 인물은 추리소설가 아와사카 쓰마오로, 제법 알려진 마술사이기도 했다. 앞에 언급한 미국 작가들이 예명을 썼던 것과는 달리 본명(아쓰카와 마사오)의 글자 순서를 뒤섞은 애너그램으로 필명을 만들어 활동했다. 1989년 그의 본명을 딴 마술 상이 제정되었는데, 생전에는 그가 직접 심사했으며 수상자들은 대부분 현역 마술계에서 활약하고 있다.

아와사카 쓰마오는《산케이 신문》에 마술 관련 칼럼을 연재한 일이 있는데, 미스디렉션을 다룬 글에 다음과 같이 썼다.

마술사, 추리소설가, 그리고 사업가, 군인, 정치가는 예로부터 미스디렉션의 달인이었다. 어쩌면, 우리의 생각과 행동의 대부분은 자유로운 것이 아닌지도 모른다.

1970년대에 쓴 글이지만, 지금 봐도 공감이 가는 글이 아닐 수 없다.

3 고생 끝에 낙이 온다

홈즈도 크리스티도
처음엔 "퇴짜"

추리소설을 읽다 보면 착착 들어맞는 복선과 놀라운 반전 때문에 깜짝 놀라면서, '작가의 머리가 정말 좋구나.' 하는 생각이 들 때가 종종 있다. 소설뿐만 아니라 시와 평론에 이르기까지 전방위 활동을 한 만능 문필가였던 에드거 앨런 포를 비롯해 추리문학계에 커다란 족적을 남긴 작가들은 대체로 "천재"라고 불러도 손색이 없을 것 같다. 다만 머리가 좋은 것과는 별개로 작가로서 성공하는 것은 좀 달라서, 나름대로 "행운"이라는 요소도 필요한 것 같다. 과거 추리소설 공모전 심사에 몇 번 참여한 경험을 돌이켜 보면, 어떨 때는 우수한 작품 여럿이 한꺼번에 들어오는 바람에 안타까운 마음으로 탈락시켰던 작품이 있는가 하면, 추천할 만한 작품이 전혀 없어서 예전에 떨어뜨렸던 작품이 아쉽게 느껴졌던 기억도 있다. 이처럼 운이 따르면 시작부터 탄탄대로를 달릴 수 있지만, 대다수의 작가들은 성공하기까지 많은 시간과 노력을 기울여야만 했다.

명탐정 홈즈를 만들어낸 코난 도일은 자신의 주인공을 세상에 내보이기 위해 무진 애를 써야만 했다. 스무 살 때부터 생계를 위해 단편소설을 써왔던 그는 의학박사 학위를 딴 뒤 병원의 수입이 괜찮아지자 장편소설을 써보기로 마음을 먹었다. 홈즈가 처음 등장하는 작품인 『주홍색 연구』는 여러 출판사에서 거절당한 끝에 1887년 출간되었지만 별다른 반응이 없었다. 그러자 도일은 더는 홈즈 시리즈를 쓰지 않겠다고 결심까지 했다. 그러나 바다 건

너 미국의『리펀코트 매거진』의 편집자가 새로운 홈즈 작품을 의뢰해 장편『네 사람의 서명』을 집필했으며, 1891년 창간한 영국의『스트랜드 매거진』에 홈즈 시리즈를 연재하기 시작했다. 그 이후 독자들에게 폭발적인 인기를 얻은 것은 새삼스레 설명할 필요도 없을 것이며, 홈즈는 탐정의 대명사가 되었다. 반면 잡지『콘힐 매거진』의 편집자이자 작가인 제임스 페인은 도일의 원고를 가망성 없다고 퇴짜 놓은 일로 지금까지 이름이 전해져 오고 있다.

"추리소설의 여왕" 애거서 크리스티도 데뷔작이 발표되기까지 순탄했던 것은 아니었다. 크리스티의 전기『애거서 크리스티의 비밀』에 의하면 1차 대전이 한창이던 무렵 병원에서 일하던 크리스티는 그녀의 언니인 매지와 추리소설을 쓰는 것이 쉬운 일인지 진

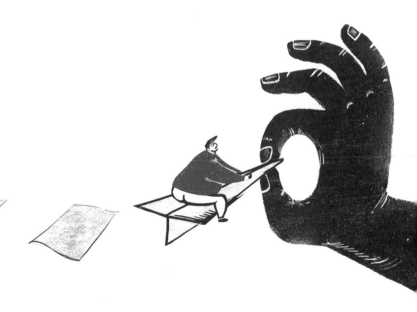

지하게 이야기를 나누었다. 매지가 "내가 결과를 예측할 수 없는 소설을 너는 쓸 수 없을 거야."라고 장담하자 크리스티는 얼마 후 『스타일스 저택의 괴사건』을 집필하기 시작해 짧은 시간 만에 완성했다. 그러나 무명이던 크리스티의 데뷔작은 런던의 여러 출판사에서 계속 거절을 당했고 약 4년의 세월이 흐른 뒤 보들리 헤드 출판사의 존 레인의 눈에 띄어 출판 계약을 맺을 수 있었다. 크리스티는 두번째 작품을 집필하면서도 데뷔작이 과연 책이 되어 나올지 의구심을 가졌다. 『스타일스 저택의 괴사건』은 훗날 크리스티의 이름이 알려지고도 10년 후에나 베스트셀러 목록에 올라가게 되었다.

첫 단추를 잘못 끼운 작가로 엘러리 퀸을 빼놓을 수 없다. 1920년대 후반 무렵 사촌형제인 만프레드 리와 프레더릭 다네이는 당시 인기 추리작가이던 S. S. 밴 다인의 파일로 밴스 시리즈처럼 지적이며 품위 있는 탐정이 등장하는 추리소설이라면 자신들도 쓸 수 있으리라고 생각하고 있었다. 마침 『맥클루어스』라는 잡지에서 7500달러의 상금이 걸린 소설 모집 광고를 보고 두 사람은 당선되면 상금을 절반씩 나누자는 농담을 하며 엘러리 퀸이라는 필명으로 작품을 투고했다. 3개월 후 수상자로 내정된 것을 알게 된 두 사람은 고급 담배 파이프를 사서 "EQ"라는 머리글자를 새겨놓을 정도로 자랑스러워했다. 하지만 수상작이 공식적으로 발표되기도 전에 소설 공모를 주최했던 잡지사가 느닷없이 경영난으로 폐간되는 바람에 공중에 떠버리고 말았다. 결국 그들에게도 데뷔작의 악몽이 찾아오나 했으나 다행스럽게도 당선작을 눈여겨보았던 스토크스 출판사가 『로마 모자 미스터리』를 간행하면서 퀸은 성공의 길을 걸을 수 있게 되었다.

요즘 작가들이라고 해서 순탄한 것은 결코 아니다. 오히려 훨씬 더 치열한 경쟁과 엄격한 심사를 거친다.

『미스터 메르세데스』로 미국추리작가협회상(장편 부문)을 수상한 스티븐 킹은 그의 이름만 보고도 책을 산다는 팬들이 수두룩할 정도로 절대적인 인기를 과시하는 베스트셀러 작가지만, 정작 장편 데뷔작을 출판사와 계약하는 데는 무척 애를 먹은 경험이 있다. 킹은 20대 초반부터 잡지에 단편소설들을 팔면서 이미 작가로서의 재질을 보였으나, 염력念力을 가진 10대 소녀의 비극을 그린 데뷔작 『캐리』는 가까스로 더블데이 출판사에 팔렸으며, 계약을 하고도 1년 넘게 손을 본 후에야 책으로 나올 수 있었다.

지금은 작품당 1000만 달러 이상의 선인세를 받는 변호사 출신 작가 존 그리샴도 처녀작을 출판해줄 곳을 찾느라 고전했다. 출판사에 원고를 보내고 거절당하기 무려 20여 차례. 결국 1만 5000달러에 팔았지만, 초판을 겨우 5000부 찍었으며 그나마 그중 1000부를 자기가 사들여야 할 만큼 실패작으로 끝났다. 그러나 두번째 작품인 『그래서 그들은 바다로 갔다』가 1991년 700만 권이나 팔리는 초대형 베스트셀러가 되자 데뷔작인 『타임 투 킬』

초판은 비싼 값의 희귀본으로 둔갑하는 일이 벌어졌다.

　일본추리작가협회장을 역임한 오사와 아리마사는 시작은 좋았으나 그 직후부터 한동안 고전을 면치 못한 경험을 가지고 있다. 어린 시절부터 하드보일드에 심취해 소설가를 꿈꾸던 그는 명문 게이오대학을 중퇴하고 전업 작가를 지망하다, 23세 때 제1회 소설추리 신인상에 당선되면서 탄탄대로가 이어지리라 기대했다. 하지만 당초의 기대와는 달리 "영구초판永久初版 작가"라는 불명예스러운 별명을 얻었을 만큼 왕성한 활동에 비해 성공과는 거리가 멀었다. 그는 결국 『신주쿠 상어』로 추리작가협회상을 받으면서 평단과 독자의 호평을 받는 "베스트셀러 작가"라는 목표를 달성했지만, 그에 이르기까지는 10년이라는 긴 세월이 필요했다.

　발명왕 에디슨은 "천재란 99퍼센트의 노력과 1퍼센트의 재능으로 만들어진다"고 했지만, 요즘은 "그 1퍼센트가 없으면 아무 소용 없다"는 냉소적인 이야기가 나오기도 한다. 소설을 쓰는 데에는 재능이 전혀 없어서도 안 되겠지만 작가가 경험을 쌓고 노력을 통해 연륜이 생기면서 점점 원숙해지는 것이 보통이다. 물론 세상에 첫선을 보이는 작품이 뛰어나면 뛰어날수록 좋은 일이긴 하지만, 데뷔작이 뛰어나서 평생 그 짐을 지고 사는 작가들도 있다. 아무래도 위대한 작가는 타고난 것도 있지만 노력에 의해 만들어진다는 의견이 타당한 것 같다.

4

얼굴을 숨기고
글쓰기

정체를 드러내지 않는
"복면작가"

TV에서 가면을 쓰고 노래하는《복면가왕》이라는 프로그램이 인기를 끌고 있다. 즉 누구인지 정체를 감추고 단지 노래 실력만으로 청중의 평가를 받는다는 것이다. 나름대로 이름이 알려진 사람들임에도 불구하고 누구인지 도저히 알아차릴 수 없을 정도니 기획 의도는 분명 성공한 것 같다.

추리문학계(뿐만 아니라 문학계 전체)에서는 신분을 숨기고 글을 쓰는 사람이 종종 있다. 필명 사용은 소극적인 수준이라 할 수 있겠지만, 얼굴은 물론 문학 외적 약력조차 밝히지 않을 정도로 적극적으로 숨기는 작가도 있다. 일본에서는 후자의 작가를 "복면작가"라고 일컬으니, 음악 프로그램과 일맥상통하는 부분이 있다고 할까. 데뷔 당시부터 필명을 쓰는 이유는 자신의 이름이 다소 밋밋하게 느껴진다거나, 직장인인데 회사의 눈치를 보느라 본명을 밝히기 어렵다거나, 여성(혹은 남성) 작가가 중성적인 느낌을 주려고 한다는 등으로 무척 다양하다.

이와는 달리 이름이 알려진 기성 작가마저도 새로운 필명을 사용할 때가 있다. 영국 추리소설가 존 크리시는 무려 28개의 필명을 사용한 것으로 유명한데, 그에 걸맞게 600여 편의 작품을 남겼다. 불가피하게 필명을 써야 하는 상황도 있다. 흔하진 않지만 한 지면에 같은 작가의 작품이 동시에 수록될 때이다. 미국 작가 에드워드 D. 호크는 추리소설 전문지인 『엘러리 퀸 미스터리 매거진』에 1973년부터 2007년까지 34년 동안 매월 하나 이상의 단편을 계속 발표했다. 그런데 가끔 두 편을 싣는 경우도 있어서 어쩔 수 없이 본명 이외에도 대여섯 개의 필명을 사용할 수밖에 없었다. 한국에서는 이런 일이 드물긴 하지만, 한국 추리소설의 대표주자 김성종은 놀랍게도 일간지에 장편을 동시에 연재한 바 있다. 1975년 10월부터 《일간스포츠》에 『여명의 눈동자』 연재를 시작한 김성종은 1977년 3월부터 "추정秋政"이라는 필명으로 『제5열』을 함께 연재했던 것이다. 연재 직전의 사고社告를 보면 작가 사진도 실려 있지만, 정작 작가에 대한 소개가 별로 없다는 것이 흥미롭다.

흔한 일은 아니지만 정상급의 인기를 과시하는 작가가 자신을 숨기면서 새로운 작품을 발표할 때가 있다. 해리 포터 시리즈의 작가 J. K. 롤링이 로버트 갤브레이스라는 이름으로 발표한『쿠쿠스 콜링』에 얽힌 사건이 가장 유명할 것이다. 이 작품은 2013년 4월에 나왔는데, 출간 당시 발 맥더미드나 마크 빌링엄 등 영국의 유명 추리작가들의 칭송을 듣는 등 "신인의 데뷔작"치고는 많은 호평을 받았다. 그런데 3개월 후,《선데이 타임스》의 칼럼니스트인 인디아 나이트는 이 책을 읽은 후 작가가 여성이 아닐까 하는 생각을 하게 된다. 작품에 등장하는 패션 디자이너나 모델, 복장, 액세서리 등의 묘사로 볼 때 출판사가 소개한 "육군 헌병대 근무 후 퇴역해 현재는 민간 경비회사에 근무 중인 남성"(이 경력은 주인공 코모란 스트라이크와 흡사하다.)이 쓴 것이라고는 생각하기 어려웠기 때문이다. 작가가 누구이건, 나이트는 자신의 트위터에 "아주 좋다"고 추천했다. 그런데 얼마 후 낯선 사람의 글이 올라왔다. "작가가 J. K. 롤링이라는 것을 아시는지?" 깜짝 놀란 그녀는 진

담이냐, 어떻게 알았느냐고 질문했으나 "그냥 안다"고만 하고 답이 없었다. 특종일지도 모른다는 생각으로 나이트는 이 이야기를 《선데이 타임스》 문예부장 리처드 브룩스에게 전했다. 그가 알아본 결과 갤브레이스와 롤링은 에이전트가 같았으며, 『쿠쿠스 콜링』과 롤링의 작품 『캐주얼 베이컨시』는 같은 출판사에서 출간되었고 같은 편집자가 담당하고 있었다. 갤브레이스 같은 신인 작가를 경륜 있는 편집자가 담당하는 경우는 드물며, 광고를 위해 인터뷰 등을 받아들이지 않는 것도 이상했다. 상황증거를 모은 브룩스가 출판사에 문의하자, "사실이다."라는 답장이 돌아온 것이다. 비밀을 누출한 사람도 밝혀졌다. 롤링의 법무법인 소속 변호사가 아내에게 이야기했고, 아내는 친구에게 전했는데, 그 여성이 나이트의 트위터에 글을 썼던 것이다. 법무법인은 사죄하고 보상금을 롤링이 지정한 퇴역군인복지재단에 기부했으며, 또한 롤링도 정체가 밝혀진 이후부터 3년간 인세를 같은 조직에 기부하기로 결정했다.

롤링은 "새로운 장르에 작가로서 도전하고 싶은데, 이름에 기대지 않고 신인으로 돌아가 솔직한 피드백을 받고 싶었다. 조금 더 오랫동안 밝혀지지 않기를 원했다."라고 말했다. 필명은 어린 시절 공상의 세계에서 자신을 지칭하던 "엘라 갤브레이스"에서 따온 것이라고 한다.

1992년, 존 애벗이라는 작가의 『언월도偃月刀』라는 서스펜스소설이 미국에서 출간되었다. 리비아의 암살집단이 미국 대통령을 암살하려 한다는 내용의 이 작품은 출판사가 10만 달러의 광고비를 쓰면서 초판 7만 5000부를 찍었다. 1956년 런던에서 태어난 "무명작가"의 작품치고는 꽤 큰 투자라 "존 애벗은 누구인가?" 하는 의문이 나왔다. 작가의 정체가 87분서 시리즈로 유명한 에드 맥베인임을 눈치챈 사람이 많았는데, 그 근거는 저작권사가 같다는 점, 맥베인이 자주 사용하는 그림이나 사진이 작품 속에 등장한다는 점이었다. 뒤표지에 나온 작가 사진 역시 역광으로 흐릿하지만 맥베인임을 알아볼 수 있는 근거였다. 다만 맥베인은 롤링과는 달리 1년이 지나서야 어느 잡지와의 인터뷰를 통해 처음으로 그 사실을 인정했다.

공포소설가로 유명한 스티븐 킹 역시 한동안 리처드 바크만이라는 이름으로 여러 작품을 썼다. 스티븐 킹이 필명을 사용한 이유는 당시 미국의 출판업계에 1년 1작가 1권 출판의 풍조가 있었기 때문이라고 한다. 그도 롤링과 마찬가지로 무명의 "리처드 바크만"이 "스티븐 킹"과 같은 지위를 획득할 수 있을까 도전해보고 싶었다는 것이다. 계획대로라면 『미저리』를 바크만 이름으로 발표할 생각이었으나, 어느 서점 점원에 의해 정체가 들통나는 바람에 결국 그 계획은 실패했다.

사실 아무리 좋은 작품이라도 운명은 예측할 수 없다. 롤링의 『쿠쿠스 콜링』은 출간 후 3개월 동안 하드커버, 전자책, 오디오북,

도서관 구입까지 모두 8500권의 판매 실적(신인 작가로는 좋은 수준)을 올렸으나 작가가 누구인지 밝혀지자 바로 일주일 만에 1만 8000권이 팔렸으며 곧 베스트셀러 1위의 자리에 올랐다. 스티븐 킹도 마찬가지. 리처드 바크만의 정체가 밝혀지기 직전 작품인 『시너』는 2만 8000권이 팔렸으나 스티븐 킹이 된 순간부터 28만 부나 팔렸다는 깃은 이름값을 무시할 수 없음을 증명한다. 어쩌면 필명으로 작품을 썼지만 반응이 형편없어서 여전히 신분을 숨기고 있는 유명 작가가 더 있을지도 모를 일이다.

5 남의 글을 내 것으로

추리소설의 트릭, 반전도 표절의 대상

국내 유명 작가의 표절 사건은 세상을 떠들썩하게 했다. 특별한 문학적 지식이 없는 사람이라도 충분히 판단이 가능한 만큼 표절 여부에 대해서는 더 이상의 의견을 덧붙일 필요는 없겠지만, 어쨌든 굉장히 뒷맛이 씁쓸한 일임에는 틀림없다.

표절 의혹 사례를 열거하자면 문학뿐만 아니라 영화, 드라마, 만화, 그림, 학술논문 등 이른바 "창작물"로 분류되는 모든 것에서 찾아볼 수 있을 것이다. 추리소설이라고 해서 표절의 청정지역은 아니지만, 어떤 면에서는 엄격하고 다른 면으로는 융통성이 있는 분야이기도 하다. 구체적으로 말하자면 추리소설은 대개 "범죄 발생→탐정의 추리→사건 해결"이라는 일반적 공식으로 진행되기 때문에 구성 자체는 비슷할 수밖에 없지만, 이것을 표절로 여기지는 않는다. 반면 반드시 필요한 것이 트릭이나 반전의 독창성인데, 이 독창성이 남의 작품과 비슷하다면 의심을 받게 된다. 또한 독창성 역시 누구나 알 만큼 유명해지면 표절의 의심에서 벗어나는 대신 진부하다는 혹평을 받는다. 그럼에도 불구하고 새롭게 쓰려는 시도는 늘 있다. 밀실 범죄나 알리바이 트릭은 너무 많이 나왔지만 추리소설가라면 도전해보고 싶은 소재이다.

표절은 요즘에만 있는 일은 아니어서, 1930년대 《동아일보》에서는 "문단탐조등文壇探照燈"이라는 투고 코너를 마련할 정도였다.

최근 여러 신문 학예면의 확장과 두셋 신잡지의 창간으로 학계와 문단이 일견 활기를 정呈하고 있는 듯하나 일면 원고 수요의 격증을 기화로 문명文名을 얻기에 급급하여 타인의 작作을 표절 혹은 초역抄譯하여 가지고 염연恬然히 자기의 창작인 체 발표하는 후안무치한 도배徒輩가 도량跳梁함은 다만 빈축만 할 일이 아니오, 마땅히 준엄하게 응징하여야 할 일입니다. (……) 문단 양심의 위미萎靡를 우려하는 인사는 소호小毫도 가차 없이 표절, 오역 또는 사실 상위相違를 적발하여 주십시오(《동아일보》, 1930년 2월 21일).

일제강점기 시절의 추리소설 중에는 원작자의 이름 대신 번안자의 이름만 밝힌 작품을 발견할 수 있다. 가령 최유범이 『별건곤別

乾坤』에 발표한 「약혼녀의 악마성惡魔性」은 일본의 유명 작가 에도가와 란포의 「악귀」를 번안한 것이며, 윤백남이 『야담』에 발표한 「흑묘이변黑猫異變」은 제목에서 짐작할 수 있듯이 에드거 앨런 포의 「검은 고양이」를 당시의 조선을 무대로 번안한 작품이다. 모두 외국 작품을 번안한 것으로, 이들이 표절에 대해 현대인들과 같은 기준을 가졌으리라고 생각할 수는 없으니 흠을 잡기는 어려울 것이다.

한국전쟁이 끝난 1950년대 중반 이후, 한국의 대중잡지에는 많은 추리소설이 실렸다. 그런데 원고 수요의 급증 탓이었는지, 표절이라고 볼 만한 작품을 종종 발견할 수 있다. 대표적인 예로는 일본 작가 유키 쇼지의 스파이소설 『고메스의 이름은 고메스』를 『이중간첩』이라는 제목으로 번안(월남전이 배경이라 일본 이름을 모두 한국 이름으로 바꾸었다.)한 것이었다. 이렇듯 대부분의 작품은 외국 작품임을 숨기는 경우가 많았다. 위기섭의 단편 「어떤 탐정 소설가의 봉변」처럼 국내 작가의 작품을 표절하는 경우도 있었다. 이 작품은 김내성의 「무마霧魔」의 내용을 좀 더 괴기스러운 결말로 바꾸었을 뿐 플롯을 그대로 쓰다시피 하고 있으며 심지어는 삽화마저 흡사하게 보인다.

외국이라고 표절이 없는 것은 아니다. 일본의 중견 추리소설가 시마다 소지의 데뷔작 『점성술 살인사건』의 트릭을 만화 『소년탐정 김전일』에서 허락 없이 사용한 것은 꽤 유명한 사건이다. 자신이 고안한 트릭에 대해 대단히 자부심을 가지고 있었던 시마다 소지는 소송 등 법적인 문제까지 제기하지는 않았지만 유감을 표명했다. 결국 김전일 시리즈의 이 에피소드는 원작만화로는 볼 수 있지만 TV 드라마로 제작된 것은 비디오 등에서 모두 삭제되고 말았다. 이 사례는 표절이라기보다 저작권 문제에 더 가까운 사례였다. 일본에서 『점성술 살인사건』의 트릭은 독창성으로 잘 알려져 있었기 때문에 만화나 드라마 제작 때 시마다 소지의 허락을 당연히 받은 것으로 알고 문제가 있을 것이라고 생각한 사람이 별로 없었다는, 믿기 어려운 소문도 있다.

위에 언급했던 작품들은 표절이 확실하다고 볼 수 있는 경우이지만, 때로는 우연으로 인해 어쩌다 비슷한 작품이 나오는 경우도 있다. 추리소설의 여왕 애거서 크리스티의 『애크로이드 살인사건』은 예상을 뒤엎는 트릭으로 작가로서의 명성을 한층 높여준 작품인데, 놀랍게도 이보다 9년 전 스웨덴 작가 아우구스트 두제가 『스미르노 박사의 일기』에서 비슷한 트릭을 사용한 것이었다. 그런데 크리스티는 이 작품이 다른 사람(형부와 영국 정치가 루이스 마운트배튼 백작)의 아이디어에서 비롯되었음을 자서전을 통해 밝히고 있다. 두제의 작품을 크리스티 본인은 못 읽었더라도 혹시 그 두 사람, 혹은 그들의 친지 중 누군가가 읽고 힌트를 주었을 가능성도 있지 않을까.

2000년대 들어와서는 일본의 작품이 한국의 작품과 비슷한 플롯으로 전개되는 경우도 발견할 수 있었다. 추리소설가 황세연이 1998년 발표한 단편 「떠도는 시체」는 제목 그대로 누군가의 시체가 본의(?) 아니게 떠돌아다닌다는 블랙코미디 작품이다. 그런데 일본 작가 시라누이 교스케의 「온천 잠입」은 배경이 다르긴 해도 역시 시체가 본의 아니게 떠돌아다닌다는 흔치 않은 플롯의 블랙코미디라는 점에서 대단히 흡사하다고 볼 수밖에 없는 작품이다. 이 역시 누군가가 오해를 받을 수도 있는 상황이었지만, 시라누이 교스케가 2003년 신인상을 받으며 데뷔했다는 점에서 한국 작가가 일본 작가의 작품을 표절했다는 의심에서는 자유로울 수 있을 것이다.

이처럼 우연하게 비슷한 작품이 나올 수도 있고, 남의 작품을 베낄 수도 있고, 오래전에 읽거나 전해 들었던 이야기가 잠재의식 속에서 고의성 없이 자신의 창작으로 거듭나는 경우도 없지는 않을 것이다. 장 자크 피슈테르의 『편집된 죽음』은 이러한 표절을 소재로 삼은 뛰어난 작품이다.

사실 표절 방지는 기본적으로 작가의 양심에 맡길 수밖에 없다. 미국 추리소설의 거장 엘러리 퀸을 본받을 필요가 있지 않을까. 그는 서구 전래동요 "마더 구스" 중에서 "열 명의 인디언"을 제재로 삼아 "인디언 클럽 미스터리"라는 제목의 작품을 구상하고 있었는데, 애거서 크리스티가 같은 소재가 나오는 『그리고 아무도 없었다』를 발표하자 내용과는 상관없이 미련 없이 중단했다는 이야기가 전해진다. 양심도 양심이지만, 아마도 창작을 하는 작가로서의 자존심이 훨씬 중요했을 것 같다. 역시 "거장"이라는 칭호가 아깝지 않은 행보이다.

6 소설가의 방향 전환

추리소설로 성공한
공포소설가와 로맨스작가

대중소설가라면 독자의 취향에 맞춰 글을 쓰는 것이 당연한 것처럼 여겨진다. 하지만 "추리소설도 잘 쓰고 로맨스도 잘 쓰고 판타지도 잘 쓰고 기타 등등 모두 잘 쓴다"는 것은 생각만큼 쉽지는 않아서 대개 자신에게 익숙한 한쪽 분야에 집중하게 마련이다. 어쩌다 "비전문" 분야에 뛰어들었다가 핀잔을 듣는 경우도 있지만, 오히려 새로운 방향이 적성에 맞아 "전향"하는 작가도 있다. 2014년에는 공포소설로 유명한 작가가 추리소설 분야에 뛰어들어 다음과 같은 줄거리의 작품을 발표했다.

40년간 경찰에서 근무하다가 퇴직한 호지스. 아내와도 이혼하고 혼자서 아무런 의욕 없이 TV만 보며 시간을 보내던 그에게 익명의 편지가 날아온다. 보낸 이는 호지스가 말끔하게 해결하지 못했던 사건(누군가가 메르세데스 승용차를 몰고 사람들에게 돌진해 여덟 명의 희생자를 냈던 사건)의 범인이라 자칭하면서 그를 조롱한다. 이 "도전장"으로 인해 사그라져 가던 수사관 본능이 되살아난 호지스는 옛 감각을 되살려, 이제는 경찰 신분이 아닌 상태에서 과거 사건의 재검토에 착수한다.

2015년 출간된 『미스터 메르세데스』는 플롯상으로 보면 흔히 볼 수 있는 "평범한" 추리소설이다. 하지만 이 소설을 쓴 사람이 스티븐 킹이라고 하면 고개를 갸우뚱하거나 "아니, 이 사람은 무서운 소설을 쓰는 작가 아니었어?" 하는 반응을 보일 사람도 제법 있을 것이다. 아닌 게 아니라 스티븐 킹은 대중소설을 좋아하는 독자들에게는 군이 설명할 필요가 없을 정도로 세계적인 명성을 떨치고 있는 작가이다. 따돌림 당하는 초능력 소녀의 비극을 그린 데뷔작 『캐리』 이래 그의 작품은 많은 사람들의 밤잠을 설치게 했다. 『살렘스 롯』의 흡혈귀, 『샤이닝』의 귀신 들린 호텔, 『그것』의 끔찍한 피에로, 『살아 있는 크리스티나』의 저주받은 자동차 등 세상에 없을 듯한 무서운 것들을 천연덕스럽게 내세웠지만, 『미스터 메르세데스』에서는 그런 초자연적 존재가 등장하지 않는 대신 노련한 수사관과 머리는 좋지만 정신적으로 문제가 있는 악당이 등장한다. 애거서 크리스티의 작품처럼 "용의자 대여

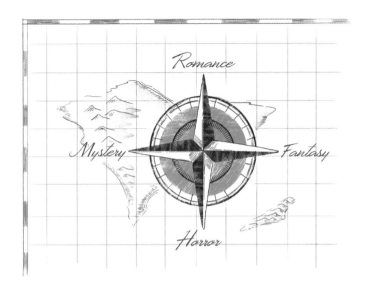

섯 명 중 범인은 누구일까?" 하는 수수께끼 풀이 형식의 작품이
아니라, 초반부터 범인을 알려주고 그의 동선과 심리 상태를 묘
사하면서 서스펜스를 극대화하고 있다.

킹은 2007년에 미국추리작가협회의 거장상grand master을 받
은 경력이 있지만 그것은 그의 작가로서의 경력에 대한 경의였으
며, 직업적 수사관을 주인공으로 등장시킨 본격적인 추리소설을
쓴 것은 이번이 처음이다. 이전에 중편「리타 헤이워드와 쇼생크
탈출」이나「스탠 바이 미」등으로도 충분히 독자들의 마음을 흔
들었던 경력이 있는 만큼 마음만 먹으면 "초자연적인 무서운 것"
이 나오지 않는 추리소설을 쓸 수 있을 능력도 충분했을 것이다.

2013년 발표한『조이랜드』는 유령이나 초능력 등의 초자연적 현상이 나오긴 하지만, 기본적으로는 연쇄살인범 추적이라는 추리소설적인 구조도 가지고 있다.

스티븐 킹은『미스터 메르세데스』로 에드거상(미국추리작가협회상) 장편 부문을 수상했으니, 이 정도면 그가 추리소설가로서도 연착륙했다고 보아도 좋을 듯하다. 역대 수상자를 살펴보면 1996년 수상자인 딕 프랜시스(당시 76세) 다음의 두번째 고령(68세)의 기록을 세우기도 했다. 스티븐 킹의 추리소설은 아직 하나밖에 없으니 "전향한 작가"의 좋은 예로 삼기는 좀 어색하지만, 호지스가 등장하는 작품을 3부작으로 완성할 예정이라니 "추리소설가 킹"의 앞날은 매우 기대된다.

사실 공포소설은 독자의 손에 땀을 쥐게 한다는 점에서 추리소설과도 비슷한 점이 많으니 킹의 변신은 그다지 어렵지 않았을 수도 있다. 여성 작가들 중에는 로맨스소설을 쓰다가 추리소설가로 변신한 작가도 있다.『원 포 더 머니』,『사라진 24개의 관』등을 발표한 미국 여성 작가 재닛 에바노비치가 대표적이다. 30대의 나이에 소설을 써보겠다는 결심을 한 에바노비치는 10년간 세 편의 미국 역사소설을 탈고했으나 모두 출간에 실패했다. 그리고 주위의 권유에 따라 로맨스소설을 쓰기 시작했는데, 매력적인 등장인물들과 특유의 유머가 깔린 그녀의 작품은 상업적으로 성공해서 나름대로 유명 작가가 되었다. 자신의 작품이 "로맨틱

한 모험소설"이라는 생각을 가지고 있던 그녀는 로버트 드 니로 주연의 영화《미드나이트 런》을 보고 여성 현상금 사냥꾼을 주인공으로 한 작품을 구상한다. 1년간의 작업 끝에 "얼떨결에 현상금 사냥꾼이 된" 스테파니 플럼이 등장하는 『원 포 더 머니』를 발표한다. 이 작품은 독자들에게 대단한 호평을 받으면서 에드거상, 애거서상, 앤서니상, 매커비디상, 세이머스상 등 영어권의 주요 추리문학상 신인 장편 부문 후보에 올랐으며(불운하게도 모두 수상에 실패했는데, 진짜 "신인" 작가가 아니었기 때문이라는 소문도 있다.) 영국추리작가협회상 신인 장편 부문을 수상했다. 에바노비치는 올해 72세이지만, 스테파니 플럼 시리즈는 스물두번째 작품이 나올 예정이며 로맨스소설도 여전히 발표하고 있다.

일본에도 로맨스소설을 쓰다가 추리소설로 전향한 여성 작가가 있다. 작품마다 "세상은 절대 장밋빛 희망이 넘치는 곳은 아니다."라고 느끼게 해주는 기리노 나쓰오이다. 그녀 역시 처음부터 추리소설가로 시작하지는 않았다. 결혼 후 일종의 부업처럼 소설을 쓰기 시작했을 때는 지금 작품 분위기로는 상상하기 어려운 로맨스소설을 선택했다. 1984년에 발표한 데뷔작 『사랑의 행방』은 제2회 산리오 로맨스상의 가작을 받았으니 성공적인 출발을 한 셈이다. 이후 로맨스소설뿐만 아니라 노바라 노에미라는 필명으로 청소년소설도 발표했다. 기리노 나쓰오는 약 10년 동안 작품 열여덟 편을 발표(1989년에는 무려 여섯 권이나 출간했다.)하며 로맨스소설가로서 활동했다. 그러나 1993년 첫 추리소설인 『얼굴에 흩날리는 비』로 에도가와 란포상(일본의 신인 추리작가상)을 수상하면서 "추리소설가"라는 호칭이 붙은 이후 그녀는 더 이상 로맨스소설이나 청소년소설은 발표하지 않았다. 절판된 옛 로맨스작품은 비싼 가격에 거래되고 있다.

　반면 추리소설가로 대성공을 거두었음에도 다른 분야에서 인정받는 데 실패해 아쉬움을 감추지 못했던 작가가 있다. 코난 도일은 애초 역사소설가로서 성공하고 싶은 바람이 있었다. 그는 셜록 홈즈 시리즈 첫 작품인 『주홍색 연구』를 발표한 후, 역사소설에 관심이 많아져 『마이카 클라크』 등을 발표했으며, 평생 동안 자신의 작품 중 역사소설이 가장 낫다고 생각했다. 그가 역사소설만 써서 성공했다면, 홈즈라는 기념비적 인물이 탄생하지 않았을 수도 있고 또한 세계의 추리문학계가 어떻게 변했을지 알 수 없으니, 그의 실패는 다행인지도 모르겠다.

7 유령작가

유명 작가의 작품,
혹시 유령작가가?

어떤 사람이 자신에게 익숙하지 않은 일을 하는 것은 쉽지 않다. 물론 노력하면 실력이 향상되겠지만, 그 분야 전문가 수준의 실력을 갖추려면 자신도 깨닫지 못했던 천재적 소질이 있다면 모를까, 대부분 많은 시간이 필요하다. 그러나 어떤 경우에는 남들이 대신해주는 경우도 있긴 하다. 이를테면 영화의 액션 장면에서 전문 스턴트맨이 난이도 높은 부분을 맡아 연기하는 것이다. 하지만 스턴트맨은 얼굴만 뚜렷하게 나오지 않을 뿐이지 적어도 엔딩 크레디트 화면에 뚜렷하게 이름이 올라간다. 이와는 달리 거의 혼자 일하면서도 결과물에 이름이 드러나지 않는, 아니 남의 이름으로 나오는 묘한 작업이 있는데, 그것은 바로 "대필代筆" 작업이다.

영어로는 고스트라이터, 즉 유령작가라고도 부르는 것처럼 진짜 필자의 정체는 마치 유령처럼 대중에게 알려지지 않는다. 일반적인 유령작가의 역할은 대개 정치인이나 기업인, 연예인, 운동선수 등 유명한 사람(대부분 책 한 권 분량의 긴 글을 쓸 시간이나 능력이 부족한 사람)의 자서전이나 성공 비결 등을 대신 써주는 것인데, 절대로 진짜 필자의 이름이 들어가지 않는 것이 조건이다. 그 대신 많은 보수를 받는다는 반대급부가 있긴 하다. 영국 작가 로버트 해리스가 발표한 스릴러 『고스트라이터』에서는 가수의 자서전을 써서(물론 대필) 호평을 받은 작가가 전직 영국 수상의 자서전 대필 의뢰를 받는다. 그 직후부터 위험스러운 상황에 말려들지만, 무려 한 달 작업에 25만 달러를 지급한다는 파격적인 제의에 그런 위험도 감수하기로 한다.

물론 지인에게 직접 들었던 별난 예외적 사례가 있긴 하다. 그 지인은 이름만 들어도 다 아는 꽤 유명한 방송인이 운영하는 회사에서 일하고 있었다. 어느 날 그 방송인이 지인에게 말하길, 어느 잡지에서 칼럼 주간 연재 청탁이 들어왔는데 바빠서 쓸 틈이 없으니 대신 좀 써달라는 부탁을 했다. 지인은 회사 이름도 나오는 일이라고 하니 업무의 일환이라는 생각으로 부지런히 써서 서너 달 동안 팩스(1990년대의 일이라 이메일 대신 팩스를 썼다고 한다.)로 보냈다. 그런데 문득 원고료를 한 번도 못 받았다는 생각이 들었다. 개인한테로도, 회사 계좌로도 들어온 것이 없어서 잡지사에 연락을 해보니 분명히 원고료는 지급되었는데, 문제는 그 원고료가 그 방송인의 부인 계좌로 들어가고 있었던 것이다. 이후 지인은 대필 작업을 그만뒀지만, 결국 원고료 한 푼 못 받은 진정한 유령작가였다고 푸념했다.

결과는 제각각이지만, 이처럼 글을 쓰는 데 전문적인 능력이 없는 사람을 대신하여 글을 쓰는 경우는 무척 흔하다. 미국의 어느 대필작가 관련 홈페이지를 보면 "대필은 쉬워 보이지만 아무나 할 수 있는 것은 아닙니다."라는 문구로 시작해 대필 분야, 비용 등과 함께 세계 각국의 전문 유령작가들을 소개하고 있다. 이들 중에는 시간당 50달러를 받는 작가도 있다. 과연 글 쓰는 시간을 정확히 어떻게 계산하는지는 잘 모르겠지만 말이다.

다만 의외인 것은 글쓰기 비전문가가 아닌, 유명한 소설가의 작품 중에도 유령작가가 쓴 것이 가끔 섞여 있다는 것이다. 유명 작가가 생활이 어려운 동료 선후배 작가에게 나름대로 선의를 베풀기 위해 이름을 빌려주었다는 소문도 들은 적이 있다. 외국에서 이미 확인된 사례만 몇 가지 소개한다.

미국 추리소설의 거장 엘러리 퀸의 작품 연보를 보면, 전성기였던 1930년대의 10년간 『이집트 십자가 미스터리』, 『중국 오렌지 미스터리』 등의 국명國名 시리즈와 바너비 로스라는 필명으로 『X의 비극』, 『Y의 비극』 등의 비극 시리즈를 내는 등 장편만 열여덟 권을 냈다. 하지만 1940년대와 1950년대의 20년 동안에는

장편소설의 수가 열두 편으로 급격히 감소한다. 그러다가 1960년대에 들어선 뒤 10년 동안 무려 서른세 권의 장편소설이 갑자기 쏟아져 나오는데, 이는 연평균 세 권에 육박하는 출간 권수이다. 그런데 흥미로운 것은 작품 중 대다수에 명탐정 엘러리 퀸이 등장하지 않았고, 심지어는 팀 코리건이라는 새로운 주인공이 등장하기까지 한다. 게다가 대부분이 하드커버가 아닌 저렴한 페이퍼백 오리지널로만 출간되었다는 점이 특징이었다. 나중에 밝혀졌지만, 탐정 엘러리 퀸이 등장하지 않는 이 작품들은 리처드 데밍이나 탤미지 파웰, 잭 밴스 등 퀸이 아닌 유령작가가 쓴 것이었다. 퀸이 이들 유령작가들에게 작품 집필을 의뢰하면 그들은 시놉시스를 써서 퀸에게 제출하고, 검토를 거친 후 작품을 완성하면 다시 검토를 거쳐 "엘러리 퀸"이라는 작가 이름으로 책이 나오는 것이다. 아마도 경제적인 이유로 이런 작업을 했을 것이라는 의견이 지배적이다. 『죽은 사람의 이야기』, 『아내냐 죽음이냐』, 『어둠 속에 무엇이 있나?』 등 20여 편의 작품은 엘러리 퀸의 공식적인 작품 목록에서 찾아볼 수 없다.

초창기 일본 추리소설계를 이끌었던 에도가와 란포 또한 대필 작품이 있다. 그의 이름을 단 대필 작품이 나오게 된 것은 경제적인 이유 때문은 아닌 것 같다. 1920년대에 데뷔한 후 우수한 작품을 계속 발표해오던 에도가와 란포는 한때 아이디어가 떨어졌다는 생각으로 숨 고르기를 하며 잠시 글쓰기를 중단했다. 그 무렵 인기 대중잡지 『신청년』의 편집장은 휴식 중이던 란포를 찾아가 작품 집필 약속을 받는 데 성공하고 잡지에 란포의 신작 게재를 예고한다. 그러나 란포는 여전히 글 쓰는 것이 막혀 있던 터라 마감까지 작품을 보낼 수 없다고 편집장에게 연락을 한다. 편집장은 고심한 끝에 자신이 직접 유령작가로 나설 결심을 한다. 란포의 양해를 얻은 그는 란포 스타일의 작품을 써서 단편 「어 텔 테일 필름」, 「범죄를 사냥하는 남자」 등 세 편을 잡지에 수록하며 당장의 위기를 극복한다. 그런데 이 유령작가는 몇 년 후 잡지사를 떠나 훗날 일본 추리소설의 거장으로 등극한다. 그는 바로 요코미조 세이시로, 란포의 대필을 할 만큼 충분한 역량이 있는 작가였음은 누구나 인정할 것이다. 두 사람은 훗날 「작품 반납」(에도가와 란포), 「대작 참회」(요코미조 세이시)라는 수필을 써서 이러한 사연을 세상에 털어놓았다. 에도가와 란포는 1955년 『십자로』라는 장편을 발표하는데, 15년 만에 내놓은 이 신작 장편은 란포 특유의 스타일이 전혀 보이지 않는 밋밋한 내용이었다. 이 작품은 다른 작가(추리소설가 와타나베 켄지)의 초안을 란포가 고쳐 쓴 것이라 완전한 대필 작품이라고는 할 수 없지만, 새로운 작품을 기대했던 독자들을 대단히 실망시켰다.

　해방 이후에 추리소설가로 활동했던 방인근은 누군가가 자신의 이름을 훔쳐가는 봉변을 당했다. 약 반세기 전인 1965년, 검찰은 외설 책자 단속에 나섰는데 그중에는 방인근의 『밤에 피는

꽃』이라는 소설이 포함되어 있었다. 그의 해명에 따르면 "6년 동안이나 고혈압으로 누워 있어 집필을 못 했다. 말썽이 된 책은 최근 내게 온 청년 두 명이 출판사에 내 이름을 판 것 같다."라고 말했다. 이 해명이 사실이라면 이른바 "외설작가"라는 낙인이 찍힌 방인근은 유령작가 때문에 억울한 일을 당한 셈이다.

유명 작가를 도와주는 유령작가 이야기만 했지만, 실상 유령작가는 보통 사람들에게도 멀리 있는 일이 아닐지도 모른다. 요즘 학교 숙제가 하도 어려워서 부모님들이 대신 해줘야 할 정도라니, 아마도 유령작가는 생각보다 훨씬 많을 것 같다.

8

작가들의
작품 속 등장

소설에 주인공으로
등장하는 작가들

소설에서 현실적 감각을 독자에게 느끼게 하려면 어떤 방법이 있을까? 물론 깊이 생각할 필요도 없이 정답은 당연히 "글솜씨"일 것이다. 세부적으로 파고들어 보면 실존 소품을 써서 그럴듯하게 느껴지게 만드는 방법도 있을 것이다. 편의상 소품이라고 표현했지만, 조금 더 구체적으로 설명하자면 실존하는 유명 인물이나 물품, 건물, 혹은 실제로 벌어졌던 사건 등을 삽입하여 허구가 아닌 현실 속의 모습처럼 보이게 하는 것이다.

그런데 추리소설에서는 가끔 독자들을 헷갈리게 하는 상황이 벌어진다. 소설 속 등장하는 탐정의 이름이 작가의 이름과 똑같은 작품이 있기 때문이다. 이런 방면으로 가장 잘 알려진 작가(와

탐정)로는 엘러리 퀸을 꼽을 수 있다. 엘러리 퀸의 데뷔작인 『로마 모자 미스터리』에 등장하는 주인공이자 아마추어 탐정의 이름은 엘러리 퀸으로, 그의 직업은 작가와 마찬가지로 추리소설가이다. 물론 작가와 주인공의 이름이 똑같다고 해서 허구가 아닌 실화라고 여기는 사람은 없을 것이다. 하지만 데뷔 당시이던 1930년대에는 확실히 독특한 방법이었던 것 같다. 독자들이 탐정의 이름만 기억하고 작가의 이름은 잊어버린다는 아쉬움을 없애기 위해 작가와 탐정의 이름을 똑같이 만들었다는 이야기가 전해지지만, 사촌형제 간인 두 사람이 작품을 쓰는 만큼 공동 필명이 필요했을 것이다. 또 그들의 본명인 "이매뉴얼 벤저민 레포프스키"와 "대니얼 네이션"은 너무 복잡해서(흔히 만프레드 리와 프레더릭 다네이로 알려져 있지만 역시 필명이다.) 짧은 이름을 선택하는 편이 훨씬 효과적이었을 것이다. 퀸의 영향을 많이 받은 일본 추리소설가 노리즈키 린타로도 이런 형태를 그대로 가져와 쓰고 있다. 그의 작품 속 주인공의 이름은 작가의 이름과 동일하고, 직업 역시 추리소설가이다.

경찰소설로 유명한 에드 맥베인은 커트 캐넌이라는 필명으로 뉴욕의 무허가 탐정이 등장하는 단편 연작을 발표했는데, 그 탐정의 이름 역시 커트 캐넌이다.

다만 작가의 실제 모습과 그가 창조한 주인공의 외모에는 제법 차이가 있다. 작품 속 엘러리 퀸은 제법 큰 키에 갸름한 얼굴, 그리고 코안경을 걸치고 있는데, 작가 퀸 두 사람은 모두 별로 키가

크지 않고 동글동글한 얼굴에 도수 높은 안경을 쓰고 있어서 그들을 보고 소설 속 엘러리 퀸의 이미지를 떠올리기는 어려울 것 같다(에드 맥베인이나 노리즈키 린타로의 경우도 틀림없이 그렇게 느낄 사람이 많을 것이다).

추리소설과 공포소설을 훌륭하게 접목해 요즘 한국에서도 인기를 얻고 있는 미쓰다 신조는 이보다 더 적극적으로 자신을 작품 속에 등장시킨다. 이른바 작가 시리즈라는 호칭이 붙은 『기관, 호러작가가 사는 집』, 『작자미상』, 『사관장/백사당』의 3부작에서는 작가와 주인공의 이름이 같은 정도가 아니라 아예 작가 자신이 실명으로 등장하는데, 본의 아니게 괴기스러운 초현실적 사건에 말려드는 불운을 맞이한다는 점에서 오히려 높은 효과를 보는 것 같다. 작품 속의 괴담이나 살인사건 등은 허구이지만, 미쓰다 신조가 작가로서 활동하기 전에 출판사에서 일했던 경험(그가 기획하고 편집한 것으로 작품에 자주 언급되는 『월드 미스터리 투어 13: 런던』이라는 책은 실제로도 출간되었다.)이나 일본의 추리작가, 편집자들과 이야기하는 장면도 실감나게 묘사되어 어쩐지 더욱 섬뜩한 느낌이 들기도 한다.

이들보다 소극적인 등장 방법은 사건의 기록자로서 나오는 것이다. S. S. 밴 다인은 『벤슨 살인사건』 등 파일로 밴스가 활약한 사건을 남긴 사람으로 작가이자 기록자 역할을 한다. 일본 작가

요코미조 세이시의 단편 「흑묘정 사건」 도입부에는 탐정 긴다이치 코스케가 보낸 편지가 나온다.

> 언젠가 보내주신 편지에 따르면 건강이 좀 좋지 않았다고 들었는데, 그 후 본래대로 『옥문도』가 연재된 것을 보면 큰일은 아니었다 싶군요. 『옥문도』는 매달 재미있게 보고 있습니다. 저로서는 약간 낯간지러운 부분도 있지만 소설이니 어쩔 수 없을 거라 생각하고 있습니다. 금후에도 건필하시기를 바랍니다(『혼진 살인사건』, 정명원 옮김, 시공사).

이 편지의 수신자는 "Y씨"로, 요코미조 세이시임을 떠올릴 수 있을 것이다. 긴다이치 코스케 시리즈의 마지막 작품인 『병원 고개의 목매달아 죽은 이의 집』에서는 "나는 탈것 공포증이 굉장히 심해서 택시이건 콜택시이건 차에 타려면 한 잔 걸치지 않고는 불가능하다."라는 묘사가 나온다. 이것은 극적인 효과를 노린 과장이 아니라 요코미조 세이시가 실제 겪었던 일로, 실생활에서도 밖에 나가려면 술병을 챙겨서 나갔다는 일화가 전해지고 있다.

　사실 개인적으로 고정출연(?)보다 더욱 재미있게 여기는 장면은 따로 있다. 슬그머니 자신의 작품에 등장하는 작가의 모습을 발견하는 것이다. 서스펜스 영화의 거장 알프레드 히치콕이 자신의 작품마다 한 번씩 모습을 잠깐 보여주는 것과 비슷하다고나 할까. 스티븐 킹의 『토미노커』에서는 "뱅고어에 사는 또 다른 어떤 작가의 작품과는 달리 그녀의 소설에는 황당한 괴물들이 등장하지도 않았으며 더러운 욕설이 난무하지도 않았다."(서창렬 옮김, 교원문고)라는 대목이 있다. 그냥 지나칠 수도 있는 문장이지만, 스티븐 킹에 대해서 조금 관심이 있었던 독자라면 "뱅고어의 어떤 작가"가 바로 스티븐 킹임을 눈치채고 킥킥 웃었을 것이다. 덧붙이자면 스티븐 킹의 소설을 원작으로 한 영화에 가장 많이 출연한 사람은 바로 킹 자신이기도 하다. 해양 모험소설로 유명한 클라이브 커슬러도 가끔 작품에 자신을 등장시키는데, "60대 초반에 머리가 희고, 흰 턱수염을 기른 키가 큰 남자", "따뜻한 파란 눈", "세련된 분위기" 등 구체적인 외모까지 묘사한다. 다만 주인공인 더크 피트는 통성명까지 하지만, 헤어지자마자 "뭔가 별난 이름이었는데." 하면서 이름을 잊어버리고 말아 웃음을 자아낸다.

손꼽을 만한 자기 비하의 압권은 미야베 미유키의 단편 「마사의 변명」에서 볼 수 있다. 경찰견에서 은퇴하고 하스미 탐정사무소에서 사는 저먼 셰퍼드 마사는 그녀를 다음과 같이 묘사한다.

의뢰를 해 온 사람의 이름은 미야베 미유키. 직업은 소설가. 그것도 추리소설을 쓴다고 한다. 그러나 나는 물론이고 가요코나 하스미 사무소 식구들 가운데 누구 하나 그녀의 이름을 알지 못했던 걸 보면 대단한 작가는 아닐 것이다. (……) 나이에 비해 침착함이 없는 사람이다. 얼굴도 동안이지만, 내기를 해도 좋다. 이런 유형의 인간 여자는 어느 날 갑자기 하루 만에 폭삭 늙어 할망구가 되어버릴 것이다(『명탐견 마사의 사건 일지』, 오근영 옮김, 살림).

이 작품이 출간된 것은 수많은 문학상을 받아 "대단한 작가"가 된 뒤인 1997년이니 오히려 이렇게 농담조로 자신을 묘사할 수 있었을 것이다.

이처럼 작가의 깜짝 등장은 때로는 숨은그림찾기 같고, 때로는 자학 개그 같기도 해서 눈을 반짝 뜨게 할 정도로 유쾌하다.

9

작가의 체격

크건 작건
잘 쓰면 그만

외국 추리소설 사이트를 뒤져보던 중 신간 제목 하나가 눈에 들어왔다. 명탐정 셜록 홈즈 시리즈에 관심 있는 독자들이라면 웬만큼 알 만한 이름인 『마이크로프트 홈즈』가 제목이었던 것이다. 마이크로프트는 홈즈의 형의 이름으로, 홈즈가 자신보다 더 추리력이 뛰어나다고 인정할 정도의 천재이다. '또 새로운 홈즈 소설이 나왔군.' 하고 넘어가려다가 작가의 이름을 보고 이번에는 약간 놀라움이 생겼다. '카림 압둘 자바? 설마 동명이인인가?' 하는 생각으로 다시 살펴보니 틀림없이 미국 프로농구계의 전설, 바로 그 사람이었다. 최우수선수상MVP만 여섯 차례 차지했고 통산 최다 득점 등 역대 기록만 적어도 지면이 부족할 정도인 전직 스타 농구선수가 추리소설을 썼다는 점은 대단히 흥미로웠다. 1947년생인 압둘 자바는 학생 시절에 에드거 앨런 포의 작품을 읽었지만, 코난 도일의 셜록 홈즈 이야기를 읽은 것은 프로농구팀 입단 첫 해인 1969년 무렵이었다. 가장 마음에 들었던 작품은 「빨간 머리연맹」이었다고 한다. 압둘 자바는 스포츠 다큐멘터리 영화 제작 때 함께 일했던 시나리오 작가 안나 워터하우스와 함께 글을 쓰기 시작했는데, 넘칠 만큼 많은 셜록 홈즈와 왓슨 이야기 대신 마이크로프트 홈즈를 주인공으로 삼아 작품을 완성했다. 마이크로프트가 23세이던 1870년대를 배경으로, 트리니다드 섬에서 벌어지는 아이들의 연쇄실종 살인사건을 조사하는 내용을 담고 있다. 이 작품은 지금까지 잘 알려지지 않았던 마이크로프트의 모습을 보여주고 있으며, 밑에 숨어 있는 플롯은 코난 도일의 셜록 홈즈 이야기와 밀접하게 이어져 있다고 한다(또한 셜록 홈즈의 이야기도 조금씩 깔려 있다). 홈즈 전문가 레슬리 클링거는 이 작품을 읽은 뒤 타이탄북스 출판사에 출간을 추천했고, 편집자인 스티브 사펠은 "대담하고 힘이 넘치는 작품"이라고 평가했다. 압둘 자바는 1983년 자서전을 비롯해 몇 권의 저작물을 낸 바 있지만 소설은 이번이 처음인데, 반응에 따라서 앞으로 작품을 더 발표할 가능성도 있다.

공식적인 기록이 없어서 확인은 불가능하지만, 아마도 압둘 자바는 지금까지 등장한 추리소설가 중에서 가장 큰 키의 작가인 것 같다. 프로농구에서도 손꼽히는 센터답게 그의 키는 218센티미

터가 넘는다. 나중에 또 다른 전직 농구선수가 작가로 나서기 전까지는 최장신 작가 자리를 계속 유지하지 않을까 싶다.

압둘 자바가 작품을 발표하기 이전에 최장신으로 알려진 작가는 『쥬라기 공원』 등으로 유명한 마이클 크라이튼이었다. 1968년 『위급한 경우에는』으로 미국추리작가협회상 신인상을 받은 그의 키는 약 206센티미터로, 미국 사람들 중에서도 큰 키였다. 그 이외에 영국 작가 로알드 달이 약 198센티미터, 스티븐 킹이 193센티미터 등으로 알려져 있다.

운동선수나 연예인이라면 키나 외모가 중요하겠지만, 작가의 키와 작품의 질은 전혀 상관이 없음은 굳이 말할 필요도 없는 일이다. 하지만 일반적인 사람들과는 약간 다른 생각을 하는 사람도 있었다. 1920년에 창간한 미국 펄프 잡지 『블랙 마스크』는 대실 해밋, 레이먼드 챈들러, 얼 스탠리 가드너 등 쟁쟁한 하드보일드 작가를 배출한 것으로 유명하다. 그런데 『블랙 마스크』의 전성기를 이끌었던 편집장 조지프 T. 쇼는 어떤 이유인지는 몰라도 키 큰 작가를 선호했다. 그런 탓에 한때 잡지에 글을 보내던 작가들의 키가 모두 183센티미터 이상이었던 적도 있었다고 한다. 그래서 쇼는 신진 작가인 노버트 데이비스를 만났을 때 키가 195센티미터인 그의 장래성을 의심하지 않았다. 그러나 안타깝게도 데이비스가 가졌던 유머라는 재능은 하드보일드 측면에서는 엉뚱한 면으로 비치는 바람에 쇼의 눈에서 벗어났고, 『블랙 마스크』에는 그의 작품이 단 다섯 편만 실리는 데 그치고 말았다. 결국 상업적으로 성공하지 못한 데이비스는 생활고에 시달리다가 40세라는 한창 나이에 세상을 등지고 말았다. 하지만 『탐정은 진실을 말하지 않는다』 등의 작품은 훗날 재평가를 받으며 이름이 다시 알려졌다.

고전 작가 중에는 코난 도일의 체격이 좋았다고 알려졌는데, 기록을 살펴보면 키가 185센티미터 정도였다니 아주 큰 키는 아니었다. 도일보다는 브라운 신부 시리즈로 유명한 후배 작가 G. K. 체스터튼이 194센티미터에 이르는 큰 키였는데, 그는 체중이 무려 135킬로그램이어서 문자 그대로 거구의 소유자였다. 평상시 망토와 코트를 걸치고 다니던 그의 육중한 몸집은 누구의 눈에도 쉽게 들어올 정도로 유명했다. 그런 모습은 여러 가지 일화를 남겼는데 그중에는 다음과 같은 이야기도 있다.

체스터튼이 길을 걷다가 우연히 버나드 쇼(다소 마른 체격이었다.)를 만나자 "영국에 기근이 든 것 같다"고 농담을 던졌다. 그러자 버나드 쇼는 "기근이 든 게 맞아. 그런데 어쩌다가 그런 기근이 들었는지 아나? 자네가 다 먹어 치워서 그런 거라네." 하고 응수했다는 것이다.

추리소설의 주인공 중에는 체스터튼의 체격을 모델로 삼은 듯한 명탐정들이 몇몇 보이기도 한다. 렉스 스타우트가 창조한 네로 울프, 존 딕슨 카의 작품 주인공 펠 박사 등이 있는데, 이들은 모두 엄청난 과체중의 인물이다. 이런 탐정들을 보면 작가도 그렇게 뚱뚱하지 않을까 하는 궁금증도 생기는데, 스타우트나 카는 모두 호리호리한 체격을 가지고 있었다. 반면 현대 하드보일드 작가인 로버트 파커나 마이클 코넬리는 후덕한 몸집이라 사진을 보고 약간 놀랐던 기억이 있다. 젊은 시절 사진을 보면 모두 날씬했는데 나이를 먹으면서 체중이 는 것 같다. 로버트 파커는 몇 년 전 자택에서 갑작스러운 심장 이상으로 세상을 떠났다. 역시 체중 관리는 중요하다.

큰 키를 숨기고 싶은 사람은 별로 많지는 않을 것 같다. 하지만 작은 키를 숨기고 싶은 작가는 있을 법하다. 인터넷 백과사전인 위키피디아에는 시시콜콜한 정보까지 가끔 실리곤 하는데, 작가의 키까지 소개되는 경우는 드물다. 그런데 일본의 유명한 신본격파 작가인 아야츠지 유키토의 항목을 보면 1년 전까지만 해도 그의 키가 166센티미터라고 나와 있었다. 누가 이런 정보를 올렸나 궁금하기도 했는데, 요즘 그 정보가 삭제된 것을 보면 아마도 작가 쪽에서 굳이 필요 없는 내용이니 삭제 요청을 한 것이 아닌가 하는 생각이 든다.

에도가와 란포는 젊은 시절 대인 기피증으로 보일 만큼 수줍은 성격이었지만 세월이 흐른 뒤에는 일본추리작가협회를 이끌어 나갈 만큼 리더십을 발휘했다. 이 변화에 대해 누군가 흥미로운 의견을 제시했다. 그는 젊은 나이에 일찌감치 앞머리가 훤해지는 바람에 사람 만나는 것을 꺼렸지만, 대머리가 민망하지 않을 나이가 되자 그런 부담이 없어지면서 사람 앞에 나서는 것에 두려움이 사라졌으리라는 것이다. 키가 크건 작건, 잘생겼건 못생겼건 좋은 작품만 쓰면 누구나 인정해준다는 것은 말할 필요도 없는 사실이다.

10 금수저가 드문 직업?

부모만 한 자식 작가 없다

"부모 잘 만나 자기의 능력과는 상관없이 성공해서 풍족하게 사는 사람"을 의미하는 "금수저"라는 단어가 유행어를 넘어 거의 일반 명사화 된 것 같다. 개천에서 용이 나오던 과거와는 달리 명문학교 에서부터 고급 직업에 이르기까지 금수저들이 거의 차지한다. 물론 대부분 정당한 과정을 거친 것이라고 믿고 싶지만 재력과 권력을 이용한 편법이 너무 자주 보인다. 그러니 보통 사람들은 자조적으로 "우리는 흙수저"라는 말을 뇌까릴 수밖에 없는 것 같다. 대기업 총수, 정치인이나 고위 공직자들의 가업(?)을 이은 2세들이 논란을 일으킨 사례는 누구나 기억 속에서 하나쯤은 떠올릴 수 있을 터이니 굳이 예를 들 필요도 없을 것이다.

부모의 후광으로 쉽게 성공하는 것을 "금수저"라고 정의했을
때 추리소설가는 예외인지, "금수저 작가"는 전 세계를 둘러보아
도 찾기 어렵다. 작가로서도 높은 평가를 받으면서 엄청난 수입까
지 올린 추리소설가는 손으로 꼽기 힘들 정도로 많지만, 그들의
자녀들 중에서 대를 이어 직업적 추리소설가가 된 사람은 별로 없
을뿐더러 성공한 2세들은 그보다 훨씬 적다. 독자의 호평은 인위
적으로 만들어지는 것이 아니기 때문일 것이다.

2015년 끝 무렵 미국의 출판전문잡지 『퍼블리셔스 위클리』
에 흥미로운 기사가 실렸다. 기사 제목은 "피로 쓴 글Written in
Blood". 누군가 의분에 넘쳐 쓴 혈서血書나 피가 줄줄 흐르는 공포
소설을 다룬 것은 아니고, 유명 추리소설가와 그 대를 이은 2세
추리소설가들에 대한 글이다. 기사는 메리 히긴스 클라크와 캐럴
히긴스 클라크 모녀, 토니 힐러먼과 앤 힐러먼 부녀, 제임스 리 버
크와 알라페어 버크 부녀, 아이리스 요한슨과 로이 요한슨 모자,
조너선, 페이 켈러맨 부부와 아들 제시 켈러맨 등 다섯 가족을 소
개하고 있다. 부모 작가들은 20세기 후반 활약하며 현재는 거장
반열에 올라 있다. 짧게는 30년에서 길게는 50년 이상의 경력과
인기만으로도 거장 대우를 받을 만하지만 토니 힐러먼과 메리 히
긴스 클라크, 제임스 리 버크는 미국추리작가협회가 수여하는 거
장상을 받기도 했다. 그들의 2세들은 캐럴 히긴스 클라크를 제외
하고 모두 21세기에 등단한 젊은 작가들이라 아직은 부모 명성의

그림자 밖으로 벗어나지는 못한 것 같다.

그래도 이 기사에 실린 작가들은 나름대로 입지를 쌓아가고 있는 중이다. 하지만 부모를 넘지 못한 2세 작가를 찾아보기는 어렵지 않다.

코난 도일의 아들 에이드리언 도일은 아무래도 아버지 덕택에 윤택하게 살아간 인물임에 틀림없어 보인다. 위키피디아를 보면 그의 직업은 자동차 레이서, 사냥꾼, 탐험가, 작가로 되어 있다. 그런데 그는 자신이 아버지의 문학적 재능을 이어받았다고 여기고 자신이 홈즈 시리즈를 이어서 쓴다면 베스트셀러를 넘어 역사에 남을 것이라는 생각을 했다. 존 딕슨 카와 함께『셜록 홈즈 미공개 사건집』을 완성한 뒤, 그는 이 작품을 패러디가 아닌 정규 시리즈라고 공언한다. 본인이 코난 도일 재단의 운영자였기 때문에 가능한 일이었다. 그러나 이런 행동은 작품성을 떠나 홈즈 애호가들의 반감을 샀고, 그는 더는 소설을 쓰지 않았다.

20세기 초반 영국 최고의 인기 작가로 군림했던 에드거 월리스의 부유함은 상상을 초월한다(한때 영국에서 팔리는 책 네 권 중 하나가 그의 책이었다고 한다). 그는 런던 교외에 가사 도우미만 20명인 컨트리하우스를 소유하고 있었는데, 런던에 나갈 때는 호텔의 스위트룸을 잡아 가족과 머물렀다. 호텔 식당을 몽땅 빌려 200명 규모의 저녁 연회를 열고 경마에도 돈을 물 쓰듯 썼다고 한다. 월리스는 생전에 5000만 권 이상의 책을 팔았다고 하니 그의 자녀들은 진정한 금수저라고 해도 과언은 아닐 것이다. 하지만 능력은 유전되지 않았는지, 그의 장남 브라이언 에드거 윌리스도 아버지와 비슷한 스릴러소설을 썼지만 전혀 인기를 얻지 못했다. 결국 그는 자신의 작품 대신 아버지의 작품을 각색하는 작업으로 이름을 남기는 데 그치고 말았다.

그나마 미국에는 대를 이은 추리소설가가 드문드문 나오기는 하는데, 일본 추리문학계에는 유명 작가의 2세 작가가 별로 없다는 것이 묘한 점이다. 기껏해야 합작이라는 이름 아래 발표하거나 유작을 완성하는 데 그치는 경우가 많았던 것 같다. 부부 작가는 종종 있어서 국내에도 이름이 알려진 사람을 꼽자면 현역 작가 중에는 아야츠지 유키토와 오노 후유미 부부, 누쿠이 도쿠로와 가노 도모코 부부, 오리하라 이치와 니츠 키요미 부부가 있는데, 아직 자녀들이 작가가 되었다는 소식은 들려오지 않는다. 어쩌면 너무 유명해진 나머지 그 명성을 뛰어넘는 것이 어려운 일이 되어버린 것인지도 모르겠다.

반대로 부모가 작가로서 크게 성공하지 않았다면 부담도 적을 것이다. 미국추리작가협회장을 역임했으며, 여성 사설탐정 킨제이 밀혼을 주인공으로 한 알파벳 시리즈 스물네번째 작품 『X』를 2015년 발표한 수 그래프턴은 역시 추리소설가였던 아버지 코닐리어스 그래프턴의 인기를 훌쩍 넘어선 지 오래이다. 아마 유명 추리소설가들 중에는 부모가 "작가 지망생"이었던 사람도 꽤 있지 않았을까 하는 상상도 해본다.

일본의 노벨상 수상 작가 가와바타 야스나리는 "몰락한 명문가의 아이가 소설가가 되는 경우가 많다"고 했다는데, 공교롭게도 어느 유명 여성 추리소설가의 상황에 정확하게 들어맞는다.

19세기 말, 뉴욕에 살던 프레더릭 밀러는 그의 영국인 아내와 함께 영국으로 건너가 토키에 정착했고, 120명 정도가 넉넉히 춤을 출 수 있을 정도로 커다란 식당이 있는 저택에서 살기 시작했다. 미국에서 사업을 하던 그는 영국으로 와서는 아무 일도 하지 않았다. 그의 조부에게서 받은 유산을 투자가에게 맡겨 일하지 않고도 지낼 만큼 충분한 수입이 있었기 때문이다. 훗날 그의 딸이 자서전에서 아버지의 일과를 기록했는데, 요약하자면 아래와 같다.

아침에 일어나면 클럽에 갔다가 집에 돌아와 점심식사를 하고 다시 클럽으로 가서 카드놀이를 하다가 저녁 만찬을 위해 집으로 돌아온다. 매주 집에서는 대규모 만찬이 열리고, 또 다른 집의 만찬에 간다. 크리켓과 아마추어 연극은 또 다른 취미였다.

딸이 열한 살이 되던 해, 프레더릭 밀러는 심장병으로 갑작스럽게 세상을 떠난다. 집안 형편은 갈수록 어려워졌고 결국 정든 집을 떠나야만 했다. 소녀는 성장해서 병원 외과병동의 간호사로 일하면서 추리소설을 쓰기 시작했다. 이 원고는 대여섯 곳의 출판사에서 거절당하다가 "가능성이 있을 것 같다"는 평가를 받고 4년 만에 출간되었다. 그리고 그녀는 세상을 떠날 때까지 50여 년 동안 추리소설을 썼는데, 영어권에서만 10억 권이 팔리면서 "추리소설의 여왕"이라는 명예로운 호칭을 얻었다. 그녀의 이름은 이미 짐작했겠지만 애거서 크리스티이다. "만약"이라는 가정은 무의미하지만, 그녀가 금수저를 잃지 않았다면 세상에 푸아로나 미스 마플이 등장하지 않았을지도 모른다.

3장

1

결말에 대해
이야기하지 않는 법

누가 범인인지
너만 알고 있으라고

한때 장안의 화제가 되었던 아파트 난방 비리 사건은 아직도 기억하는 사람이 많을 것이다. 사건 자체는 그다지 복잡하지도 않았지만, 유명 연예인이 비리를 밝히는 데 앞장섰기 때문에 더욱 화제가 되었다. 여기서 언급할 것은 이 사건 자체가 아니라 이에 대한 어느 언론매체의 인터넷 기사이다. 해당 기사를 쓴 기자는 꽤 유명한 외국 추리소설을 인용해 비교하면서 구체적인 내용은 물론 범죄 트릭의 설명, 심지어 범인이 누구인가까지 가감 없이 밝히고 있었다. 기자 입장에서는 인용한 작품이 워낙 유명해서 웬만한 사람은 다 알 것이라 생각했는지도 모르겠지만, 기발한 트릭 때문에 추리소설의 걸작으로 꼽히는 작품 하나가 이런 식으로 내용이 다 밝혀지는가 싶어서 놀랄 수밖에 없었다.

소설이나 영화, TV 드라마 등의 서사는 전개 과정도 물론 중요하지만 결말에 대한 궁금증 때문에 끝까지 읽게 되는 것이 자명한 사실이다. 특히 추리소설에서는 더욱 그렇다. 레이먼드 챈들러가 "이상적인 추리소설이란 마지막 부분이 없어졌어도 읽히는 작품이다."라고 했다지만, 추리소설에서 독자의 예상을 뒤엎는 막판 반전은 무척 중요한 요소이다. 과연 범인이 누구인가, 불가능해 보이는 범죄 수단은 무엇일까, 주인공은 어떤 식으로 범인의 자백을 받아낼 것인가 등등. 독자는 이런 여러 상황을 상상하고 추리해가면서 작가와 머리싸움을 벌인다. 급기야 미국의 유명 추리소설가 엘러리 퀸은 데뷔작 『로마 모자 미스터리』를 비롯한 일명 국명 시리즈 작품마다 결말을 밝히기 전에 "독자에의 도전"이라는 대목을 끼워 넣었다. "여기까지 읽은 사람은 사건 해결에 필요한 사실들을 모두 알게 되었을 것이니 이젠 범인을 맞춰보라"고 독자에게 도전한 것이다.

"범죄가 발생하고 명탐정의 추리로 사건이 해결된다"는 판에 박힌 듯한 추리소설 형식에 뭐가 특별한 게 있나 싶은 사람도 있겠지만, 그러한 정형적 틀 안에서 독창성과 참신함을 발휘하기 위해서는 의표를 찌르는 반전이 필요하다. 에드거 앨런 포 이래 19세기나 20세기의 고전적인 작품뿐만 아니라 21세기의 첨단 스릴러에 이르기까지 이러한 형식은 여전히 유효하다. 권선징악이 주류였던 초기와는 달리 시대 변혁에 맞춰 완전범죄가 이루어진다거나, 탐정이 범인을 놓친다는 등 과거에는 상상하기 어려웠던 결말도 종종 보인다.

일반적인 독자의 예상을 뒤엎는 결말이 이루어지면 뛰어난 작품이라는 평가를 받고, 반대로 누구나 예상할 수 있을 만한 결말이라면 범작凡作 혹은 수준 미달이라는 평가를 받는다. 물론 전체 수백 페이지짜리 장편소설을 막바지 몇 페이지만으로 평가할 수는 없지만, 납득하기 어려운 결말의 작품에 호평을 하기는 어려울 것이다. 이처럼 막바지 반전은 추리소설에서는 생명과도 같은 것으로, 아직 작품을 읽지 않은(앞으로 읽을 가능성이 있는) 사람에게 범인이나 반전에 대해 이야기하지 않는 것은 일종의 불문율인 셈이다. 그렇기에 SNS나 인터넷 커뮤니티 등에 결말의 반전 내용을 무심코 썼다가는 핀잔을 들을 가능성이 무척 크다.

"결말 혹은 범인 밝히기"에 관한 일화는 다양하게 전해진다. 런던에서 장기공연 중인 애거서 크리스티 원작의 연극《쥐덫》을 보러 온 택시 승객이 팁을 적게 주자, 운전기사가 "이 연극의 범인은 ○○○요."라고 말하고 떠나버렸다거나, 인터넷 포털사이트에 게재된 추리소설을 읽은 독자가 "설마 끝에 모두 죽을 줄은 몰랐어요!", "○○○가 범인이라니 놀랍네요!" 등의 댓글을 달았다거나, 도서관에 꽂힌 추리소설의 등장인물 목록에 "이 사람이 범인"이라고 적혀 있었다는 등의 에피소드가 있다. 관심 없는 제삼자

입장에서야 재미있는 농담거리일 뿐이지만, 책을 막 읽으려던 사람 입장에서는 맥이 풀릴 수밖에 없는 노릇이다.

극단적인 예로 제목이 범인을 말해주는 작품도 있다. 1930년대에 발간하던 잡지 『별건곤』에 실렸던 최유범의 「약혼녀의 악마성」이라는 작품은 제목만 봐도 누가 살인범인지 짐작이 갈 것이다. 추리소설이라는 용어도 생기기 전의 일이었으니, 옛 야담을 읽듯 특별히 따지는 사람은 없었던 것 같다.

이런 황당한 일은 지난 세기에나 있었을 것 같지만, 21세기 들어와서도 비슷한 일이 벌어지곤 했다. 출판사의 과잉 친절이라고나 할까, 책의 본문을 미처 읽기도 전에 범인을 친절하게 알려주는 경우도 있었다. 작품 제목을 밝힐 수는 없지만, 어느 유명 미국 작품의 표지에는 매우 의심스럽게 보이는 사람이 그려져 있었다(외모의 특징이 너무나 뚜렷한 그 인물은 실제로 범인이었다). 어느 일본 작품에는 등장인물 소개에 범인과 그의 범죄 동기까지 모두 밝혀 놓아서 독자들의 원성을 자아낸 바 있다. 물론 요즘은 웬만한 출판사라면 이런 심각한 실수를 저지르지는 않는다.

사실 개인적으로는 그다지 민감한 편이 아니어서 남에게 결말을 듣더라도 책을 읽는 데 그다지 지장이 없다. 하지만 누군가와 이야기를 할 때나 작품 해설이나 서평을 쓸 때는 조심스러울 수밖에 없다. 마치 묵비권을 행사해야만 하는 사람처럼 중요한 것은 숨긴 채 기본적인 정보만으로 앞으로 읽을 독자들의 흥미를 끌어

야만 하는 것이다. 작품 해설부터 먼저 읽는 독자도 꽤 많은 것으로 알고 있는데, "기막힌 반전이 있다.", "예상 밖의 범인" 등의 표현만으로도 일종의 누설이 되는 셈이라 신경을 써야만 한다.

약간의 예외라면 작품 평론이나 분석인데, 서두에 "작품의 트릭과 범인을 언급하고 있다"고 미리 경고함으로써 비밀 누설에 대한 면죄부를 받을 수는 있다. 물론 이런 비밀에는 유효기간이 있다. 딱 몇 년이라고 정의할 수는 없지만 어느 정도 시간이 지나면서, 또 유명하면 유명한 만큼 직간접적으로 조금씩 전해지기 때문에 비밀의 봉인이 풀리는 셈이다.

고전적인 추리소설 중에는 누구나 범인을 알고 있어 이제는 굳이 숨길 필요가 없을 것 같은 작품이 있다. 최초의 추리소설이라고 일컫는 에드거 앨런 포의 「모르그 거리의 살인」은 범인의 의외성 면으로만 본다면 요즘 작품과 비교해도 모자랄 바가 없어 보이지만, 워낙 오래된 작품이라서 그런지 작품을 읽지 않고도 범인이 누구인지 아는 사람이 적지 않다. 이보다 더 충격적인 결말이지만 훨씬 더 잘 알려진 것으로는 코난 도일이 창조한 명탐정 셜록 홈즈의 죽음과 귀환 이야기일 것이다. 홈즈 시리즈를 쓰는 데 싫증이 난 코난 도일이 생각해낸 이 충격적 결말은 너무나 유명해서, 원작을 21세기에 맞춰 재해석한 영국 TV 드라마《셜록》에서도 홈즈가 죽은 것처럼 보이며 끝나는 장면이 있었지만, 그가 살아 돌아오리라는 것을 의심한 사람은 없었을 것이다.

다만 비밀의 유효기간이 지난 것 같아도, 앞에서 언급했던 아파트 난방 비리 사건 기사에서처럼 뜬금없이 추리소설의 결말을 알려주는 것은 아무래도 예의가 아닌 것 같다. 굳이 미리 알고 싶은 생각이 없었던 사람, 즉 잠재적 독자에게까지 알려줄 필요가 있을까. 돌이켜 보면 이 기사는 여러 면에서 현실과 허구의 대조를 극단적으로 보여주었다. 기자가 언급한 작품의 탐정은 범인을 알았으나 덮어두기로 했던 반면, 실제 사건에서는 의심은 가지만 이런저런 이유로 처벌할 수 없다는 결론을 내렸다. 결국 양쪽 다 누구도 벌을 받지 않는다는 같은 결말을 맞이한 셈이다. "혹시나" 했지만 많은 사람들의 예상대로 "역시나"로 끝났다는 점에서 추리소설과 현실에 꽤 넓은 괴리가 있음을 확인할 수 있었던 씁쓸한 사건이기도 했다.

2 끝맺지 못한 작품

해결은 독자의 몫으로 남는 "미완성 추리극"

소설이건 영화건 드라마이건, 모든 이야기에는 결말이 있다. 초반에는 밋밋하게 느껴지다가도 훌륭한 마무리 덕택에 걸작이라는 평가를 받는 작품이 있는가 하면, 어떻게 이런 기발한 발상을 할 수 있을까 싶었는데 끝에 가서는 "모두 꿈속에서 일어난 일이었다" 식의 용두사미 결말로 허탈함을 주는 작품도 있다. 이처럼 작품을 멋지게 끝내는 것은 대단히 중요하다.

추리소설의 결말은 대개 비슷하다. 대개 범인이 밝혀지고 잡히는 것에서 끝나며, 스릴러라면 주인공이 위기에서 벗어나는 것으로 종료된다. 이렇게 단순해 보이지만, 앞부분에서 뿌려놓은 기발한 발상이나 단서를 그럴듯하게 엮는 것이 쉬운 듯하면서도 어려운 점이다. 그래서 미국 추리소설가 존 딕슨 카는 "마지막 부분부터 쓰라"고 조언할 정도였다. 이렇게 작가들은 고심을 하지만, 때로는 마무리가 되지 않은 채 미완성으로 끝나는 경우도 있다.

첫번째는 불가항력적인 이유인데, 집필 도중에 작가가 세상을 떠나는 경우이다.

이러한 대표적인 작품이 19세기 영국을 대표하는 작가 찰스 디킨스의 유작 『에드윈 드루드의 비밀』이다. 에드윈 드루드와 약혼녀 로자 버드, 그리고 그들을 둘러싼 애정관계가 복잡하게 얽히는 가운데 에드윈이 갑작스럽게 실종되고, 정체불명의 인물이 나타난다. 그렇게 소설의 분위기는 고조되지만 디킨스가 세상을 떠나면서 소설은 중단된다. 11장으로 이루어질 예정이었으나, 6장에서 끝나는 바람에 에드윈이 죽었는지 살았는지, 그렇다면 누가 그를 죽였는지 등의 의문은 그대로 남게 되었다. 얼마나 결말이 궁금했던지 19세기 말에는 강령술降靈術로 디킨스의 영혼을 불러내는 시도까지 벌일 정도였다. 이야기 속에 남겨진 단서를 근거로 지금까지 수많은 연구자들이 그 답을 제시했으나 디킨스의 의도가 무엇이었는지는 영원히 알 수 없는 수수께끼로 남아 있다.

한국 초창기의 추리소설가 김내성에게도 비슷한 일이 벌어졌지만, 결과는 많이 달랐다. 김내성은 1957년 《경향신문》에 『실락원의 별』을 연재하던 도중, 갑작스러운 뇌일혈로 작고했다. 한 달 정도 연재가 중단되었던 이 작품은 작가의 기획 노트가 남아 있었던 덕택에 그의 장녀가 나머지 부분을 집필해 완성될 수 있었다.

　미완성으로 끝나는 두번째 이유는 작품 지면이 사라져버리는 것, 즉 연재하던 신문이나 잡지가 폐간되거나 검열 때문에 작품이 중단되는 경우이다. 수많은 추리소설 관련 잡지가 발간되었던 일본에서 이런 경우가 많았다. 유명한 작가라면 다른 지면을 얻을 수 있겠지만, 그렇지 못한 무명작가라면 안타깝게도 기회가 날아가 버려서 다음을 기약할 수밖에 없는 것이다. 여기서 다시 한 번 김내성을 언급하게 되는데, 그의 마지막 추리소설이었던 『사상의 장미』(유작『실락원의 별』은 추리소설이 아니다.)는 1953년 『신시대』라는 잡지의 창간과 함께 연재가 시작되었으나, 3호 만에 폐간과 함께 중단된다. 그러나 이듬해 『신태양』을 통해 처음부터 다시 시작해 완성될 수 있었다.

마지막이자 가장 흔한 이유는 작가가 창작의 벽에 부딪쳐 이야기를 더 이어가지 못하는 경우이다. 유명 작가들도 플롯을 짜다가 포기하는 경우가 있으니 반드시 작가의 역량 탓이라고는 할 수 없다. 예측하지 못한 불운이 덮쳤다고나 할까. 에도가와 란포는 1933년 「악령」을 잡지에 연재했다. 수록 잡지가 재판을 찍을 정도로 반응은 폭발적이었지만, 연재 3회 만에 발단 부분을 끝으로 갑자기 멈추었다. 확실한 속사정은 알 수 없으나 동료 작가인 요코미조 세이시의 회상에 의하면, 란포는 서술자가 범인이라는 구상을 했는데 마침 비슷한 소재의 외국 작품이 번역되는 바람에 더쓸 힘을 잃어버렸다는 것이다.

1953년, 일본의 중견 추리소설가 기기 다카타로는 잡지에 『아름다움의 비극』이라는 장편 추리소설 연재를 시작했다. "변호사 사무실 안에서 권총을 쥔 두 남자가 총에 맞아 쓰러져 있는데, 두 사람 모두 각각 자신이 쏜 총알에 맞아 숨진 것으로 밝혀진다. 자살은 분명 아니며, 경찰은 '각자가 쏜 총알이 허공에서 충돌하여 다시 서로에게 맞은 것'으로 추정한다." 이러한 기발한 도입부와 함께 작가는 예술적인 추리소설을 쓰겠다고 다짐했으나, 10회 만에 연재가 중단되었다. 당시 건강 상태도 괜찮았으며(작가는 그로부터 15년 후에 작고한다.) 같은 해 일본 탐정작가클럽의 회장도 맡을 정도로 왕성하게 활동했던 그가 왜 작품을 중단했는지는 알려지지 않았다.

한국에서도 비슷하게 중단된 작품이 있다. 언론인으로 활동하면서 추리소설을 썼던 신경순은 1935년 『조광』에 「제2의 밀실」을 연재했다. "완전한 밀실 상태의 은행 금고 안에서 시체가 발견된다"는 당시로서는 흥미진진한 이 작품은 3회 만에 예고 없이 연재가 중단되었다. 아마도 이 거창한 수수께끼를 감당하기가 어렵지 않았나 하는 생각이 든다. 이후 그가 발표한 추리소설은 찾아볼 수가 없다.

잡지 연재가 드문 서구 쪽에서는 작가가 세상을 떠난 후 유품 속에서 원고가 발견되기도 한다. 완성작이면 "유작 발견"이라는 광고를 내걸고 출간하지만, 미완성 상태라면 유족의 허락을 얻어 마무리를 시도하는 경우도 적지 않다. 레이먼드 챈들러의 『푸들 스프링』은 후배 하드보일드 작가 로버트 B. 파커가 완성했으며, 여성 작가 크레이그 라이스가 남겼던 『에이프릴 로빈 살인』은 87분서 시리즈로 유명한 작가 에드 맥베인이 끝맺어 출간되었다.

작가가 아예 결말을 결정하지 않는 작품도 있다. 서구에서는 "리들 스토리riddle story"라고 하는데, 이야기 속에서 제시한 문제에 명확한 답을 밝히지 않은 채 물음표를 던지며 독자의 상상에 맡겨버리는 형식의 작품이다. 프랭크 스톡턴의 「미녀일까, 호랑이일까?」, 클리블랜드 모펫의 「수수께끼의 카드」, 스탠리 엘린의 「결단의 순간」, 아쿠타가와 류노스케의 「덤불 속」 등의 단편이 대표적이다. 번역도 되어 있어 쉽게 찾아볼 수 있는 작품이다.

마지막으로 별난 사건 한 가지를 소개한다. 1946년 찰스 스크리브너스 선스 출판사는 마저리 보너의『칼의 마지막 뒤틀림』을 출판한 후 커다란 실수를 저지른 것을 깨달았다. 작품의 마지막 장章이 빠져 있고, 원고는 편집실 책상 서랍에 들어 있었던 것이다. 당황한 출판사는 급히 개정판을 내는 한편 마지막 장을 소책자로 만들어 이미 구입한 독자들이 신청하면 무료로 보낸다는 대책을 세웠다. 그러나 출판사 측에 의하면 놀랍게도 소책자를 신청한 사람이 하나도 없었다고 한다. 과연 이 작품은 결말이 없어도 될 정도의 뛰어난 작품이었을까, 아니면 제대로 읽은 독자가 한 명도 없었을까. 궁금한 일이 아닐 수 없다.

3

이 책을 ○○님께
바칩니다

길고 짧은 헌사에
숨어 있는 사연

책을 한 권 집어 들면 처음부터 끝까지 빠짐없이 읽는 독자들도 가끔 별 생각 없이 지나치는 부분이 있다. 대개 책 본문의 가장 앞부분에 자리 잡은 헌사獻辭이다. 어떤 책이 한 권 출간되기까지 그 과정은 각각 다르겠지만, 대부분의 저자는 그 책이 혼자만의 힘으로 이루어졌다고는 생각하지 않는다. 그래서 서문이나 저자 후기 등을 통해 도움이 되어준 사람들에게 감사의 말을 전하곤 한다. "지은이가 그 책을 다른 사람에게 바치는 글"이라는 뜻을 가진 헌사역시 일종의 감사 인사이지만, 서문이나 후기에 비해 훨씬 간결하다. 꼭 어떻게 써야 한다는 규칙은 없지만 요즘의 헌사는 한두 줄이 대부분이고 길어도 대여섯 줄을 넘기는 경우는 별로 없다. 이렇게 짧은 데다가 소설 같은 경우 내용과는 거의 연관이 없는지라 헌사가 있었는지조차 기억하지 못하는 독자들도 적지 않을 것이다. 이처럼 별로 중요하게 여겨지지 않는 헌사이지만, 재미있는 헌사도 있고 그 내용 속에 어떤 이야기가 숨어 있을 때도 있다.

헌사는 누구에게 할까? 데뷔작 『차일드 44』로 선풍을 몰고 왔던 톰 롭 스미스의 헌사가 "나의 부모님께"였던 것처럼 첫 작품에서는 부모님에 대한 감사 인사를 많이 볼 수 있다. 조 힐 역시 첫 장편 『하트 모양 상자』에서 "세상의 좋은 아버지들 중 하나인 우리 아버지에게"라는 헌사를 썼는데, 그의 아버지는 (아는 사람은 이미 알고 있겠지만) 바로 세계적 베스트셀러 작가인 스티븐 킹. 힐은 아버지의 후광에서 벗어나 자신의 힘으로 성공하기 위해 본명인 조지프 힐스트롬 킹을 줄인 필명(노동운동가의 이름이기도 하다.)으로 활동하고 있는데, 아직 아버지를 뛰어넘지는 못했지만 작가로서 자리를 잡는 데는 성공한 것 같다.

부모 다음으로는 배우자가 많이 눈에 띈다. 현대 캐나다를 대표하는 여성 추리소설가 루이즈 페니는 『스틸 라이프』의 헌사로 "내 온 마음을 담아 남편 마이클에게 바칩니다."라고 썼다. 미국 추리작가협회 장편 부문 상을 두 차례나 수상한 존 하트는 데뷔작 『라이어』에 "케이티에게", 두번째 작품 『다운 리버』에도 "케이티에게, 언제나와 같이"라는 헌사를 썼는데, 케이티가 그의 아내 이름임을 쉽게 눈치챌 수 있다. 데이비드 웡의 별난 데뷔작

『존은 끝에 가서 죽는다』의 헌사는 작품 못지않게 독특하다. 온라인 연재로 완성된 집필 과정이 제법 험난했었는지, 작가는 아내에게 이 책을 헌정하면서 "이 작품을 쓰는 내내 어찌나 한없이 참아주고 훌륭하게 내조를 해주던지 그녀가 혹시 내 상상의 산물이 아닐까 하는 생각이 든 적이 있다."라고 최고의 찬사를 보냈다.

마이클 코넬리는 『블랙 아이스』를 아내인 린다 메케일렙 코넬리에게, 『시인의 계곡』을 어머니 메리 매커보이 코넬리 라벨에게 헌정했는데, "메케일렙"과 "매커보이"는 그의 작품 『블러드 워크』와 『시인』에 등장하는 주인공들의 성姓이기도 하다.

미국추리작가협회 회장을 역임한 작가 할런 코벤의 헌사는 유쾌하다. 미국추리작가협회상 수상작인 『페이드 어웨이』를 그의 형제 래리와 크레이그에게 바치면서 "그들은 최고로 멋진 형제들이다. 못 믿겠다면 직접 물어보시라."라는 헌사를 남겼다.

가족 이외에도 감사 인사를 전할 사람들은 수두룩하다. 마이클 코넬리는 "내게 『앵무새 죽이기』를 건네주었던 사서에게"(『혼돈의 도시』 헌사), "심연을 들여다보아야 하는 형사에게"(『클로저』 헌사) 등의 헌사를 썼으며, 영국의 거장 프레더릭 포사이스는 "영국과 미국, 커다란 위험을 무릅쓰며 마약과의 전쟁에서 분투하고 있는 비밀 요원들에게"(『코브라』 헌사)라는 헌사로 공익에 종사하는 분들에게 감사를 전했다. 일본 작가 아야츠지 유키토는 데뷔작 『십각관의 살인』을 "경애하는 모든 선배들께" 바쳤다. 제프리 디버는 헌사를 거의 쓰지 않는 작가이지만, 007 시리즈의 속편인 『카르트 블랑슈』를 이언 플레밍에게 헌정했으며, 아이라 레빈은 『로즈메리의 아기』 속편인 『로즈메리의 아들』을 여배우 미아 패로(영화《로즈메리의 아기》주연)에게 헌정했다.

긴 헌사는 20세기 초반에 볼 수 있었다. 브라운 신부 시리즈로 유명한 G. K.체스터튼은 『목요일이었던 남자』에 예외적으로 긴 헌사를 썼다. 정확하게는 헌사라기보다 70행에 달하는 헌시獻詩였다. "자네만이 이 이야기의 진정한 의미를 이해할 수 있으리. (……) 자네가 아니라면 누가 이해하겠나? (……) 이제 나는 편안하게 그것을 쓸 수 있고 (……) 자네는 편안하게 그것을 읽을 수 있네."라며 그가 책을 바친 사람은 학생 시절 만나 평생 친구로 지냈던 에드먼드 클러리휴 벤틀리였다. 그로부터 5년 후인 1913년, 벤틀리는 자신의 첫 소설인 『트렌트 최후의 사건』을 발표하면서, 체스터튼에게 "『목요일이었던 남자』에 대한 보답으로 자네에게 책 한 권의 빛이 있었기에……"라는 헌사를 남겼다.

헌사가 기억에 남는 작품으로는 제임스 엘로이의 『블랙 달리아』를 꼽을 수 있겠다. "어머니, 스물아홉 해가 지난 지금에야 이 피 묻은 고별사를 바칩니다." 처절해 보이는 이 한 줄의 글은 저자 엘로이가 어머니에게 바치는 헌사이다. 간호사였던 그의 어머니 제네바 힐리커 엘로이는 제임스 엘로이가 열 살이던 1958년 누군가에게 살해된다(이 사건은 현재까지 공식적으로 미해결로 남아 있

다). 큰 충격을 받은 그는 청소년기부터 20대까지 방황했으나 창작을 시작하면서 차츰 안정을 찾아간다. 『블랙 달리아』는 1947년 실제로 일어났던 엘리자베스 쇼트 살인사건을 다룬 작품으로(그의 어머니 살인사건과 마찬가지로 여전히 해결되지 않았다.) 그는 이후 인기 작가가 되었다. 훗날 어머니 살해에 대한 진상을 추적하는 논픽션 『내 어둠의 근원』을 발표했다.

일본의 번역가 나오이 아키라의 칼럼집 『책장의 스핑크스』에는 헌사에 관련된 짤막한 글이 실려 있다.

1950년 즈음인가, 릴리언 헬먼의 작품집이 대실 해밋에게 헌정된 것을 보고 신기하게 생각했다. 여성 극작가와 하드보일드 작가에게 어떤 접점이 있는지 당시는 짐작을 못 했다. 두 사람이 연인 관계라는 것을 잡지 기사 등을 통해 알게 된 것은 10년 정도 지나고 나서였다.

이처럼 헌사를 바치는 대상이 작가와 어떤 관계가 있는지 쉽게 판단하기 어려운 경우도 있다.

2000년대 이전에 번역된 작품 중에는 책의 내용과 직접 관련이 없다고 판단한 번역자나 출판사가 원작의 헌사를 삭제하는 일이 드물지 않았다. 요즘은 인터넷에 엄청난 양의 정보가 깔려 있으니 헌사의 내용에서 아리송한 부분이 있다면 찾아보는 것이 어렵지 않다. 그 속사정을 알게 되면 작품이 더욱 흥미로울 것이다.

4 투자가치가 있는 책을 찾아서

책값보다 훨씬 더 대접받는 "희귀본"

값비싼(?) 500원짜리 동전에 대한 소문이 있다. 19세기도 아닌 1998년에 발행한, 특별 기념주화도 아닌 평범한 500원 동전에 "값비싼"이라는 수식어가 붙는다는 게 뭔가 이상하게 여겨졌다. 이유는 간단했다. 발행한 양이 적어서 희귀한 물품으로 둔갑했다는 것이다. 상태에 따라서는 200만 원의 가치가 있다니 대단한 가치 상승이다. 혹시나 하고 주머니 속의 동전을 살펴보았지만 당연히 없었다. 발행한 양이 적다고 해도 8000개나 된다는데, 그것들이 다 어디에 숨어 있는지 궁금할 따름이다.

그렇다면 혹시 같은 해인 1998년에 출간된 추리소설의 가격은 어떨까 궁금한 생각이 들었다. 온라인 서점과 헌책방 등을 살펴보니, 20년이 채 지나지 않은 세월 동안 절판된 책도 있고 아직 판매되는 책도 있지만, 아무리 비싸도 1만 원 이상의 가격이 붙은 책은 찾아보기 어려웠다. 그다지 의외의 일도 아니다. 오히려 500원 동전의 가치 상승이 놀라운 현상인 셈이다.

1998년이 아닌 1980년대나 1970년대쯤으로 거슬러 올라가면 추리소설도 비로소 약간씩 희귀해지고 값도 올라간다. 하지만 투자자들이 뛰어들 만큼 환금성換金性이 있는 것 같지도 않고, 몇년 더 지난다고 해서 가치가 상승할 것 같지도 않아 보인다. 물론 100년 전에 출간된 이해조의 『쌍옥적』이 경매에 나온다면 꽤 비싼 값에 거래되겠지만, 이건 골동품적인 의미에서 가치를 평가받는 것이고 "추리소설 고서"로서 대접받는 것은 아닐 것이다.

한국에서 나온 추리소설이 "희귀본" 대접을 받기는 쉽지 않다. 우선 존재 자체가 드물어야 하고, 거기에 출간 연대, 작품 수준, 저자의 명성 등 몇 가지 조건이 붙어야 한다. 또는 책 자체는 흔하지만 저자의 자필 서명 등이 있으면 희귀본이 된다. 한때 절판된 문고판 추리소설이 2만 원에서 3만 원에 거래된 경우도 있고, 출간 당시에는 호응이 없다가 정작 절판된 후에 찾는 사람이 많아 가격이 오른 작품도 있다. 하지만 2000년대 들어 꽤 많은 추리소설이 재출간되면서 옛 책에 많은 비용을 지불하고 구입하는 사람들은 드물어졌다.

이처럼 한국에서 추리소설의 가격이 상승하는 경우는 웬만해서는 보기 힘들다. 하지만 외국의 경우는 많이 달라 오래된 걸작 초판본은 만만찮은 가격에 팔린다. 미국의 경매 사이트를 검색해 보면, 1890년대에 출간된 코난 도일의 단편집 두 권 묶음(『셜록 홈즈의 모험』, 『셜록 홈즈의 회상』)이 1만 5000달러, 레이먼드 챈들러의 1945년판 『빅 슬립』이 1만 5000달러, 이언 플레밍의 007 시리즈 중 하나인 1955년 『문레이커』 초판은 1만 1000달러에 각각 "즉시 구매 가능"으로 되어 있다.

이 책들은 최소한 반세기 전에 세상을 떠난 작가의 작품이니 그럴 수 있다고 하지만, 현재 작품 활동 중인 현역 작가의 작품에도 높은 가격이 매겨진다. 유명 작가의 데뷔작 초판이 수집가의 목표물이 되는 것이다. 스티븐 킹의 『캐리』는 7500달러, 존 그리샴의 『타임 투 킬』은 2000달러, 데니스 루헤인의 『전쟁 전 한 잔』은 300달러, 마이클 코넬리의 『블랙 에코』는 200달러에 올라 있다.

일본도 비슷해서, 경매 사이트를 보면 가장 비싼 가격에 올라온 책은 나카이 히데오 전집 열한 권으로, 무려 102만 엔이다. 에도가와 란포의 1940년대 책들은 15만 엔을 넘는 경우도 있다. 물론 판매자가 정한 가격이니 시세는 언제라도 변할 수 있다.

이렇게 추리소설 고서 시장이 활성화되어 있다 보니, 고서점을 배경으로 하는 작품도 종종 볼 수 있다. 존 더닝은 전직 형사 출신 헌책방 주인 클리프 제인웨이를 주인공으로 한 『책 사냥꾼의 죽음』 등의 시리즈를 썼으며, 미카미 엔은 놀라운 추리력을 가진 고

서점의 젊은 여주인 시오리코가 등장하는 『비블리아 고서당 사건수첩』 시리즈를 발표해서 좋은 반응을 얻었다.

추리소설의 가격이 상승하는 이유는 아마도 수집가가 많아졌기 때문이 아닐까. 예전에는 책을 구하려면 헌책방을 찾아 발품을 팔아야 했지만, 요즘은 온라인으로 검색과 구매가 가능해서 별다른 수고 없이 쉽사리 입수가 가능해진 것이 가장 큰 이유일 것이다.

심심할 때 가끔 꺼내 보곤 하는 엘러리 퀸의 칼럼집 『탐정 탐구 생활』에는 책 수집가의 진화에 대한 이야기가 나온다. 요약하자면 다음과 같다.

초심자 수준의 수집가는 "애호가Book Lover". 이때는 상태에 문제가 없는 책이라면 충분하다고 생각하는 시기이다. 그다음 단계는 "감식가Connoisseur"로, 자신의 수집품을 모두 초판본으로 바꾸고 싶어지는 상태가 된다. 이어진 세번째 단계는 "수집광Fanatic"으로, 단순한 초판본이 아니라 인쇄소에서 갓 나와 손도 안 댄 듯이 완벽한 상태여야만 한다. 마지막 단계는 "서적광Bibliomaniac"이라는 최고 수준인데, 그가 원하는 것은 완벽한 상태의 초판본에 저자의 서명을 받는 것이다.

한국의 기준과는 결정적으로 다른 대목이 하나 눈에 들어온다. "저자 서명"에 대한 것이다. 언젠가 헌책방에 들렀을 때, 낯익은 책이 있어 표지를 들춰보았더니 거기에는 "○○○ 선배님께"라는

서명이 있었다. 선후배 작가 사이에 전달된 책인 모양이었다. 아마도 이사를 가는 등의 사정 때문에 서가를 정리하면서 밖으로 나온 것이겠지만, 약간 기분이 묘해지긴 했다. 어떤 사람은 증정본을 버릴 때 서명 부분을 다 찢어낸다고 하니, 저자의 서명이 있는 책은 가치가 상승한다는 외국과는 많이 비교가 된다. 작고한 작가의 서명본은 당연히 비싸고, 생존 작가 중에는 스티븐 킹의 서명본이 비싼 편이다. 한정판 『다크 타워』 전집 세트는 1만 5000달러 이상의 가격으로 경매에 올라와 있다. 현역 작가의 작품들 역시 몇십 달러씩 비싸다. 다만 요즘은 서명 이벤트가 많아져서 과거보다는 가치가 떨어졌다는 이야기도 전해진다.

꽤 오랫동안 한국에서 출간되는 추리소설을 챙겨오다 보니 얼떨결에 수집가 비슷한 모양이 되어버렸는데, 엘러리 퀸의 기준으로 따지자면 "읽을 수 있는 상태"의 책이 대부분이니 애호가 단계에 머물러 있는 수준이다. 다만 본의 아니게 초판본이 대부분이고 흔하지 않은 작품도 약간 있으니 "감식가"에 한 걸음 다가선 셈이다. 하지만 적당히 읽고 꽂아놓으니 세번째 단계로 갈 가능성은 전혀 없다. 언젠가 한국에서도 추리소설 고서古書의 가치가 상승할 수 있겠지만, 종종 헌책방을 찾아가 구입하는 입장에서 보자면 수천 원대의 저렴한 책값이 훨씬 반갑긴 하다. 어쩌다 보니 저자에게 증정받은 서명본도 약간 있는데, 혹시 나중에 귀중품이 될 수도 있으리라는 허망한 생각도 잠깐 해본다.

5

옛날의 돈과
요즘의 돈

소설 속 돈을
현재 가치로 환산하면

추리소설을 읽다 보면 돈 이야기가 자주 나온다. 죽은 사람이 남긴 유산, 숨겨진 보물, 은행 강도가 훔친 돈, 유괴범이 요구하는 몸값 등 다양하다. 일부러 세어본 적은 없지만 아마도 다른 분야 소설보다 많이 언급되는 것처럼 느껴진다. 한국 작품이라면 좀 오래되었더라도 웬만큼 머릿속으로 시세를 파악할 수 있다. 반면 좀 오래된, 즉 19세기 후반부터 20세기 중반 정도까지의 외국 작품에서는 시대뿐만 아니라 화폐단위도 달라 전문가가 아니라면 도대체 어느 정도의 가치가 있는지 실감하기가 쉽지 않다.

예를 들어 셜록 홈즈가 처음 등장하는 『주홍색 연구』의 도입부를 보면, 군의관으로 아프가니스탄 전투에 참전했다가 부상을 입고 의병 제대자가 되어 1881년 영국으로 돌아온 왓슨의 연금은 1일당 11실링 6펜스였다고 한다. "방탕하게 돈을 쓸 수 있었다"고 하니 제법 많은 액수임을 짐작할 뿐, 130여 년 전의 일이라 구체적으로는 어느 정도인지 알기가 어렵다. 특히 영국의 화폐단위는 1파운드=20실링=240펜스라는, 십진법도 아닌 매우 복잡한 방식이어서(계산상 혼란이 많아 1971년 2월부터 1파운드=100펜스로 통일되었다.) 따져보자면 더더욱 골치가 아플 지경이다.

다행히 인터넷을 검색해보면 과거 화폐가치를 현재 가치로 계산해주는 사이트(http://measuringworth.com)가 있어 재미 삼아 한번 계산을 해보았다. 왓슨의 1일당 수입은 2015년의 구매력 기준으로 약 51파운드(약 8만 9000원)에 해당하니 매달 대략 270만 원 남짓의 연금을 받는 셈이다. 어쨌든 호텔에 머무르며 생활하던 왓슨은 연금을 이대로 막 쓰다가는 앞으로 힘들겠다고 자각한 뒤, 좀 더 저렴한 거처를 찾아 나선 끝에 셜록 홈즈를 만나게 되는 것이다. 같은 작품에서 홈즈는 이른바 "베이커 거리 특공대"로 불리는 부랑자 아이들에게 정보 수집을 부탁하고 각각 1실링씩을 나눠주는데, 위와 같은 기준으로 계산하면 약 4.5파운드(약 8000원)에 해당한다.

홈즈 이야기를 좀 더 살펴보면,『네 사람의 서명』에서 여러 사람이 노리는 보물의 가치가 50만 파운드(1888년)라고 하는데, 현재 기준으로 하면 약 4974만 파운드(약 873억 원)에 해당한다.

「빨간 머리 연맹」에서 윌슨은 주급 4파운드(약 400파운드, 약 70만 원)라는 짭짤한 보수 때문에 괴상한 직업을 선택한다. 「보헤미아 왕국 스캔들」에서 홈즈에게 문제 해결을 부탁한 보헤미아 왕이 품에서 꺼내놓은 착수금은 1000파운드로 현대의 약 9만 9000파운드(1억 7000만 원)에 해당한다. 홈즈는 「프라이어리 학교」에서 유괴 사건 해결 사례비로 6000파운드라는 거액(약 58만 파운드, 약 10억 원)을 받기도 했으니, 금전에 별로 연연하지 않고 생활할 수 있었을 것이다.

시간을 좀 더 현대로 앞당기고 장소도 유럽에서 북아메리카 대륙으로 옮겨보자. 미국 하드보일드 추리소설의 길을 마련한 대실 해밋의 『몰타의 매』에 등장하는 사립탐정 샘 스페이드는 검은 새 조각상을 찾아주면 5000달러를 주겠다는 제안을 받는다. 80여 년 전의 달러 시세 역시 지금과 달라서 약 6만 9000달러(7800만 원)에 해당하는 금액이다. 나중에 두 배로 주겠다는 제안도 받았지만, 200만 달러(약 2700만 달러, 약 314억 원)의 가치가 있다는 황금과 보석으로 만든 16세기 보물을 찾는 비용치고는 많이 부족하다고 여겨진다.

스페이드의 후배 격인 사립탐정 필립 말로(작가 레이먼드 챈들러)는 『빅 슬립』에서 일당으로 25달러(약 426달러, 48만 원)와 소요경비를 청구한다. 사립탐정의 일당은 차츰 상승하는데, 로스 맥도널드의 작품에 등장하는 사립탐정 루 아처는 1950년대에 일당

50달러(약 492달러, 56만 원)였다가 1960년대에는 일당 100달러(약 773달러, 88만 원)까지 올라간다. 스페이드, 말로, 아처는 개인 탐정 사무소를 운영하는 사람들이라 어떤 면에서는 좀 소박한 편이다. 21세기의 미국 사립탐정 사무소의 비용을 살펴보면 사건 종류, 장소, 탐정의 숙련도 등 다양한 요인에 따라 시간당(일당이 아니다!) 75달러(8만 5000원)에서 500달러(56만 원)까지 달라진다. 요즘 요금과 비교해보면, 필립 말로의 의뢰인들은 유능한 명탐정을 매우 헐값에 고용한 셈이다.

소설 속 탐정의 비용은 급격한 인상이 어렵지만, 범죄자들의 욕심은 끝이 없다.

대서양 횡단비행으로 유명한 찰스 린드버그의 아들이 1932년 유괴되었을 때, 몸값으로 5만 달러(약 88만 달러, 9억 8000만 원)를 지급했으나 아이는 살아서 돌아오지 못했다. 30년 후 소설에서 몸값은 열 배가 된다. 에드 맥베인의 『킹의 몸값』에서는 유괴범이 50만 달러(약 400만 달러, 46억 원)를 요구한다. 이 소설은 일본의 구로사와 아키라 감독이 《천국과 지옥》이라는 제목으로 영화화하는데, 여기서는 3000만 엔(약 1억 2000만 엔, 11억 원)을 요구한다. 4년의 차이가 있음에도 불구하고 당시 미국과 일본의 경제적 차이(?)를 보여준다. 하지만 약 20년 후 덴도 신의 『대유괴』에서 몸값은 급상승한다. 80대의 억만장자 할머니를 납치한 어설픈 3인조 유괴범들은 당초 5000만 엔의 몸값을 요구할 생각이었으

나 유괴 당사자인 할머니가 자존심이 크게 상해 오히려 100억 엔의 몸값을 제안한다. 현금의 무게만도 1.3톤이나 되는, 당시로서는 역대 최고의 몸값이 아닐까 생각된다. 약 40년 전이 배경이라 일본은행의 물가지수로 계산할 때 약 1.45배 오른 145억 엔(1370억 원)이지만, 여전히 엄청난 거액이다.

시대를 약간 거슬러 올라가 보자. 일본 추리소설의 선구자 에도가와 란포의 데뷔작 「2전짜리 동전」에서는 제목 그대로 2전짜리 동전 안에서 발견한 암호를 푸는 이야기를 다루고 있는데, 그 암호를 풀면 5만 엔이라는 거액을 찾을 수 있으리라는 희망이 걸려 있다. 일본 쪽은 당시 가치를 계산하는 사이트를 찾을 수가 없어, 소비자 물가지수로 판단한 자료에 따르면 1923년의 1엔은 현재의 4000엔에 해당한다고 되어 있다. 그러니 5만 엔은 약 2억 엔(18억 원)으로, 변변한 재산이 없던 등장인물들에게는 엄청나게 커다란 액수였을 것이다. 그런데 이 5만 엔이라는 거금은 5000명에 가까운 직공들에게 지급할 급료라고 하는데, 월급이 10엔(4만 엔, 38만 원) 정도라면 아무리 1920년대라지만 너무 적은 것 같기도 하다.

이런저런 경로로 계산을 해보니 당시의 물가를 그럭저럭 짐작할 만한데, 요즘 물가가 많이 오르다 보니 과거의 거액이 크게 느껴지지도 않는다. 『대유괴』의 100억 엔은 70년대에 상상도 못 할 거액이었지만, 요즘은 100만 달러(약 11억 원)도 별로 크게 느껴지지 않을 정도이니 악당들이 노리는 액수도 점점 올라갈 것 같다.

6

어떤 추리소설을
읽을까

작품 선택에
정답은 없지만 요령은 있다

추리소설에 등장하는 탐정을 주제로 강의를 할 기회가 있었다. 준비한 자료를 이용해 강의를 마치고 잠시 휴식을 취한 후 질의 응답 시간이 이어졌다. 여러 가지 질문에 나름대로 무난히 답변을 하고 있었는데, 어떤 분께서 "좋아하는 작가 세 사람만 꼽아주세요."라는 질문을 하자, 갑자기 말문이 딱 막히고 말았다. 머릿속에서는 마음에 드는 작품과 수많은 작가들의 이름이 맴도는데 도대체 이 많은 사람들 중 누구를 꼽아야 하는지 머리가 복잡해져 버린 것이다. 결국 코난 도일과 G. K. 체스터튼, 제임스 엘로이를 선택했던 것으로 기억하는데, 아마도 이 대답에 만족했던 분은 별로 없었을 것 같다.

개인적인 에피소드를 소개했지만, 책을 추천하는 것은 생각보다 어렵다. 추리소설을 많이 읽다 보니 거의 매년 여름마다 작품 추천을 부탁하는 원고 청탁을 받곤 하는데, 언제나 같은 궁지에 몰리곤 한다. 대개 다섯 작품에서 열 작품 정도를 추천해야 한다면 우선 초보 독자를 생각해서 에드거 앨런 포나 코난 도일을 추천하고, 나머지는 고전과 현대 작품을 적절히 고르는 것이 일종의 원칙이었다. 1990년대에는 추천하고 싶어도 절판된 작품이 많아서 아쉬움이 많았다. 그런데 2000년대 들어와서는 매년 엄청난 수의 작품이 출간되다 보니 미처 읽지 못한 작품이 많아 소개하기가 쉽지 않다. 심지어는 마음에 들었던 책을 누군가에게 추천해주었더니 "그런 끔찍한 작품을 읽으라고 하다니……."라는 원망을 들은 적도 있으니 역시 어려운 일이다.

추리소설이 연간 1000권 이상 출간되는 서양이나 일본에는 이런 고민에 도움을 주는 가이드북이 많이 출간된다. H. R. F. 키팅의 『범죄와 미스터리 베스트 100』, 빌 프론지니의 『1001 심야』 등이 있고, 일본에는 한국에서도 자주 언급되는 『이 미스터리가 대단하다!』가 있다. 『이 미스터리가 대단하다!』는 추리소설 관계자들이 투표를 해 연간 베스트 작품을 선정하는 가이드북으로 1988년 처음 발간할 때만 해도 겨우 60페이지를 약간 넘는 소책자에 불과했다. 하지만 매년 빠짐없이 출간되면서 어느덧 네 배 가까운 두께가 되었고, 이제는 나름의 권위도 생겨서 책의 홍보

수단으로 쓰일 정도이다. 투표 참가자가 그다지 많은 편이 아닌 만큼(2015년판의 참가자는 71명) 순위를 절대평가로 볼 수는 없지만, 어떤 책을 읽을까 궁리하는 독자에게는 많은 도움이 될 것임에 틀림없다.

다만 아무 생각 없이 인기 있는 작품이라고 골랐다가는 책값이 아깝게 느껴지는 불상사도 생긴다. 그럼 추리소설의 초보 독자라면 어떤 책을 선택하는 것이 좋을까?(물론 자신이 골수 추리소설 애호가라면 굳이 남의 추천 글을 읽을 필요가 없을 것이다.)

우선 추리소설에 관심이 생겨서 마음먹고 한 번쯤 섭렵할 생각이 든다면, 고전 작품부터 현대에 이르는 순서로, 즉 작품 발표 시대 순서로 읽어나가는 방법이 있다. 예를 들어 에드거 앨런 포의 작품을 읽은 후 코난 도일의 셜록 홈즈 시리즈로 넘어가고, 프랑스 작가 모리스 르블랑의 아르센 뤼팽 시리즈를 접한 다음 영국의 애거서 크리스티, 미국의 엘러리 퀸, 대실 해밋 등을 읽는 것이다. 그러면 천재 명탐정과 괴도, 그리고 하드보일드 탐정 등의 실력을 볼 수 있으며 서서히 추리소설의 작품 경향에 대해 웬만큼 감을 잡을 수 있을 것이다. 이들 중에는 다작 작가가 많고 번역된 작품도 대단히 많지만, 당연히 모든 작품을 읽을 필요는 없다.

이렇게 시대적으로 읽을 시간이나 여력이 없다면, 자신의 취향이나 상황에 맞는 작품을 골라 읽는 방법이 있다. 추리소설에 대해 잘 모르더라도 최소한 자신이 어떤 형식의 작품을 읽고 싶은 가는 잘 알고 있을 터이기 때문에 가장 간단하면서도 중요한 방법이다. 심약한 독자가 선혈이 낭자한 사이코 스릴러를 집어 들었다면 읽다 말고 흠칫해서 집어던질지도 모른다. 요즘은 다행히 온라인 서점이나 서평을 통해 작품이 어떤 성격을 가지고 있는지 미리 알 수 있기 때문에 이럴 위험성은 줄어들었다. 가령 "범인은 누구인가?" 식의 전통적 수수께끼 풀이를 원한다면 명탐정이 등장하는 이른바 정통파 추리소설을 고르는 것이 좋을 것이다. 이런 형식의 작품은 영미권의 고전에 많지만, 1980년대 후반 일본에서 "신본격新本格"이라는 명칭으로 다시 등장해 요즘도 많이 출간되고 있다. 천재 탐정이 나와서 독자들을 깔보는 것 같아 기분이 언짢다면 가끔 얻어맞기도 하고 위기에 몰리기도 하는 주인공이 등장하는 하드보일드 스타일의 작품을 고를 수도 있다.

마지막으로 장편을 읽을 만한 시간이 없거나 엄두가 나지 않는 분들이라면 단편집을 선택하는 방법이 있다. 단편집도 여러 가지라 연작 단편집(같은 주인공이 등장하거나 내용에 연관이 있는 단편집), 개별 단편을 모은 책, 또 여러 작가의 단편들을 모은 책, 그리고 주제별 단편집이 있다. 이를테면 셜록 홈즈 시리즈는 장편보다 단편으로 유명한데, 어느 책을 골라도 후회하지 않을 만한 작품들이다.

추리소설 전문서점 "후더닛?"의 경영자였으며 직접 추리소설도 썼던 아트 버고는 『미스터리 애호가의 지침서』라는 책을 출간했다. 이 책은 추리소설 2500여 편의 내용과 등장인물이 간략하게 소개된 일종의 추리소설 안내서이다. 요즘은 인터넷에서 작품에 대한 설명과 독후감까지 찾아보는 것이 어려운 일이 아니지만, 이 책이 출간되던 1986년에는 그런 수단이 전혀 없었으니, 작품의 제목만으로 어떤 내용인지 판단하기 어려웠던 독자에게 이런 지침서는 많은 도움이 되었을 것이다. 이 책은 미국 추리소설, 영국 추리소설, 스릴러, 경찰소설 등 크게 네 가지 분야로 나누어 소개하고 있는데, 딱딱한 작품 제목과 내용을 나열하다가도 가끔 박스 기사처럼 특정한 상황에 어울리는 책을 소개하고 있어 슬그머니 웃음이 나오기도 한다. 예를 들어 "신용카드나 낚시 면허증을 없애버리기 전에 읽어야 할 책"(로버트 러들럼의 『챈슬러 원고』, 마틴 크루즈 스미스의 『고리키 공원』 등. 이들 작품에는 신분증이 없어

신원 확인을 할 수 없는 피해자들이 나온다.), "크리스마스에 읽어야 할 책"(시릴 헤어의 『영국식 살인』, 애거서 크리스티의 『푸아로의 크리스마스』 등 모두 크리스마스가 배경인 작품이다.) 등이 있다. "비추천"도 있는데 이는 작품이 나빠서가 아니라 상황에 따라 읽지 말아야 할 작품을 말한다. 즉 "집에 혼자 있을 때 목욕하면서 읽지 말아야 할 작품"(로버트 블록의 『사이코』, 토머스 해리스의 『레드 드래건』 등)으로, 아무래도 저자의 권유를 따르는 것이 좋을 것 같다.

7

과거를 읽는
역사 추리소설

사실과 허구의 혼합으로
탄생하는 이야기들

'옛날 사람들은 어떻게 살았을까?'라는 생각은 누구나 모두 해 보았을 것이다. 옛날이 좋았다고 하는 사람도 있고, 옛 시절에 태어나지 않아서 다행이라고 생각하는 사람도 있겠지만, 그 시절을 한 번쯤은 살펴보고 싶을 것이다. 다만 아직까지 시간여행 방법은 알려진 바 없으니 실제로 옛 시대를 찾아갈 수는 없고, 역사소설이나 추리소설의 팬이라면 그 시대를 배경으로 하는 역사 추리소설을 읽으면서 과거를 간접경험하는 방법이 있다.

역사 추리소설 하면 움베르토 에코의 『장미의 이름』을 떠올리는 분이 많을 것 같다. 요즘은 댄 브라운의 『다빈치 코드』가 인기를 얻은 이후 "팩션faction"이라는 명칭이 보편화되었다. 원래 의

미는 개인적 또는 역사적 사실을 토대로 사실과 허구를 조합해 재구성한 작품을 뜻하지만, 어느덧 역사 추리소설을 의미하게 되었다. 그 나라만의 특성을 살릴 수 있는 역사 추리소설은 우리나라뿐만 아니라 세계적으로도 인기가 있다. 특히 영국에는 우수한 역사 추리소설에 수여하는 "히스토리컬 대거상"이 있을 정도이다.

역사 추리소설은 크게 두 가지로 나눌 수 있다. 우선 첫번째로 작가가 옛 시대를 배경으로 삼은 작품. 서구 쪽을 살펴보면 먼저 손에 꼽을 작가는 존 딕슨 카가 있다. 카는 "밀실의 제왕"이라는 유명한 별명을 가졌지만, 다른 한편으로는 역사 추리소설의 선구자이기도 했다. 그가 30세의 나이에 발표한 『에드먼드 고드프리 경 살인사건』은 제목 그대로 당시 치안판사였던 고드프리 경의 기괴한 죽음을 다루고 있다. 17세기 왕정복고 시대의 영국 치안판사 에드먼드 고드프리 경은 정치적 음모 가담을 거절한 뒤 실종되어 5일 만인 1678년 10월의 어느 날 참혹한 시신으로 발견되었다. 추리소설가라면 틀림없이 눈독을 들일 만한 기이한 사건이다. 딕슨 카는 이후에도 18세기를 배경으로 한 『뉴게이트의 신부』, 19세기의 추리소설가 윌키 콜린스가 등장하는 『굶주린 고블린』 등 여러 편의 역사 추리소설을 남겼다. 이처럼 몇백 년 전의 사건을 다루는 작품이 있는가 하면, 반세기 남짓 정도의 그다지 오래되지 않은 사건 역시 소재가 된다. 개인적으로 언제나 인상 깊은 작품으로 꼽는 제임스 엘로이의 『블랙 달리아』는 1947년에 일어난 무명 여배우 엘리자베스 쇼트 살인사건을 소재로 삼고 있다. 이 작품에서 수사에 나선 주인공은 천신만고 끝에 범인을 알아내지만, 불가피한 이유 때문에 진상을 세상에 밝히지 못하는 것으로 마무리된다. 일본 작품 쪽을 살펴보면, 번역된 작품 중에는 미야베 미유키의 『외딴집』, 『만물 이야기』 등의 이른바 에도 시리즈가 눈에 띈다. 이 에도 시리즈는 딕슨 카나 제임스 엘로이의 작품처럼 역사적으로 크게 알려진 사건을 다루지 않고, 400여 년 전의 일본을 무대로 삼아 다양한 이야기를 풀어나간다.

한국에도 역사 추리소설이 적지 않은 편이다. 2000년대 들어와 많은 작품이 나오고 있는데, 아마도 이인화의 『영원한 제국』이 시발점이 된 것으로 여겨진다. 그렇지만 한국의 역사 추리소설의 역사가 그렇게 짧은 편은 아니다. 1950년대 중반 창간한 잡지 『야담』(희망사)은 1956년 문예작품 현상공모를 하면서 여섯 분야(애정, 탐정, 무협, 명랑, 엽편, 만화)의 작품을 모집했으니 최소한 60년은 되었음을 알 수 있다. 다음은 공모전 광고의 일부이다.

모집 작품의 시대와 무대와 인물 등을 이조李朝 이전의 과거에 두되, 역사상의 사실, 실재했던 인물, 사건이 아닌 완전한 창작이라도 이를 환영합니다. "역사소설"이라 하지 않고 "시대소설"이라 한 까닭이 이에 있습니다.

1회에서는 유명 작가인 김내성과 방인근이 심사를 맡아 김용환의 「흑연」을 당선작으로 뽑았다. 이 공모전은 이듬해 한 번 더 열리는 것으로 종료되었는데, 놀랍게도 1회 당선작가인 김용환이 「적량리 사건」으로 다시 응모해 2년 연속으로 당선작으로 뽑혔다. 또다른 응모자 홍성현은 2년 연속으로 가작에 그치기도 했다. 모집 요강에 재응모 불가 등의 제한이 없었기 때문에 가능했던 일이다. 그러나 이후 김용환은 별다른 작품활동을 하지 않았는지 그의 이름을 찾아보기가 어렵다. 한편 『얄개전』 등으로 유명한 조흔파는 같은 잡지에 『포적쾌쾌담捕賊快快譚』을 연재했다. 조선시대를 배경으로 좌포장의 아들 이철환이 연인인 기생 월선과 포도군관 용팔이와 함께 활약하는 연작으로 기묘한 사건을 추리력과 무술 실력으로 해결하는 독특한 분위기의 작품이다. 최근에는 김재희의 『경성 탐정 이상』과 한동진의 『경성탐정록』 등 20세기 초반을 배경으로 한 작품들이 차츰 나오고 있다.

역사 추리소설의 또 다른 갈래 하나는 현대인이 "역사적인 수수께끼"를 푸는 작품이다. 가장 잘 알려진 작품은 조지핀 테이의 『시간의 딸』일 것이다. 런던 경찰청의 유능한 수사관 앨런 그랜트 경위는 다리를 다쳐 병원에 입원해 있다가 따분함을 못 이겨 400년 전 일어났던 런던 탑 사건의 진상을 머릿속으로 추리해나간다. 이 사건은 폭군으로 알려진 리처드 3세가 어린 조카 두 명을 살해했다는 것으로 알려져 있다. 같은 영국 작가 콜린 덱스터도 비슷한 분위기의『옥스퍼드 운하 살인사건』을 발표했는데, 주인공 모스 경감이 과음으로 인한 위장병 악화로 입원해 있는 동안 120년 전의 미심쩍은 살인사건의 수수께끼를 풀어나간다는 내용이다. 수백 년간 레오나르도 다빈치의 작품 속에 숨겨져 있던 암호를 풀어나가는 댄 브라운의『다빈치 코드』역시 역사 추리소설의 범주에 속한다.

두 갈래의 절충이라고나 할까, 현대의 주인공이 역사 속에 직접 들어가는 작품도 있다. 존 딕슨 카의『벨벳의 악마』나 미야베 미유키의『가모우 저택 사건』, 스티븐 킹의『11/22/63』등에서는 타임슬립을 통해 과거로 흘러간 주인공이 역사의 현장을 직접 목격하게 된다.

한국의 특성상 "책을 읽으면 뭔가 얻는 것이 있어야 한다"는 교양적인 측면의 독서 습관이 강하기 때문에 한국에서 역사 추리소설은 틈새시장 혹은 블루오션으로 남아 있다. 다만 조선시대나 해방 전까지를 배경으로 한 작품이 대부분이고, 최근 반세기 내외를 배경으로 한 작품은 찾아보기 어렵다는 것이 아쉬운 점이다. 조선왕조실록 등이 무료로 공개되고 활발한 근대사 연구 덕택에 많은 자료를 구할 수 있는 반면 그 이후의 사회문화적 연구가 상대적으로 적었기 때문이 아닌가 생각된다. 요즘에는 자료 찾기가 무척 쉬워졌으니, 상대적으로 오래되지 않은 1950년대에서 1970년대를 배경으로 한 작품들도 많이 나오길 기대한다. 어쩌면 미궁에 빠졌던 실제 사건들도 추리작가의 상상력으로 실마리를 찾을 수 있을지도 모르는 일이다.

8

그 이름은
어떻게 읽을까요?

제대로 표기하기 어려운
외국의 이름들

얼마 전 어느 야구선수의 이름을 외국어로 표기한 것을 보고 약간 독특하다는 느낌을 받았다. 한국에서 가장 흔한 성 중의 하나인 "이李"는 영문으로 대개 "Lee"로 표기하는데, 이 선수는 "Rhee"라고 되어 있었던 것이다. 사람 이름은 문자 그대로 고유명사인만큼 자기 자신만의 발음과 표기가 가능하지만, 한국에서는 다소 획일적인 감이 있어 뭔가 다르다는 생각이 들었던 것 같다. 영어권 사람들은 이 두 개의 성을 얼마나 다르게 읽을까 싶기도 하다. 이처럼 이름 읽는 것은 단순하면서도 어려운 일 중의 하나이다. 여담이지만, 과거 미국 프로야구선수 중에 켄트 허벡Kent Hrbek이라는 선수가 있었다. 꽤 유명해서 가끔 국내 스포츠 신문에도 이름이 실리곤 했지만 모음이 하나밖에 없는 성은 가끔 "흐르벡"으로 바뀌어 나오기도 했다. 미국의 지명인 투손Tucson 역시 미국 프로야구 스프링캠프 지역이라 겨울이면 종종 소개되었는데, 대부분 "턱슨"으로 표기되어 있었다. 같은 이름의 자동차가 생산된 이후 그런 실수는 없어진 것 같다.

이처럼 추리소설에만 국한된 것은 아니지만, 고유명사의 발음은 외국 작품을 번역할 때 만만찮은 걸림돌이 되기도 한다. 오역이라고 하긴 어려워도 이른바 본토 발음과 너무 차이가 있을 경우 불만을 가지는 독자들도 많기 때문이다.

특히 1990년대까지만 해도 원 텍스트가 아닌 일본어 번역판을 가지고 중역重譯을 하는 경우가 드물지 않아서 잘못된 발음으로 표기되는 경우가 많았다. 그러나 요즘처럼 인터넷이 없던 시절이라 누군가의 지적이 널리 퍼지기도 어려워서, 대부분 그냥 넘어가곤 했다. 1980년대 중반, 꽤 인상적으로 읽었던 작품인 스탠리 엘린의 『제8지옥』의 주인공 이름은 번역판에서 "맬리"였는데, 나중에 그것이 "머리Murray"라는 것을 알고 다소 아쉽게 느껴졌다. 그런데 2000년대 들어 다시 출간된 책에도 고쳐지지 않았으니, 이건 성의 문제 아닌가 하는 생각이 든다.

요즘은 중역도 거의 없어진 것 같고, 독자의 눈도 높아져서 일본식 발음은 많이 줄어들었다. 또한 재출간과 재번역을 통해 새롭게 고쳐지기도 했다. 유명한 작품에서 유명한 인물의 이름이 바뀐 것은 추리소설 번역의 새 시대를 연 것이라고 해도 과언이 아닐 것 같다. 2000년대 들어와 코난 도일의 셜록 홈즈 시리즈가 다시 소개되기 시작되었을 때만 해도 와트슨이었지만, 독자들의 요구에 따라 일본식 발음이 아닌 왓슨으로 바뀌어 나오게 된 것이다. DNA 이중나선의 발견으로 노벨 생리학상을 받은 과학자 제임스 왓슨도 똑같은 "Watson"이다. 그의 이름은 1980년대부터 이미 왓슨 혹은 윗슨으로 표기되어 왔던 것을 보면, 홈즈의 친구인 "와트슨"은 너무 유명해져서 쉽게 바꿀 수 없었던 것이 아닌가 하는 생각마저 든다. 또한 홈즈와 대중적 명성 면에서 쌍벽을 이루는 괴도의 이름 역시 이 무렵을 전후해 바뀌었다. "루팡"으로 알려졌던 그 역시 "뤼팽"으로 이름이 바뀌었던 것이다. 이젠 추리소설의 중역 시대에서 벗어났다고 보아도 될 만한, 일종의 사건이었다. 하지만 이야기를 나누다 보면 "와트슨", "루팡"이라 말하는 사람도 많고, 인터넷으로 검색을 했을 때 와트슨과 루팡을 여전히 쉽게 찾을 수 있는 것을 보면 거의 100년 가까운 세월을 지나오는 동안 이 두 유명인사의 이름은 많은 사람의 머릿속에 단단히 기억되어 있는 것 같다.

번역의 문제도 있지만, 외래어 표기법의 융통성도 약간은 아쉽게 느껴진다. 공식 표기법으로는 "홈즈" 대신 "홈스"라고 써야 하기 때문에 아무래도 원래 이름의 발음과는 달라지는 것이다. 이를테면 "주" 씨를 "수" 씨로 표기해야 한다면 좀 어색하지 않을까.

일본 작품이 번역될 경우는 영어권과는 약간 다른데, 고유명사가 일반적 발음을 사용하지 않을 경우에는 친절하게 본문에 발음을 따로 달아주기 때문에 혼란을 피할 수 있다. 하지만 언제나 주의해야 할 것은 너무 쉽게 생각하고 넘어가는 경우이다. 다카기 아키미쓰의 『문신 살인사건』은 두 출판사에서 번역 출간되었는데, 목차만을 살펴봐도 차이가 있다. 15장의 제목을 보면 한쪽은 "가미즈키 요오스케의 등장"(동서문화사), 다른 쪽은 "가미즈 교스케 등장"(검은숲)으로 조연도 아닌 주인공 이름이 달리 나와 있으니 사정을 모르는 독자는 어리둥절할 것이다. 제대로 된 이름은 가미즈 교스케이며, 전자는 띄어쓰기를 잘못한 탓에 이름마저 오해를 한 것으로 여겨진다. 사실 이뿐만이 아니라 가미즈 교스케는 국내에 소개될 때 고오즈, 간즈 등으로 잘못 알려지는 등 여러 차례 이름이 수난(?)을 겪은 경력을 가지고 있다.

작가의 이름 역시 유명해지기 전까지는 달리 발음되는 경우도 드물지 않다. 스티븐 킹이나 마이클 크라이튼 같은 당대의 유명 작가 역시 그런 수난(?)을 겪었던 바 있다. 헌책방을 뒤져보면, "스테판 킹"이나 "마이클 크릭튼"이라는 작가명이 인쇄된 책을 종종 볼 수 있는 것이다. 1980년대 미국 대통령인 로널드 레이건이 대통령으로 당선되기 전까지 "리건"으로 불렸던 것을 보면 놀라운 일도 아니다.

사실 사람 이름은 본인 마음이라 외국 사람은 물론 본국 사람도 제대로 읽지 못하는 경우도 있다. 추리 잡학서적인 『머더 잉크』에 다소 독특한 서양 작가들의 이름 발음 방법까지 나와 있는 것을 보면 그게 드물지만은 않은 일 같다.

2010년 에드거상, 앤서니상 등의 신인상 후보에 올랐던 작가 폴 드와렌Doiron은 작가로 성공한 뒤 가장 많이 받은 질문이 그의 이름을 어떻게 읽느냐는 것이었다고 밝혔다. 프랑스계 혈통인 그는 어린 시절부터 도론, 다이어, 드라이어, 다이런, 드라이런, 도리언 등 다양하게 오해를 받아왔기 때문에 놀라운 일이 아니었다고 한다. 애거서 크리스티의 유명한 탐정 푸아로Poirot와 비슷하긴 해도 발음이 달라서 자신의 이름 읽는 법을 알리는 데는 별로 도움이 되지 않았다고 아쉬워했다.

그래도 앞에 언급한 것처럼, 인터넷에 자료가 넘쳐나는 요즘은 누구라도 정확한(거의 정확에 가까운) 발음을 찾아내는 것이 어렵지 않다. 다만 그 발음을 어떻게 표기하는가는 다음 문제이긴 하다. 꽤 오래전 한국추리작가협회 초대 회장을 역임했던 이가형 선생을 만나 뵌 일이 있었는데, 이야기의 화제가 사람 이름 발음에 대한 문제로 이어졌던 기억이 있다. 시간이 많이 흘러서 정확한 기억은 나지 않지만, 내용의 골자는 "외국 이름을 한글로 정확하게 표현하긴 어렵다"는 단순한 이야기였다. 그러면서 유명 작가인 엘러리 퀸을 "쿠인", 로스 맥도널드를 "맥다늘드"로 읽고 쓰셨던 기억이 생생하다. 다만 몇 년 전 "'오렌지'가 아니라 '어륀지'

로 발음하는 게 맞다"는 발언이 여론의 집중포화를 받은 사례가
있으니, 이처럼 유명 작가의 이름을 본토 발음대로 쓸 의향을 가
진 출판사가 있을지 의문이긴 하다.

9

작품 속의 실수

작가도 깜빡 넘어가서
놓치는 "옥의 티"

실수 없이 모든 일을 할 수 있다면 얼마나 좋을까. 물론 그럴 수 없다는 것은 세상 사람들이 다 알고 있다. 겉보기에는 완벽한 것처럼 보이는 사람이라도 평생 살아오는 동안 한 번도 실수하지 않았을 리는 없다. 다만 작은 실수냐 큰 실수냐, 그리고 실수를 그냥 두었느냐 빨리 바로잡았느냐에 따라 성공과 실패가 갈라졌을 것이다.

추리소설에 등장하는 많은 범죄자들은 완벽한 계획을 세우고 실행하지만, 대개 사소한 실수가 빌미가 되어 법의 심판을 받곤 한다. 인간적인 실수이기도 하고, 때로는 쓸데없이 명탐정에게 도전한다는 호기로운 야심이 그들의 발목을 붙잡는 올가미로 변하고 만다. 사실 추리소설에서는 아르센 뤼팽 같은 대도둑이 아닌 이상 반드시 범인이 잡혀야만 하니 작가는 어쩔 수 없이 허점을 만들어야만 한다.

범인의 실수 중 가장 우스꽝스럽고 인상 깊었던 장면을 꼽자면 어느 단편소설과 일본의 개그 만화가 떠오른다. 단편소설에서는 어떤 사람을 살해하려고 치밀하게 준비한 범인이, 자기가 침입한 증거는 다 없애는 데 성공했으나 정작 누구를 죽이려던 것을 깜빡 잊고 그냥 떠나는 바람에 금방 붙잡혀 버린다. 개그 만화에서는 알리바이를 정확하게 짜놓은 범인이 전철에서 예쁜 여자를 넋 놓고 쳐다보다가 환승역을 놓치는 실수를 저지른다. 범인이 제정신(?)이었다면 일어나지 않았을 이야기지만, 미국의 어느 은행 강도가 자기 얼굴을 가리려고 면도 크림을 얼굴에 잔뜩 뿌리고 들어갔다가 앞이 보이지 않아 체포되었다는 실제 사건도 있었다니 어쩌면 이런 어이없는 일이 어디선가 실제로 벌어졌을지도 모른다.

범인의 실수는 의도적으로 만들어야 하지만, 똑똑한 범인이 너무 평범한 실수를 하는 것도 이상하고, 그렇다고 완전범죄로 끝날 수도 없는 노릇이므로 작가는 무척 고심한다. 다만 실수하는 범인과는 달리 작가는 실수하면 지적을 받는다. 레이먼드 챈들러는 수필 『심플 아트 오브 머더』에서 "명작"이라고 일컬어지는 작품에 날카로운 혹평을 한다. 예를 들어 대중에게 호평을 받은 A. A.밀른의 『빨강집의 수수께끼』는 치명적 문제가 여럿 있다면서 그런데도 "속아 넘어가 준" 독자까지도 지적하고 있다. 줄리언 시먼스는 『블러디 머더』에서 에드거 앨런 포의 「모르그 거리의 살인」과 「도둑맞은 편지」에 나온 실수를 지적한다. 전자의 문제점은 "범인"이 드나든 방의 창문 형태가 모호하다는 것이고, 후자의 문제점은 편지의 한쪽 면에 주소가 적힌 부분과 봉투를 봉한 봉인이 있을 수 없다는 것이었다. 다만 시먼스는 이런 흠이 이야기를 심하게 훼손하지 않았다고 인정했다. 케네스 가브렐이라는 연구자는 「포의 도둑맞은 편지의 문제」라는 짤막한 칼럼에서 또 한 가지의 문제를 제기했다. 편지를 찾으러 간 뒤팽은 짙은 파란색 색안경을 쓰고 있었는데, 그것을 쓴 채로 편지에 쓰인 작은 글씨까지 자세히 보는 것은 불가능한 일이라는 주장이었다. 좀 지나치다 싶기도 하지만 세심한 연구자의 열성을 보여주는 대목이다.

이처럼 아무리 고심해도 눈 밝은 독자는 뭔가 허점을 발견하니, 실수를 줄여야 하는 것은 추리소설가의 숙명인 셈이다.

구성과 상관없는 실수도 가끔 눈에 띈다. 대부분 잘못이 없으리라고 당연히 여기기 때문에 작가나 편집 담당자도 모르고 지나친 것인데, 결국 누군가의 지적으로 알아차리게 된다. 너무 심각하지만 않으면 독자들도 웃으면서 넘겨준다. 대표적인 것이 코난 도일의 셜록 홈즈 시리즈이다. 예를 들어 홈즈의 친구이자 그의 업적을 기록하는 역할인 왓슨 박사는 처음 등장했을 때 어깨에 총상을 입은 적이 있었던 것으로 되어 있지만, 이후의 작품에서는 다리에 총상을 입은 것으로 되어 있다. 더욱 놀라운 것은 이름이 "존"이었다가 "제임스"가 될 때도 있다는 것이다.

마틴 부스의 『코난 도일』 전기에 따르면, 도일은 줄거리와 인물을 중요하게 여겼던 반면 고증에 그다지 신경 쓰지 않았으며, 자신이 심각한 실수를 저질렀다는 것도 잘 알고 있었다. 그러나 독자들의 호응을 얻었기 때문에 그러한 실수에 대해 별로 개의치 않았던 것으로 전해진다. "셜로키언"이라 불리는 열성 팬들도 도일의 잘못을 지적한다기보다는 오히려 그런 실수를 발견하면서 작품을 더욱 즐기는 것 같다.

개인적으로 잘 아는 한국 추리소설가의 작품에서도 비슷한 실수를 본 기억이 있다. 작품 속 등장인물 "김 박사"는 틀림없이 실존인물인 "최 모 박사"를 모델로 삼은 것 같았는데, 중반부를 넘어간 뒤 "최 박사"로 바뀐다. 나중에 연락을 해보니 역시 무심결에 나와버린 실수였는데, 책이 별로 팔리지 않는 바람에 아쉽게도 개정판이 나오질 못했다. 이처럼 잘못된 부분이 발견되어도 명예훼손이나 제본, 인쇄 등의 심각한 문제가 아니라면 서점에 깔려 있는 작품이 웬만큼 팔릴 때까지 실수를 고칠 수가 없다. 이와는 달리 외국은 책이 잘 팔리는 만큼 다듬을 기회도 많다. 일본 추리소설가들의 작품 후기를 읽어보면, 처음 발표했을 때 실수했던 부분을 새로 출간하면서 고쳤다고 밝히는 내용이 자주 나오니 부러울 따름이다. 역설적이지만 김내성의 『마인』은 1980년대 재출간되면서 오히려 문제가 발생했다. 1930년대라는 배경을 무시하고 원문의 "조선"과 "경성"을 "한국"과 "서울"로 바꿔놓아 어색하게 된 것이다. 2009년 다시 출간된 『마인』은 다행히 제대로 복원되었다.

내용보다 시도 자체가 실수인 것 같은 일도 벌어진다. 이란 출신의 평론가 프레이둔 호베이다는 『추리소설의 역사』에서 영국의 탐정클럽(현재 영국추리작가협회의 전신) 회원들이 시도한 실험적 작업에 대해 언급했다. 1931년, 열네 명의 유명 작가(애거서 크리스티, 도로시 세이어즈, G. K. 체스터튼, 로널드 녹스 등)들은 공동 창작을 합의하고 『떠돌아다니는 제독』이라는 작품을 쓰기 시작했다. 각자 장章을 배분한 것까지는 좋았지만, 앞 장의 문제가 어떻게 해결되었는지 전혀 모른 채 각자 이야기를 이끌어나가야 했기 때문에 이야기의 일관성을 유지하는 것이 불가능했다. 호베이다는 다음과 같이 평했다. "나는 그 책을 다 읽기 위해서 엄청난 권태와 싸워야만 했다."

　지금까지 남의 실수만 들먹이고 있지만, 개인적인 실수가 없을 리 없다. 몇 년 전 어느 사외보社外報에 애거서 크리스티 관련 원고를 보냈는데, 인쇄된 잡지를 받아 읽어보다가 쥐구멍에라도 들어가고 싶다는 생각이 저절로 들었다. 영국 출신인 크리스티를 "미국 작가"라고 소개하는 어처구니없는 실수를 저질렀던 것이다(혹시 그 글을 기억하는 분이 있을 수도 있으니 이 자리를 통해 사과드리고 싶다). 어쨌든 글 쓸 때나 생활할 때나 실수를 줄이는 것이 가장 좋겠다.

10   많이 쓰건 적게 쓰건

다작 작가와
과작 작가

2015년 8월, 스티븐 킹이 작가의 다작에 관해 《뉴욕 타임스》에 기고한 칼럼은 매우 흥미로웠다. 킹은 서두에서 "어떤 사람이 작품을 하나 더 쓸수록 덜 주목받는다"는 문학비평계의 불문율을 지적하면서, 조이스 캐롤 오츠와 애거서 크리스티 등 수많은 훌륭한 작품을 발표한 작가들을 거론하며 좋은 작가는 좋은 작품을 많이 썼음을 주장했다.

소설은 특별한 경우를 제외(합작이나 영화 시나리오의 소설화 등)하면, 처음부터 끝까지 거의 혼자 하는 작업이기 때문에 제법 시간이 많이 걸린다. 다만 작가에 따라 쓰는 속도는 제각각이라, 문득 떠오른 아이디어를 몇 년에 걸쳐 숙성해 완성하는 작가도 있는가 하면, 뉴스에서 힌트를 얻어 두어 달 만에 두툼한 원고를 뽑아내는 작가도 있으니 소설가들의 평균 집필 속도를 따지기도 어렵다. 그런 점에서 다작을 한다는 것은 타고난 재주에 속할 것이다.

좋은 작가가 훌륭한 소설을 많이 쓴다면 누구에게나 환영받는다. 유명 화가가 말년에 돈이 필요하게 되자 그림을 많이 그려 작품의 회소가치가 크게 떨어졌다는 소문을 들은 일이 있지만, 한 번에 수천 권씩 인쇄되는 소설과 한 사람만 갖게 되는 그림을 같은 선상에서 비교할 수는 없다.

그렇다면 "다작"이라는 말을 들으려면 얼마나 많은 작품을 써야 할까? 앞선 글에서 킹이 예를 든 것에 따르면 조이스 캐롤 오츠는 50편 이상의 소설(필명으로 쓴 11편이 더 있다고 한다.)을 썼고, 애거서 크리스티는 평생 91편의 저작을 남겼다고 한다. 절대적인 기준은 아니라도 최소한 50권 이상의 장편소설을 낸 소설가라야 그럭저럭 "많이 썼다"라는 평가를 받을 수 있을 것 같다.

이와 대척점에 있는 것이 내놓은 작품마다 호평을 받으면서도 잊힐 만할 때쯤 작품을 발표하는 "과작寡作" 작가일 것이다. 미국 여성 작가 도나 타트는 1992년 『비밀의 계절』을 발표하여 "최근 50년 사이에 등장한 가장 뛰어난 미국 소설가 중 하나"라는 평가를 받았지만, 다음 작품인 『작은 친구』는 2002년, 그리고 세번째 작품 『황금방울새』는 2013년 출간되었다. 작품 하나가 나오기까지 평균 10년 정도의 시간이 걸렸으니 전형적인 과작 작가

의 예라고 할 수 있겠다.

식인 취향을 지닌 악당 주인공(?) 한니발 렉터를 탄생시킨 토머스 해리스는 『블랙 선데이』로 데뷔한 이후 가장 최근작인 『한니발 라이징』에 이르기까지 30년간 다섯 편의 장편소설만을 발표했으니, 그 역시 과작 작가에 포함될 것이다.

순문학계에서는 다작에 대해 킹이 거론한 불문율 같은 것이 있는 모양이지만, 추리소설과 같은 대중소설계에서는 상황이 좀 다르다(물론 순문학과 대중문학을 나누는 것이 과연 가치 있는 일인지 알 수 없지만). 대중오락적, 상업적인 측면을 중시하는 관점에서 다작 자체를 부정적으로 보는 시각은 거의 없다고 봐도 무방하다. 오직 작품 수준이 독자를 만족시킬 수 있는가가 더욱 중요하다. 20세기 초반 『벤슨 살인사건』과 『비숍 살인사건』 등으로 미국 추리문학계를 한 단계 발전시켰다는 평가를 받은 S. S. 밴 다인은 "어떤 추리소설가도 걸작을 여섯 편 이상 쓸 수는 없다"고 주장한 바 있다. 하지만 그것은 기준을 많이 높였을 때의 이야기라 할 수 있다. 스티븐 킹이 뛰어난 다작 작가로서 예를 들었던 애거서 크리스티의 팬이라면, 훌륭하다고 생각하는 작품을 어렵지 않게 여섯 편 이상 꼽을 수 있을 것이다.

서구뿐만 아니라 일본에서 다작 작가는 어렵지 않게 찾아볼 수 있다. 아카가와 지로나 니시무라 교타로 같은 작가는 각각 500여 권에 달하는 저작이 있으며, 한국에서도 인기 높은 히가시노 게이고나 미야베 미유키 등도 연평균 두 권 이상의 책을 출간하고 있다. 이들도 특별한 일이 없는 이상 평생 세 자릿수의 작품을 낼 것으로 예상할 수 있다.

물론 많이 쓴다고 반드시 걸작이 많이 나오는 것만은 아니다. 한때 영국 서점에서 팔리는 책 네 권 중 하나가 그의 책이었을 정도로 인기가 높아 "스릴러의 제왕"이라는 별명을 얻었던 에드거 월리스는 30세에 첫 작품을 낸 후 57세로 세상을 떠나기 전까지 27년간 170권이 넘는 장편소설과 수많은 단편, 30여 편의 각본을 남겼다. 그러나 그의 작품은 자신의 시대를 넘어서지 못하는 평범한 작품으로만 남았다.

제삼자의 입장에서 작가를 본다면, 몇 년에 장편소설 하나씩 발표하면서 그것으로 큰 수입이 들어온다면 굳이 쉬지 않고 쓸 필요는 없을 것 같다. 87분서 시리즈만 50편 이상 발표한 에드 맥베인은 1980년대 초반의 어느 인터뷰에서 자신의 사후 발표할 작품 두 편을 금고에 넣어두었다고 말한 일이 있었는데, 2005년 작고 후 확인한 결과 미발표 작품은 없었다고 한다. 어쩌면 마음이 바뀌어서 미리 출간했는지 알 수 없는 일이다.

다작을 하려면 두 가지 조건이 있다. 하나는 소설가의 능력, 또 하나는 독자의 호응이다. 소설가의 능력에는 글솜씨와 이야기 만드는 재주는 기본이고 체력이 뒷받침되어야 한다. 세계 최초의 장편 추리소설로 꼽는 『르루주 사건』을 쓴 19세기의 프랑스 작가 에밀 가보리오는 신문에 쉴 새 없이 연재를 하다가 과로로 요절했으니, 무엇보다도 건강이 중요하다는 것을 알 수 있다.

독자의 호응은 설명할 필요도 없다. 처음에는 인기가 있다가도 서서히 인기를 잃을 수도 있는 것이다. 미국의 중견 추리소설가 로렌스 블록은 "시리즈 작품이 길어지면 같은 에피소드 형태가 반복되는 일종의 매너리즘이 생길 수도 있으며, 등장인물에 대해서 할 이야기가 사라질 수도 있다"고 지적했다.

이처럼 소설을 쓴다는 것은 어려운 일이지만, 때로는 머릿속에서 이야기가 넘쳐나는 작가도 있다. 스티븐 킹은 지금까지 55권의 책을 냈다(필명 포함). 한때 1년에 책 네 권을 출간하기도 했으며, 불과 일주일 만에 장편 하나를 쓴 일도 있다. 그가 이렇게 열심히 쓴 이유는 정직하게 말하자면 "어쩔 수 없어서"였다고 한다. 젊은 시절 그에게는 수천 개의 아이디어가 있었는데 가진 것이라곤 손가락 열 개와 타자기 하나뿐이었기에 끊임없이 글을 쓸 수밖에 없었다는 것이다. 호불호는 있겠지만, 그의 작품 중 혹평을 받은 경우가 거의 없다는 것을 보면 대단한 작가임에는 틀림없다.

킹은 다음과 같은 문장으로 칼럼을 마무리했다. "오츠 여사는 아직 하고 싶은 이야기와 소설이 더 있다고 한다. (……) 나도 무척 기쁘다. 나는 그것들을 읽고 싶으니까."

훌륭한 작가의 훌륭한 작품을 기대하는 독자의 마음도 이와 다르지 않을 것이다.

4장 　　　　　　　　　　조연들

1 전망이
불투명한 직업

살인청부업이
현실에서 안 되는 이유

추리소설에서는 흔히 볼 수 있지만 실제 한국에는 존재하지 않는 직업이 있다. 바로 탐정과 살인청부업자이다. 탐정업은 몇 년 전부터 제도가 허용될 것이라는 소문이 있고 법안이 꾸준히 상정되는 만큼 머지않은 시기에 공식 인가가 나올 것 같다. 하지만 살인청부업은 누가 생각하더라도 합법적이라 할 수 없기에 번듯한 간판이 눈에 띌 날은 없을 것 같다.

믿기 어려운 일이지만, 1930년대 미국에는 "살인 주식회사 Murder, Inc."가 실존했다. 뉴욕에서 갱 두목 루이스 부컬터가 설립한 이 회사의 주 고객은 경쟁 상대인 갱과 밀고자, 보호비를 내지 않는 상점 주인을 처리하기를 원하는 갱들이었다. 회사 소속의 킬러들은 지시를 받으면 마치 출장업무를 하듯 살인을 저지른 후 보수를 받았다. 1931년 만들어진 이 회사는 10년 만인 1940년 두목과 간부들이 체포되면서 와해되었는데, 그동안 이들에 의해 살해된 사람은 수백 명에 이른다고 전해진다.

너무 진지하지는 않게 재미 삼아 소설 속에 등장하는 "살인청부업"을 자영업이라는 관점에서 한번 살펴보자(국가조직 소속의 특수요원이나 종교 신념으로 무장한 테러 단체의 행동요원 등은 제외한다).

과연 어떤 사람이 이런 일을 직업으로 삼을 수 있을까?

누구에게 허락을 받을 필요는 없지만, 그렇다고 누구나 쉽게 할 수 있는 일이 아님은 분명하다. 우선 무기 사용(총, 칼, 폭탄 등)이나 싸움에 능숙해야 하니 체력이 필요하고, 치밀한 계획을 세울 수 있는 뛰어난 머리는 필수이며, 마지막으로 보편적 도덕관념 같은 것이 없어야 할 것이다. 작품 속에서는 주로 실제 전투를 경험한 전직 군인, 용병이 이런 일에 뛰어들곤 한다.

꾸준히 고객을 유치하려는 양심적(?)인 청부업자라면 다음 세 가지 정도는 지켜야 할 것 같다. ① 의뢰는 반드시 성공시키고, ② 고객이 범죄와 관련이 없어 보이도록 해야 하며, ③ 약속한 보수 이외에는 더 요구하지 않는다. 역설적이게도 다른 무엇보다 신용이 중요할 것이다.

경제적 측면에서 보자면, "세상에서 가장 나쁜 죄악"인 살인을 저지르는 만큼 위험부담에 따르는 많은 보수를 원한다. 흥정이

212

벌어질 때도 있지만 목표물이 거물이면 요금은 더욱 비싸지게 마련이다. 프레더릭 포사이스의 『자칼의 날』에 등장하는 전설적 킬러 "자칼"은 1963년 드골 대통령의 암살 청탁을 받자 50만 달러(현재 가치로 380만 달러)를 요구한다. 높은 금액에 당황한 의뢰인들은 결국 그 돈을 마련하기 위해 은행까지 털어야만 했다.

좀 더 세월이 흘러 등장한 존 그리샴의 『펠리컨 브리프』에서는 한 건당 1000만 달러에서 2000만 달러라는 천문학적 거액을 받는 것으로 알려진 살인청부업자 카멜이 등장한다. 30년 남짓 사이에 20배 이상 보수가 뛰어오른 셈인데, 오랜 경력으로 명성을 쌓으면 이처럼 거드름 피우면서 많은 돈을 요구할 수 있다. 보수는 대개 선금으로 절반을 받고, 나머지는 업무를 마친 후 받는 것이 보통이다. 의뢰인과 청부업자가 만난 자리에서, 선금을 받고 사라지거나 잔금을 주지 않을 가능성을 놓고 토론을 벌이기도 하지만, 그럴 경우 서로에게 이익이 되는 일이 없다는 것을 확인하면서 계약을 합의한다. 그런데 신원을 제대로 확인할 수 없다보니 A. J. 퀸넬의 『크리시 2: 죽음을 부르는 사나이』에서는 전설적 용병 크리시의 이름을 팔고 선금 25만 달러를 받은 뒤 달아나버리는 인물이 등장하기도 한다.

물론 경력이 일천하면 많은 보수를 받는 것은 언감생심이다. 테리 화이트의 『한밤의 암살자』에 등장하는 초보(?) 청부업자 맥은 의뢰인이 2만 5000달러(현재 약 5만 7000달러)를 보수로 제시하

자 겉으로는 아무렇지 않은 척하면서도 속으로는 자동차와 컬러
TV까지 살 수 있겠다고 소박한 흥분을 느낀다.

최근에는 상황이 조금 변한 것 같다. 제프리 디버의 『코핀 댄
서』에 등장하는 "코핀 댄서"는 100만 달러를 받고 실행에 나서
는데, 수사관 링컨 라임은 그를 체포한 뒤 "프로 청부살인은 요즘
수요가 달린다"면서 너무 많은 보수를 준 것 같다고 지적한다. 어

쩌면 소설 속에서도 자영업 살인청부업자가 줄어드는 추세인지
도 모른다.

알코올중독 무면허 탐정 매튜 스커더 시리즈로 알려진 로렌스
블록은 1990년대 중반부터 "켈러"라는 살인청부업자를 주인공
으로 하는 시리즈를 쓰고 있다. 그는 마치 1930년대의 살인 주식
회사를 방불케 하는 모종의 조직을 통해 지시를 받고 의뢰인이 누
구인지도 모른 채 업무를 수행한다. 어쩌면 미국에는 이처럼 아무
도 모르는 비밀스러운 조직이 아직 남아 있는지도 모르겠다.

소설 속에서는 이렇게 활개를 치고 있지만, 현실적인 감각으로
바라본다면 아무리 뛰어난 능력이 있어도 이런 사업을 벌일 수
있을지 의문이 드는 것은 당연한 일이다. 우선, 아무리 자영업이
라도 사업을 하려면 사전 준비를 해야 하는데 "살인" 수요에 대
한 시장조사는 불가능한 일이다. 또한 홍보도 불가능한 만큼 자
신의 실력을 알릴 방법도 없다. 혹시 한 번쯤 성공해서 이름이 나
더라도 범죄자에게는 국가적 수배령이 내려지는 법. 결국 의뢰인
보다는 그를 쫓는 수사관의 숫자가 훨씬 많아질 테니 이후의 활
동도 불투명해진다. 정기적인 활동이 없으면 수입도 없어지니 직
업이라고 할 수도 없다. 훌륭한 살인청부업자로서의 실력을 가졌
다면 차라리 그 능력으로 다른 직업을 택하는 것이 좋을 것이다.
그 정도 능력이라면 어떤 일을 하든 충분히 성공할 것임에 틀림
없다.

그리고 살인청부업이 성공하기 어려운 더욱 근본적인 이유는 인간의 불안감 때문일 것이다. 남에게 범죄를 맡길 때는 쉬운 것 같지만 막상 일이 벌어지고 나면 걱정이 되기 시작한다. 비록 자신이 직접 저지르지 않더라도 남의 손으로 범죄를 저지르게 한다는 것은 언제 터질지 알 수 없는 시한폭탄을 발밑에 놓아둔 것이나 마찬가지이다. 금방이라도 체포될 수 있다는 본능적인 공포감은 범죄를 저지르지 못하게 하는 제동장치 역할을 하고 있기 때문에 살인청부업자를 찾아갈 사람은 세상에 극히 드물 것이다.

이처럼 도덕적으로나 현실적으로나 난관이 많은 살인청부업자는 소설 속에서나 명성을 높일 수 있을지언정 현실에서는 전망이 아주 불투명한 직업(?)이다.

마지막으로 이런 인물이 등장하는 작품을 볼 때마다 정말 궁금한 것이 있다. 음모를 꾸미는 의뢰인은 유명한 살인청부업자와의 연락 방법을 신통하게 알아낸다. 그들은 경찰을 비롯한 사법기관으로부터 쫓기는 몸일 테니 신분이나 연락처 등을 숨기고 있을 텐데, 의뢰인은 도대체 어떤 방법을 써서 알아냈을까? 작가도 속 시원하게 알려주지 않는, 도무지 알 수 없는 수수께끼이다.

2

뛰는 놈 위에 나는 놈,
그 위에 컴퓨터

첨단기술의 어두운 면

누군가 지금까지 존재하지 않았던 물건을 만들었다면, 특별한 경우를 제외하고는 사람에게 도움이 되는 경우가 대부분이다. 그러나 아무리 좋은 물건이라도 쓰기 나름이라, 누군가 나쁜 생각을 품는다면 세상의 모든 일상용품조차 사람을 잡을 수 있는 위험한 물건으로 바뀔 수가 있다. 폭탄의 대명사처럼 쓰이는 다이너마이트도 광산이나 건설 현장에서 쓰는 "안전한 폭발물"로 발명된 것은 잘 알려진 사실이다. 긴 우산이나 손톱깎이 등이 비행기에 들고 탈 수 없는 위험물로 분류될 것이라고는 상상력이 뛰어난 소설가들조차 생각하지 못했을 것이다.

첨단 생활용품 역시 마찬가지이다. 다이너마이트의 발명가 노벨이 부작용을 미처 예상하지 못했던 것처럼, 최초의 컴퓨터가 만들어졌을 때도 이것을 범죄에 쓰리라고는 아무도 상상하지 못했을 것이다. 우선 초기에는 컴퓨터를 만들 수 있는 나라도 드물었고, 사용 방법도 쉽지 않아 연구소 같은 장소 외에서는 볼 수도 없을 정도였다. 1943년 IBM의 회장 토머스 왓슨이 "세계 시장의 컴퓨터 수요는 아마 다섯 내쯤일 것이라고 생각한다"고 말한 것도 당시에는 크게 놀라운 일도 아니었을 것이다. 물론 이 예측은 보기 좋게 빗나갔다.

한국도 마찬가지였다. 옛 신문기사를 찾아보면 "서울은 교육 사상 처음으로 컴퓨터를 사용, 지원생이 추첨 장소에 나가지 않고 중학교가 배정 ……."(《경향신문》, 1970년 2월 3일), "71년의 과학 행정 컴퓨터화"(《경향신문》, 1971년 1월 4일) 등의 기사가 눈에 띈다. 이 기사를 보면 컴퓨터를 마치 첨단기술의 상징 같은 존재처럼 표현하고 있다.

초기에 나타난 컴퓨터 관련 범죄는 이 "귀하신 몸"과 같은 존재에 대한 위협이었다. 이는 미요시 토루의 『컴퓨터의 몸값』에 잘 묘사되어 있다. 이 작품에서는 지능적 범죄자가 은행에 침입해 컴퓨터를 인질(?)로 잡고 10억 엔을 주지 않으면 모두 폭파해버리겠다는 협박을 한다. 인질이 된 컴퓨터의 가격은 500억 엔, 월 1억 1500만 엔에 임대해 사용하는 고가의 물품으로, 10억 엔이라는 몸값이 이해가 가긴 한다. 흥미로운 것은 이 책의 해설에 나온 컴퓨터 범죄의 유형이다. 여기서는 네 가지로 구분해 소개하고 있는데, 간단히 요약하면 ① 컴퓨터를 공격 대상으로 하는 범죄, ② 은행 컴퓨터를 악용한 사기 범죄, ③ 범죄 계획을 짜는 데 컴퓨터 이용, ④ 컴퓨터 미숙련자를 대상으로 한 사기 범죄 등으로, 21세기의 컴퓨터 범죄와는 제법 거리가 느껴진다(③의 경우, 요즘은 컴퓨터 범죄로 간주할지 의문이다).

사실 컴퓨터 기술 발전은 범죄자보다 범죄 수사에 더욱 도움을 주었다. 카드에 지문을 찍고 손이나 타자기로 기록하여 어느 한 장소에만 놓아두었던 범죄자의 신상명세서는 컴퓨터 네트워크의 보급을 통해 직접 찾아가지 않아도 찾아볼 수 있게 되었고, 유사 수법 범죄 비교 검색을 통해 용의자 파악에도 많은 도움이 되고 있다.

컴퓨터 시대의 획기적 변환은 개인용 컴퓨터의 보급과 인터넷의 확산으로 이루어졌다. 1970년대 말 미국의 대형 컴퓨터 업체 창업자가 "집집마다 개인용 컴퓨터가 필요한 이유는 전혀 없다"고 말했지만, 요즘은 말 그대로 개인 한 사람마다 컴퓨터 한 대 있는 집이 드물지 않다. 또 이와 함께 인터넷이 확산되면서 누구나 엄청난 양의 정보를 접할 수 있게 되었다.

그렇지만 이러한 발전은 컴퓨터 범죄의 범위도 분명히 넓게 만들었다. 이제 네트워크에 연결된 개인용 컴퓨터는 "나 혼자만 쓰는 것"이 아니라, 잠깐이라도 방심하면 남들이 침투할 수 있는

"열린 컴퓨터"가 되어버린 것이다. 그리고 가정용 컴퓨터뿐만 아니라 은행이나 관공서 등에 저장되어 있는 개인정보를 빼낼 수 있다면 문제는 아주 심각해진다.

마이클 코넬리의 『허수아비』에서는 그러한 능력을 가진 악당이 등장한다. 그는 어떤 사람의 신용카드와 휴대전화를 정지시킬 수 있고, 이메일을 가로챌 수 있으며, 심지어는 살인까지 저지른 뒤 타인에게 누명을 씌울 수도 있다. 같은 해 출간된 제프리 디버의 『브로큰 윈도』는 미국 최대 데이터베이스 회사(전화번호, 주소, 자동차면허 등 기본 신상정보를 비롯해 물품 구매내역, 여행정보, 신용정보와 수입내역, 고용내역, 가족·친지·동료 관계, 웹상의 인맥 관계까지 한 인간의 모든 정보가 들어 있는 곳)의 정보망을 연쇄살인마가 마음대로 이용할 수 있다는 설정으로 시작한다.

반면 스티그 라르손의 「밀레니엄」 시리즈에 등장한 리스베트 살란데르는 이러한 능력을 긍정적인 방향으로 사용한다. 리스베트는 여느 사람들과는 다른 도덕관념을 가졌고, 정규교육을 받지 않았음에도 짐작조차 못 할 정도의 뛰어난 능력을 가진 해커로 인터넷을 통해 못 하는 일이 없다. 정부마저도 건드리기 힘들어하는 성매매 집단, 공권력을 가진 사악한 집단의 빈틈을 신기에 가까운 해킹 능력으로 파고들어 가 약점을 파헤쳐 파트너(?)인 저널리스트 미카엘 블롬크비스트의 활동을 도와준다.

언젠가는 컴퓨터가 자체 지능을 가지게 되어 사람을 공격할 수

도 있으리라는 상상도 할 수 있다. 그런 내용을 다룬 영화나 소설도 드물지 않지만, 단기간 내에 그런 일이 벌어질 것 같진 않다. 하지만 예상이라는 것은 어떤 천재에 의해서 쉽게 뒤집어지는 경우도 수두룩하니, 쉽게 장담할 수는 없는 일이다. 스마트폰은커녕 휴대전화기조차 개인이 가지고 다니리라는 것을 상상도 못 하던 시절을 생각하면, 제프리 디버의 컴퓨터 범죄를 다룬 또 다른 작품 『블루 노웨어』의 후기에 동감할 수밖에 없다.

내가 이야기를 나눠본 몇몇 컴퓨터 전문가들은 지금으로서는 '트랩도어'와 같은 프로그램을 작성하는 것이 십중팔구 불가능할 거라고 여겼다. 하지만 나로서는 확신이 서지 않는다(안재권 옮김, 랜덤하우스코리아).

더 큰 문제는 현실에서도 소설과 흡사한 일이 벌어지고 있다는 것이다. 숱하게 보도되는 보이스피싱 등의 사기 범죄뿐만 아니라 원전 가동 중단과 함께 협박성 글을 올려 100억 달러의 돈을 요구했던 한국수력원자력(한수원) 해킹 사건 등은 많은 사람들에게 경각심을 갖게는 했으나, 아직도 '설마 나에게 일어날까⋯⋯.' 하는 생각을 하는 사람들이 훨씬 많을 것이다. 아쉽게도 현실에는 소설 주인공과 같은 활약을 보이는 사람이 없었는지 사건은 시원스럽게 해결되지 않았다. 각자가 정신 바짝 차리는 수밖에 없겠다.

3 악당들이 너무 많다

추리소설의 감초,
미워할 수 없는 악당들

추리소설은 특정 규칙에 의해 지배되는 이야기이다. 이 때문에 "이 책이나 저 책이나 비슷비슷한 내용"의 상투적 구성이라고 삐딱하게 보는 사람들도 적지 않다. 범죄를 소재로 하고 논리적 추리를 거쳐 반전이 있는 결말까지 이어지는 과정이 추리소설의 형식이다 보니 그러한 견해는 나름대로 일리가 있다. 하지만 작가의 개성이건, 혹은 "상투적 구성"이라는 편견을 벗어나기 위한 노력이건 간에 추리소설은 차츰 변화했고 규칙에서 벗어난 작품도 적지 않다.

추리소설에서는 빠짐없이 등장하는 역할이 있다. 일반적인 작품에서 등장하는 순서대로 보면 피해자, 탐정, 범인 등 세 부류의 인물이다. 대개 탐정이 주역, 범인은 조역, 피해자는 단역 정도라고 할 수 있겠지만, 가끔 역할이 바뀌기도 한다.

추리의 주체, 즉 탐정(혹은 수사관)이 등장하지 않는 경우는 대단히 보기 힘들지만 물론 전혀 없는 것은 아니다. 애거서 크리스티의 『그리고 아무도 없었다』나 카트린 아를레의 『지푸라기 여자』 등은 걸작으로 꼽히는 추리소설이면서도 정작 사건 해결에 나서는 명탐정은 전혀 등장하지 않는다.

그보다 더 드문 것이 피해자나 악당이 등장하지 않는 추리소설이다. 계획적 범행이건 우발적 사고이건 간에 피해자는 빠짐없이 등장한다. 다만 아동용 추리소설, 혹은 "일상 미스터리"라는 형식의 작품에서는 아예 범죄 자체가 발생하지 않아 피해자도 등장하지 않는 경우가 있긴 하다.

단역인 피해자와는 달리 악당은 이야기의 발단을 만들어내는 인물이며, 명탐정과 악당 사이의 대결은 이야기를 흥미진진하게 이끌어가는 큰 줄기이다. 유명한 탐정과는 달리 악당의 이름을 기억하는 사람은 별로 없지만, 여기에도 예외는 있는 법이라 명악역도 있다.

코난 도일의 셜록 홈즈 시리즈에서 등장한 수많은 범죄자 중 독자들의 기억에 남는 이름은 아마 모리어티 교수가 아닐까. 그는 "범죄의 나폴레옹이며 런던이라는 대도시의 나쁜 짓 절반, 미궁에 빠진 사건 거의 전부에 관련된 인물"로 배짱 좋은 홈즈마저 생명의 위협을 느끼게 만든 거물 악당이다. 요즘 같으면 세계 정복을 꿈꾸는 인물 정도로 느껴지지 않았을까(하지만 그의 존재 감에 비해 작품 속에서 등장하는 비중은 굉장히 빈약하다). 홈즈와 격투를 벌이다가 폭포에 떨어져 죽은 것으로 알려졌지만, 그의 명성을 아까워한 영국 작가 존 가드너는 『모리어티의 귀환』, 『모리어티의 복수』, 『모리어티』의 3부작을 통해 70여 년 만에 희대의 악당을 되살려냈다.

이처럼 악당들에 대한 독자들의 선망(?)은 꽤 뿌리가 깊은 것 같다. 실제로 악한을 주인공으로 삼은 소설은 추리소설보다 훨씬 오랜 역사를 가지고 있다. 16세기 중반 스페인에서 탄생한 "피카레스크 소설"은 "피카로"(스페인어로 "악한"을 뜻한다.)가 주인공으로 등장해 1인칭으로 고백하는 형식의 소설로 유럽 각국 독자들의 인기를 얻었다.

피카로의 후예는 유럽에서 다시 탄생해 인기를 얻는다. 20세기 초반 프랑스 작가 모리스 르블랑이 탄생시킨 아르센 뤼팽은 악당의 대명사라고 할 만큼 세계적으로 유명한 도둑이다. 장 폴 사르트르가 "암흑가의 시라노"라 일컬은 이 괴도신사는 강인하고 배짱 좋으며 머리까지 뛰어나서, 언제 훔치러 간다고 예고를 할 만큼 범죄를 즐기는 인물이다. 하지만 그는 단순한 도둑이 아니라 어느 때는 프랑스를 위해 나서고, 어떨 때는 직접 탐정으로 활동하면서 악당을 잡아내기도 하는 복합적인 인물이다.

　뤼팽보다 몇 년 늦게 등장한 팡토마스 역시 프랑스의 범죄자이다. 마르셀 알랭과 피에르 수베스트르의 작품에 등장하는 팡토마스는 "현대의 메피스토펠레스" 또는 "공포의 대왕"이라는 별명이 붙었으며, "사람들을 공포로 떨게 만드는 일"을 하는 것이 그의 목표이다. 신사라고 부를 만한 뤼팽과는 달리 팡토마스는 오직 "악惡"만을 추구하는 인물로, 요즘 기준으로는 사이코패스의 전형으로 볼 수 있겠다.

　약 반세기 후 여성 작가 퍼트리샤 하이스미스에 의해 새로운 사이코패스 주인공이 등장한다. 영화 《태양은 가득히》의 원작인 『재능 있는 리플리』의 주인공 톰 리플리는 신중하고 완벽을 추구하는 인물이지만 사람을 죽이는 것을 서슴지 않을 정도로 일반적인 죄의식이 없는 무서운 인물이다. 미국 출신인 하이스미스는 『재능 있는 리플리』를 발표한 뒤 고향을 떠나 공교롭게도 뤼팽과 팡토마스의 고향인 프랑스로 건너가 살았다.

　이언 플레밍의 007 시리즈에서는 좀 더 규모가 커져서 세계 정복을 꿈꾸는 악당이 등장한다. 에른스트 스타브로 블로펠드는 세계 규모의 범죄조직 "스펙터SPECTRE"의 우두머리로 세계 정복을 꿈꾸는 악당이다. 폴란드 출신인 그는 2차 세계대전 중 비밀리에 정보기관을 만들어 연합국과 추축국(독일, 이탈리아, 일본) 양쪽에 정보를 팔았으며, 전세가 기울어질 무렵에는 연합국 쪽에 협력해 전쟁이 끝난 후에는 훈장까지 받았다. 그 후 남미로 건너가 스펙터라는 조직을 설립한 것이다. 영화에 등장한 그의 대머리 이미지는 요즘 악당의 희화화로도 많이 쓰이고 있어서 플레밍이 본다면 격세지감을 느낄 것 같다.

　미국 작가 도널드 웨스트레이크는 여러 명의 주인공을 창조했는데, 수사관보다 악당을 오히려 주인공으로 더 많이 등장시켰다. 자신도 악당이면서 거대한 범죄조직과 싸우는 파커, 거창한 도둑질 계획을 꾸미지만 항상 불운이 끼어들어 실패만을 거듭하는 존 도트문더가 대표적 주인공이다.

반세기 넘게 작가로 활동하는 동안 다섯 편의 장편, 그리고 1000편 가까운 단편 추리소설을 발표한 에드워드 호크는 독특한 도둑을 탄생시켰다. 닉 벨벳은 프로(?) 도둑으로, 일반적인 범죄자와는 다르다. 자신의 욕심을 채우는 것이 아니라 의뢰인의 요구에 따라 무엇이든 훔쳐낸다. 동물원의 호랑이, 수영장의 물, 오래된 거미줄에 이르기까지 도대체 무슨 가치가 있을지 의심스러운 물품을 기상천외한 방법으로 손에 넣는 것이다. 훔치는 데 받는 금액은 1966년 처음 등장했을 때 2만 달러에서 21세기에는 최고 5만 달러까지 상승했지만, 실력이 보장되는 만큼 의뢰인이 줄을 잇고 있다.

요즘 신문이나 뉴스에서는 허구의 악당보다 훨씬 무섭고 사악한 사람들의 모습을 심심찮게 볼 수 있다. 이런 현실 때문에 나름대로의 매력을 지닌 소설 속의 악당들이 오히려 독자들의 사랑을 받고 있는 것이 아닌가 싶은 생각도 떠오른다.

4

무시무시한 전염병

증거 남기지 않는
치명적 살인 무기

들도 보도 못했던 "메르스"라는 전염병 창궐 이후, 질병에 대한 사람들의 분위기가 많이 달라졌다. 예전과는 달리 인파가 몰리는 곳에 나가길 꺼리는 사람이 늘어났고, 기침만 요란하게 해도 어쩐지 찜찜한 느낌이 들어 눈총을 받기 십상이다.

옛날 우리나라 어린이들을 공포에 빠뜨렸던 "호환 마마", 즉 호랑이로 대표되는 야수와 천연두로 대표되는 전염병은 과거에 비해 대단히 줄어들어 말 그대로 옛이야기처럼 되어버렸다. 외국의 자연보호구역에 가지 않는 이상 맹수에게 공격당할 가능성은 거의 없으며, 유아기 때부터 예방접종을 해서 사람들은 꽤 많은 질병에 면역력을 가지게 되었다. 그러나 메르스 파문처럼 전염병은 여전히 인간을 위협하고 있다. 모든 과학과 문화가 발전했지만, 어디선가 치료약이 없는 변종 전염병이 등장한다. 또 세계적인 교류가 빈번해짐에 따라 먼 외국에서 발생한 병이 어느 순간 한국에서도 발생할 수 있는 가능성은 메르스 사례처럼 얼마든지 있을 것이다.

치명적 전염병이라는 실인 무기는 추리소설가도 가끔 사용하는 소재이다. 총이나 칼, 폭탄이나 독약과는 달리 일종의 자연물질인 세균은 범행의 증거가 남지 않는다는 특징이 있기 때문이다. 머리 좋은 범죄자들은 치료약이 없는 전염병으로 사람을 공격하곤 한다.

명탐정 셜록 홈즈 역시 그러한 위험에 빠지기도 했다. 단편 「죽어가는 탐정」에서, 홈즈는 어떤 사건을 조사하다가 갑작스럽게 심각한 열병으로 몸져눕고 만다. 친구이자 의사이기도 한 왓슨은 그를 치료하려 하지만, 홈즈는 그것을 거절하고 의사가 아닌 동양의 질병 전문가인 컬버튼 스미스라는 사람을 불러달라고 요청한다. 이 이야기는 당연히 홈즈가 살인 음모를 해결하고 범인을 잡으면서 끝나지만, 범인이 사용한 동양의 병균이 어떤 것인가에

대해서는 구체적인 설명이 없다. 찔린 상처로 감염되어 발병 며칠 만에 사망할 수 있는 치명적인 질병이지만, 범인이 병에 걸린 홈 즈의 옆에 거리낌 없이 접근하는 것을 보면 공기 중으로 쉽게 전염되는 병은 아닌 것 같다. 레슬리 클링거의 『주석 달린 셜록 홈즈』를 보면, 많은 홈즈 연구자들이 이에 대해 다양한 주장을 하고 있으나 모두 추측에 불과할 뿐이고, 코난 도일의 상상 속 세균일 수도 있다고 한다.

프랜시스 아일스는 『살의』에서 세균 살인을 노리는 인물을 등장시킨다. 시골 의사 비클리는 사회적 지위 상승을 노리고 여덟 살 연상의 여성과 결혼했으나, 10년을 살아오면서 성격 차로 사이가 벌어진다. 이웃에 이사 온 여성들에게 마음이 끌린 비클리는 아내에게 이혼을 요구했다가 거절당하자 교묘한 방법으로 아내를 살해한다. 이웃 여성들마저 그에게서 멀어지자 그는 질투심에 사로잡혀 식중독을 일으키는 세균을 배양해 살해할 계획을 세우기 시작한다.

위에 언급한 작품에 나오는 범죄자들은 모두 개인적인 세균 배양실을 가지고 있다는 공통점이 있다. 이들이 목표로 삼은 피해자 이외에는 전염될 가능성이 적은 병균을 선택했다는 점에서 약간이라도 양심을 가지고 있다고나 해야 할까.

사실 전염병을 범죄 수단으로 쓴다는 것은 쉬운 일이 아니다. 작가가 꽤 연구를 해야만 신빙성 있는 작품으로 이어질 수 있다. 의학박사이자 일본의 추리소설가이기도 한 유라 사부로는『미스터리를 과학하면』이라는 책에서 한 가지 에피소드를 소개한다. 1960년대에 그가 국립예방위생연구소에서 광견병 연구실장으로 재직하고 있을 때, 드라마 속의 광견병에 대한 의학적 고증을 위해 방송국 프로듀서와 각본가가 찾아와 새로운 작품의 줄거리를 설명하기 시작했다.

어느 교도소에서 탈옥한 죄수 두 명이 들개에게 물린다. 한 사람은 그 자리에서 죽었지만 다른 사람은 산속으로 도망친다. 뒤를 쫓던 경찰의 조사 결과 두 사람을 문 들개는 광견병에 걸린 것으로 밝혀진다. 이제부터 사건은 단순한 도망자의 추적이 아닌 광견병 확산을 막아야 하는 중대한 문제가 된다. 그가 죽기 전 다른 사람을 물어뜯기라도 하면 광견병이 만연할 수도 있다. 이러한 우려는 기우가 아니라 실제로 벌어져 증세가 나타난 탈옥수는 사람들을 물어뜯으면서 광견병을 확산시키고 주변은 대공황에 빠지는데…….

마치 전형적인 흡혈귀 이야기를 현대적으로 만든 듯한 내용이다. 하지만 이야기를 듣던 유라 사부로 박사는 "과학적으로 문제가 있다"고 제동을 건다. 우선 개가 광견병에 걸렸는지 확인하는 데는 4주 정도 걸리며(1960년대의 기술 수준이므로 지금과는 다를 수 있다.), 다음으로는 개에 물린 순간 병에 걸리는 것이 아니라 대략 2개월의 잠복기가 있으며 길면 1, 2년 후에 발병할 수도 있다는 것. 마지막으로 개는 타액선을 통해 광견병 바이러스를 옮기지만 광견병에 감염된 사람은 타액선이 마비되기 때문에 침에 세균이 섞이지 않아 사람을 물어뜯는 것으로는 전염될 수가 없다는 것이었다. 결국 방송국에서 찾아온 두 사람은 실망을 안고 떠났으며 드라마 기획 자체도 취소되었다고 한다.

요즘 추리소설에서 소재로 쓰이는 세균은 현실을 반영한다. 개인적 범죄보다 생물학 테러 쪽에 사용되는 것이다. 의학 미스터리로 유명한 로빈 쿡은 『바이러스』에서 아프리카의 치명적 질병 에볼라 바이러스를, 『벡터』에서는 탄저균을 이용한 테러를 다루었다. 넬슨 드밀의 『플럼 아일랜드』에서는 플럼 아일랜드라는 섬의 동물질병연구소에서 근무하던 과학자 부부가 살해되는데, 이 연구소는 에볼라 바이러스, 탄저균 등을 비롯한 치명적 세균을 연구하는 곳이어서 혹시라도 이들이 유출되어 테러 목적으로 쓰이지나 않을까 하는 우려 속에 이야기가 전개된다.

그나마 지구상에 존재했던 세균이라면 어떻게든 막아보겠지만, 그렇지 않은 세균이나 다른 것이라면 더욱 해결에 어려움을 겪는다. 마이클 크라이튼은 『안드로메다 스트레인』에서 외계의 바이러스를 등장시켰으며, 『먹이』에서는 세균보다도 더 무시무시한 공격성을 가진 극미세 로봇 "나노 스웜"(1나노미터는 10억분의 1미터)을 등장시켜 사람들을 감염(?)시킨다.

앞에 소개한 작품들은 소규모 감염, 혹은 일부 지역 감염 수준에 그쳤지만, 이보다 대규모로 병이 창궐하는 주제를 다룬 작품도 있다. 이런 작품은 추리소설보다 조금 더 큰 방향으로 흘러가 단순한 사건 해결보다 인간 군상의 모습을 보여준다. 수퍼 독감이 창궐한 스티븐 킹의 『스탠드』, 인간과 개 사이에 전염되는 괴질이 발생한 정유정의 『28』 등의 작품이 대표적이다.

현실에서의 전염병 창궐과 긴박한 분위기는 결코 달갑지 않은 만큼 소설에서나 볼 수 있는 일이기를 바랄 뿐이다.

5 추리소설은 동물의 왕국

때론 해결의 열쇠,
때론 공포의 대상

메르스라는 전염병 때문에 느닷없이 사람들 사이에서 화제가 된 동물이 있는데, 그게 낙타임은 금방 짐작했을 것이다. "사막의 배", "사막에서의 이동수단" 등으로 나쁘지 않은 이미지를 가지고 있던 낙타는 메르스 코로나 바이러스의 숙주라는 이유로 애꿎게 기피동물이 되고 만 것이다. 한국에서는 낙타 고기나 낙타 젖을 먹기는커녕 1년에 한 번 구경할 일도 드물 정도이니 동물원의 낙타를 보고 겁낼 필요는 없을 것 같다.

낙타가 제법 중요한 역할로 등장하는 추리소설이 있었는지 찾아보았는데 특별히 떠오르는 작품이 없다. 물론 사막이 배경인 작품에서는 낙타를 타고 다니는 장면이 나왔던 것 같지만, 그냥 배경에 어울리는 탈것으로 묘사한 것이라 굳이 "역할"이라고 하기긴 어렵겠다. 다만 "중동" 하면 생각나는 작가 애거서 크리스티(고고학자와 결혼하여 유적 탐험 등을 목적으로 여러 차례 중동 여행을 했다.)는 작품 속에서 낙타에 관한 재미있는 묘사를 한 적이 있다. 단편 「이집트 무덤의 모험」에서 명탐정 푸아로는 파라오의 무덤 발굴에 참여했던 사람들이 연달아 죽는 사건을 해결하기 위해 이집트로 떠나려 한다. 그런데 푸아로는 4일간 배를 타는 동안 멀미로 죽을 고생을 하고, 거기에 사건 현장까지 가려면 낙타를 타야만 하는 곤경을 맞이한다. 어쩔 수 없이 낙타를 탄 그는 처음에는 투덜거리다가 신음을 흘리고, 곧 비명을 지르다가 급기야는 성모 마리아를 비롯한 온갖 성자를 찾으며 기도까지 하다가 결국은 당나귀로 갈아타고야 만다. 그와 동행했던 사건 기록자이자 그의 친구인 헤이스팅스도 며칠간 온몸이 쑤셨다고 하니, 종종걸음으로 달리는 낙타를 초보자가 타는 일은 제법 어려워 보인다.

낙타는 나름대로 희귀한 편이어서 보기 어렵지만, 추리소설에서 동물이 등장하는 일은 드물지 않다. 역시 사람 가까이에 있는 동물들이 가장 많이 나온다.

"인간의 가장 친한 벗"으로 일컬어지는 개가 등장하는 작품은 어렵지 않게 찾아볼 수 있다. 사건 수사를 돕거나 때로는 악역을 하는 등 역할도 다양하고, 서양 작품이건 동양 작품이건 가리지 않고 등장한다. 코난 도일의 『네 사람의 서명』이나 「실종된 스리쿼터백」 등에서 홈즈는 냄새를 잘 맡는 개를 이용해 사람을 찾아 나서곤 한다. 한편『바스커빌 가문의 사냥개』에서는 전설로 전해오던 거대한 "지옥의 사냥개"가 사람을 습격해 죽인 것 같다는 이야기로 시작된다. 조르주 심농의 『누런 개』에서는 총격 사건을 비롯한 여러 가지 사건이 벌어질 때마다 누런 개의 모습이 눈에 띄면서 사람들을 공포에 빠뜨린다. 미야베 미유키는 자신의 첫 장편소설인『퍼펙트 블루』에서 셰퍼드 종의 은퇴한 경찰견 "마사"를 등장시켜 중요한 역할을 맡겼으며, 아예 마사가 주인공(?)으로 등장하는 단편을 여럿 써서『명탐견 마사의 사건 일지』라는 단편집도 발간했다.

개와 쌍벽을 이룰 만큼 많이 등장하는 동물은 고양이다. 고양이 하면 떠오르는 작품은 에드거 앨런 포의 「검은 고양이」이다. 비록 추리소설이라고 할 수는 없지만 19세기에 발표한 해묵은 작품임에도 불구하고 여전히 사람들을 소름 끼치게 만든다. 얼스탠리 가드너의『관리인의 고양이』에서는 키우던 고양이를 내쫓아야 하는 형편에 놓인 노인이 변호사 페리 메이슨을 찾아와 도움을 청하는데, 간단한 의뢰처럼 보이는 사건은 연이어 살인이 벌어지면서 심각하게 전개된다.

고양이에 얽힌 슬픈 사연은 어떤 사람을 유명 작가로 만들었다. 디트로이트에서 신문기자로 일하던 릴리언 잭슨 브라운은 키우던 고양이가 불행한 사고로 죽자, 이 사고를 소재로 단편소설을 써서 추리소설 전문잡지인『엘러리 퀸 미스터리 매거진』에 투고했다. 이 작품은 이듬해 걸작 단편 모음에 포함될 정도로 호평을 받았다. 작가로서 자신을 얻은 그녀는 1966년 "코코"라는 이름의 샴고양이가 등장하는 첫 장편 추리소설『거꾸로 읽을 수 있는 고양이』를 발표했다. 1968년까지 모두 세 편의 시리즈를 발표했지만, 당시만 해도 "고양이가 주연인 추리소설"은 별로 인기가 없어 네번째 작품은 탈고하고도 책상 속에 틀어박혀 있어야만 했다. 그 후 묻혀 있던 원고는 무려 18년이 지난 1986년, 뒤늦게 작품을 읽은 남편의 추천으로 새롭게 출판되며 빛을 보는데, 앞의 작품까지 모두 재출간되면서 베스트셀러 작가가 된다. 73세의 나이에 다시 시리즈를 쓰기 시작한 그녀는 84세가 되던 2007년까지 21년간 25편을 더 발표하는 노익장을 과시했다.

다작 작가가 많은 일본에서도 첫손에 꼽을 만한 다작 작가인 아카가와 지로는 "홈즈"라는 이름의 얼룩 고양이가 주인공 형사에게 결정적 힌트를 주면서(물론 대화가 아닌 행동으로) 사실상의 탐정 역할을 하는『삼색털 고양이 홈즈의 추리』를 1978년 발표했다. 이 작품은 출간하자마자 대단한 인기를 얻어 30년이 넘도록 계속 이어지는 장기 시리즈가 되었는데, 2015년 출간된『삼색털 고양이 홈즈의 회전무대』는 무려 50번째 작품이다.

이처럼 개와 고양이가 등장하는 추리소설은 미국의 온라인 서점 아마존에 "개 미스터리", "고양이 미스터리" 카테고리가 따로

있을 정도이다. 그 외에도 다양해서 동양의 십이지十二支, 즉 쥐, 소, 호랑이, 토끼, 용, 뱀, 말, 양, 원숭이, 닭, 개, 돼지 등 열두 가지 동물이 각각 등장하는 추리소설도 모두 찾을 수 있다.

어떤 동물이 등장한다는 설명이 결말을 알릴 수도 있으니만큼 자세한 이야기는 이만 줄이고, 마지막으로 가상의 동물인 용을 소재로 하는 작품을 소개하겠다. S. S. 밴 다인의 『드래건 살인사건』에서는 "드래건 풀"이라는 저택 수영장에 들어간 사람이 사라지는데, 수영장 물을 빼도 사람은 없고 용의 발톱 자국 같은 흔적만 남아 있는 기묘한 사건이 벌어진다. 미국 작가 에릭 가르시아의 『익명匿名 렉스』는 사람으로 변장한 공룡이 탐정으로 등장하는데, 아무래도 공룡을 용과 같은 종류로 보기는 어려울 테니 이쪽 분류에서는 제외해야 할 것 같다. 새로운 소재에 목마른 작가들은 필요하다면 어떤 동물이라도 소재로 쓰는 것을 사양하진 않을 것이다.

6 먹어서는 안 되는 것

잔인한 연쇄살인마,
더 소름 끼치는 식인

외신 기사를 살피다 보면 기괴한 소식들도 가끔 보인다. 2015년 여름에는 "러시아의 할머니 살인마"라는 제목의 기사가 눈에 들어왔다. 웬 할머니가 기관총을 쏘거나 칼부림이라도 했는가 하고 기사를 읽어보니, 타마라 삼소노바라는 러시아의 68세 여성이 무려 23명이나 살해했을 뿐만 아니라 죽인 사람을 먹기까지 했다는 으스스한 내용이었다. 이 무시무시한 할머니의 살인 행각은 꽤 오래전부터 벌어진 것으로 추정(10년 전 실종신고가 된 할머니의 남편 역시 희생자일 가능성이 크다고 전해진다.)되며, 시신을 버리러 가던 모습이 CCTV에 찍힌 탓에 체포되었다고 한다. 게다가 할머니 살인마는 그동안의 살인 내역을 일기장에 자세히 기록했다니,

섬뜩하기도 하지만 그 꼼꼼함이 놀라울 따름이다.

살인사건은 세계 도처에서 끊임없이 벌어지지만, 이와 같은 살인자의 "식인행위"는 흔하지 않기 때문에 이야기를 듣는 것만으로도 간담이 서늘해진다. 나이지리아의 어느 호텔 식당에서 인육人肉을 팔다가 적발되었다는 기사를 본 일도 있는데, 러시아 할머니 사건보다 더 살벌했다. 살인마 할머니는 아무래도 제정신이 아닌 사람 같지만, 나이지리아 호텔 사건은 아무래도 수지맞는 사업이라 생각하고 조직적(?)으로 저지른 일로, 무려 열한 명이나 체포되었다고 한다. 또 "구운 (인간의) 머리"를 고급 메뉴에 올려놓고 주문을 받았다고도 한다. 기사 중 "식당에서 많은 수의 휴대전화가 발견되었다"는 문장은 마치 공포소설의 마지막 한 줄을 읽은 느낌마저 들 정도였다.

"사람 고기를 먹는다"고 하면, 흔히 문명 발달 이전의 아프리카나 아마존, 아니면 남태평양 외딴섬의 식인종을 연상하거나 혹은 신화나 민담 등을 떠올릴 수도 있을 것이다. 하지만 이처럼 현대 문명사회에서도 식인 사건이 가끔 보도되곤 한다. 문화학자들은 사람이 사람을 먹는 이유를 몇 가지로 분류하는데, 가장 쉽게 발생하는 이유는 굶주림이며, 원한이나 증오에 의한 복수, 민간의료의 치료약으로 사용하는 경우도 있고, 기호품처럼 먹는 끔찍한 경우도 있다. 전쟁터의 기근 상황이나 조난당한 사람이 극한 상황에서 생존을 위해 어쩔 수 없이 죽은 사람을 먹는 일뿐만 아니라 정신이상자의 소름 끼치는 범죄도 심심치 않게 일어나고 있는 것이다.

기발하고 독특한 소재를 찾아다니는 추리작가가 카니발리즘 cannibalism, 즉 식인 취향과 같은 소름 끼치는 소재를 외면할 리가 없다. 토머스 해리스는 『레드 드래건』에 주연도 아닌 조연으로 한니발 렉터라는 인물을 처음 등장시켰다. 한니발 렉터는 실력 있는 정신과 의사라는 가면 뒤에 연쇄살인범이자 식인 취향을 숨기고 있는 무시무시한 인물로, 『양들의 침묵』에서 더욱 중요한 조연을 맡은 뒤 급기야 『한니발』과 『한니발 라이징』에서는 주연의 자리를 차지한다. 최근에는 그를 주인공으로 한 TV 드라마 시리즈 《한니발》까지 제작되어 더욱 인기를 끌고 있는 모양새다. 카니발(식인종) 한니발이라는 별명을 가진 그는 놀라울 정도로 뛰어난 요리 솜씨를 발휘한다. 드라마 중 한 에피소드에서는 누

군가가 한니발 렉터 박사에게 만찬을 열어달라고 부탁하자, 정말 부지런하게 재료를 구하러(즉 사람을 잡으러) 다니는 모습에 장인匠 人의 모습이 느껴질 정도였다. 악당, 그것도 연쇄살인범이라는 사악한 인물이 이렇게 인기를 끄는 경우는 흔치 않을 것 같다.

발표 직후 문단과 독자의 호평을 받고 무려 열일곱 개의 추리문학상 후보에 올라 일곱 개 상을 수상한 톰 롭 스미스의 『차일드 44』는 1950년대 소련을 배경으로 연쇄살인사건과 스파이 혐의에 얽혀든 주인공 레오의 이야기를 다룬 흥미진진한 작품이다. 작가 톰 롭 스미스는 작품 속 연쇄살인사건의 소재를 우크라이나의 연쇄살인범 안드레이 치카틸로에게서 얻었다고 밝히고 있다. "로스토프의 도살자", "붉은 칼잡이", "숲속 살인자" 등 여러 끔찍한 별명을 가진 치카틸로는 1970년대 후반부터 1990년대에 걸쳐 남녀노소 구분 없이 무려 52명을 살해하고 인육까지 먹은 혐의로 체포되어 1994년 사형되었다. 치카틸로는 『차일드 44』의 살인범과 마찬가지로 "연쇄살인은 자본주의의 폐해로 인해 발생하기 때문에 이런 종류의 범죄는 소련에 존재하지 않는다"는 어처구니없는 논리 때문에 이처럼 오랜 기간 동안 잡히지 않을 수 있었던 것이다.

장편소설은 식인 범죄자를 추적하는 내용을 다루는 작품이 많지만, 단편 추리소설 같은 경우는 상황이 약간 다르다. 이런 소재를 다루고 있는 작품들이 대부분 "그 사람이 먹은 고기는 소고기나 돼지고기가 아닌 인육이었다."라는, 다소 상투적이지만 끔찍한 반전으로 끝나기 때문에 제목을 알리는 것이 조심스럽다. 가스통 르루, 로드 던세이니, 코넬 울리치, 스탠리 엘린, 스티븐 킹, 요네자와 호노부 등 한국에도 이름이 잘 알려진 작가들이 이런 섬뜩한 소재를 다룬 바 있다. 시신을 없애기 위해 먹어 치우거나, 아니면 최고의 맛을 찾다가 괴상한 곳의 극치까지 다다르고 마는 흥미롭고도 소름 끼치는 이야기들이다.

사람들이 가끔 쓰는 "깨물어주고 싶도록 사랑스럽다"는 상투적 표현이 있는데, 이런 묘사를 보면 애정은 식욕의 변형인지도 모르겠다. 김내성의 단편소설 「무마霧魔」("안개 속의 악마"라는 의미)도 이런 식인 소재를 다룬다. 어느 날 탐정소설가인 "나"에게 친구이자 지독한 탐정소설 팬인 허 군이 전화를 한다. 소설의 소재가 될 괴상한 이야기, 즉 "사랑하는 아내의 붓끝 같은 손가락을 눈물을 흘리면서 뜯어 먹는 사나이의 이야기"를 들려주겠다는 것이다. 허 군은 전날 밤 술을 마시고 집으로 오던 중 사직공원에서 레인코트를 입고 벤치에 앉은 사나이를 만난다. 그런데 그 사나이는 무엇인가를 쩝쩝 먹고 있다가 허 군이 다가가니 당황해서 숨기는데, 그의 입술에는 불그스름하면서도 거무죽죽한 것이 묻어 있었던 것이다. 그리고 그가 주머니에서 엄지손가락 한 개가 없어진 여자의 손목을 꺼내자 허 군은 부리나케 공원 밖으로 줄달음쳐 달아났고, 다음 날 "나"에게 연락을 한 것이다. 그 남자는 당대의 유명 소설가인 백웅. 과연 진상은 어떨까?

세상에 사람을 잡아먹는 것은 얼마든지 있다. 사자나 호랑이, 상어와 같은 육식동물이 있고, 허구 속에서는 공룡이나 외계인, 혹은 흡혈귀나 좀비가 사람을 습격해 피를 빨거나 뜯어 먹는다. 하지만 이들은 대개 야수이거나 사람 모습을 했더라도 사람이 아닌 "괴물"에 속하기 때문에 사람을 덮치는 것은 자연스러운(?) 현상일 수도 있다. 그렇기 때문에 괴물 아닌 보통 사람이 같은 사람을 잡아먹는 것이 훨씬 무섭게 느껴진다.

7 먹으면 죽는 것

추리소설의 여왕은 "독살의 여왕"

2015년 경북의 마을회관에서 벌어진 이른바 농약 사이다 사건은 시간이 제법 흘렀지만 기억하는 사람도 많을 것이다. 누가 범인인가 하는 점이 세간의 관심을 모았지만, 80대 노인들 사이에서 벌어진 일이라는 점도 충격적이었다.

추리소설에서(그리고 현실에서도) 사람이 다른 어떤 사람을 죽일 수 있는 방법을 자세하게 따진다면 셀 수 없을 만큼 많겠지만, 크게 본다면 ① 손이나 발 등의 맨손, ② 총, 칼 혹은 폭탄 등 도구, ③ 독毒을 이용하는 방법이 대표적일 것이다. 앞의 두 가지 방법은 개인적 능력이나 특별한 도구를 입수해야 한다는 필요가 있는 반면, 마지막의 독을 쓰는 방법은 상주 사건에서도 볼 수 있는 것처럼 "남녀노소 누구나" 가능할 정도로 수월(?)한 편이다. 농약이나 독성 화학약품은 구하기도 쉽고 사용 방법도 단순하다는 점이 그 이유일 것이다.

19세기 말 영국에서 태어난 어느 여성은 1차 세계대전이 벌어지자 간호사로 자원해 병원의 외과병동에 근무하면서 능력 있고 유능한 사람으로 평가를 받았다(본인도 그 일이 마음에 들어 마침 그 무렵 결혼을 하지 않았더라면 정식 간호사 교육을 받았을 것이라고 회상한다). 그녀는 심한 감기로 한 달 가까이 병가를 얻는데, 회복 후 병원으로 돌아간 뒤에는 약 조제실에서 새로운 업무를 맡게 된다. 그리고 서른 살이던 1920년 "스타일스 저택"에서 노부인을 처음으로 독살한 이래 1976년 세상을 떠나기까지 반세기가 넘도록 100여 명을 죽이면서 "범죄의 여왕"이라는 무시무시한 별명을 얻기까지 했다. 이 여성이 사악한 마음을 가진 인물이었다면 끔찍한 역사로 남았겠지만, 다행히 수줍음을 많이 타는 이 여성의 피해자들은 모두 그녀의 작품 속에 등장하는 허구의 인물이었다. 이 여성이 누구인지 지금쯤은 짐작할 분도 많을 텐데, 바로 "추리소설의 여왕"이라는 명예로운 별명의 소유자이기도 한 추리소설가 애거서 크리스티이다.

크리스티는 약 조제실에서 2년간 근무했다. 언제나 분주한 간호사 업무와는 달리 조제실 업무는 한가할 때도 많고 자유로운 시간도 많아, 그녀는 추리소설을 써보겠다는 생각을 하게 되었다. 그녀는 자서전에서 다음과 같이 밝히고 있다.

> 나는 내가 쓸 수 있을 만한 추리소설의 종류가 무엇일까 고민했다. 독에 둘러싸여 있으니 독살에 관한 이야기를 쓰면 될 것 같았다. 아무래도 그것이 가장 가능성이 높아 보였다.(『애거서 크리스티 자서전』, 김시현 옮김, 황금가지)

크리스티의 작품을 많이 읽은 분이라면, 그녀가 작품 속 살인에 독약을 자주 이용하고 있음을 눈치챌 수 있을 것이다. 일본에서 출간된 『애거서 크리스티 백과사전』에는 작품 속에서 사용된 독약 항목이 따로 있는데, 아편, 비소, 니코틴, 탈륨, 청산가리(시안화칼륨) 등 무려 21가지나 된다. 외국의 열성 팬이 조사한 결과를 보면, 그의 장편 66편에서 모두 161명이 살해되는데, 독살이 나오는 작품은 34편(52퍼센트)으로 절반이 넘으며, 독살 희생자는 62명으로 거의 40퍼센트에 가깝다(피해자 살해 도구 2위 총은 23명, 3위 둔기는 21명으로 2, 3위 항목을 합쳐도 독살 피해자 수에 못 미친다). 이쯤 되면 크리스티에게 "독살의 여왕"이라는 별명을 붙여도 그다지 어색하지 않을 것 같다. 이처럼 조제실에서 습득한 약품, 특히 독성 약품에 대한 지식은 훗날 작품의 밑거름이 된 것임에 틀림없다.

영국의 어느 평론가는 크리스티가 "루크레치아 보르자 이래 범죄로 가장 많은 돈을 벌어들인 여성"이라고도 평할 정도였다.

15세기 이탈리아에서는 정치적 목적의 독살이 드물지 않았는데, 그중에서도 르네상스 시대 귀족의 딸인 루크레치아 보르자는 오빠 체사레 보르자와 함께 독약 제조법을 배웠으며, 두 사람은 서양에서 당대 최고의 독살자들로 이름이 전해진다(다만 역사적인 기록만으로는 그녀가 오빠의 범죄에 연루되었는지 확실하지 않다. 말년에는 종교에 귀의해 39세의 나이로 세상을 떠났다). 두 여성은 모두 독약에 성통했던 것 같지만, 현실에서의 행동 차이에 의해 극명한 명성과 악명으로 갈라지고 있다.

추리소설가들은 기발한 독약보다 기발한 사용 방법을 더 고민한다. 오래전에는 "아직 발견되지 않은 독약을 사용하면 안 된다"는 암묵적 규칙도 있었지만 요즘은 작가의 머릿속에서 상상해낸 가상의 독약을 사용하는 경우도 드물지 않다. 허구적 독약의 사용 자체가 작품 전체의 흐름에 별다른 문제가 되지 않기도 하거니와, 때로는 모방범죄를 우려한 점도 작용한 것이 아닐까 싶다. 대신 작가는 독자의 궁금증을 더욱 자극하는 방향, 즉 "같은 음식을 먹은 여러 사람 중에서 한 사람만 희생자로 만들 수 있는가?", 혹은 "한참 멀리 떨어진 곳에 있는 범인이 어떻게 피해자에게 독을 먹일 수 있었는가?" 등의 다양한 문제를 만들어내고 그들이 창조한 명탐정은 이런 수수께끼를 명쾌하게 풀어낸다.

하지만 다른 방향으로 전개, 즉 독약을 범인에게 먹인다는 독특한 발상 덕택에 기억에 남는 단편소설이 있다. 윌리엄 아이리시

의 「만찬 후의 이야기」에서 어떤 청년이 엘리베이터에서 총을 맞아 죽었는데, 용의자들은 있으나 증거가 없어 사건은 자살로 종결된다. 1년 후, 살해된 청년의 아버지가 당시의 용의자들을 모두 만찬에 초대한다. 식사를 마친 뒤, 청년의 아버지는 누가 범인인지 알고 있으며 그의 음식에 독을 넣었다는 충격적인 말을 한다. 그러고는 컵을 하나 내밀면서 "여러 사람 앞에서 자수한다면 해독제를 주겠다"고 말하는 것이다. 과연 진범은 어떤 반응을 보일 것인가 하는 궁금증에 책장을 넘기면 더욱 충격적인 결말이 기다리고 있다.

예전에는 주변에 못된 사람이 없거나 남에게 큰 잘못만 하지 않으면 세상을 살아가는 데 별다른 걱정이 없었지만, 요즘은 그저 어느 악한 사람의 흥미(?)에 의해서도 다칠 수도 있는 세상이 되어버렸다. 대형 마트의 음료나 치료약에 독을 집어넣어 불특정한 피해자가 발생하는 사건을 종종 볼 수 있다. 어이없게도 돈을 요구하는 등의 어떤 목적마저 없이 무차별적으로 "아무나 죽어라" 하는 식으로 독을 뿌리기 때문이다. 미야베 미유키의 『이름 없는 독』에서는 이처럼 편의점의 종이팩 음료에 독을 넣어 사람을 죽이는 사건이 벌어지면서 사람들은 불안에 빠진다. "사람이 사는 한, 거기에는 반드시 독이 스며든다. 왜냐하면 우리 인간들이 바로 독이기 때문에." 작가 미야베 미유키의 말처럼, 어쩌면 세상에서 가장 무서운 독은 사람이 품고 있는 독일지도 모르겠다.

8

악당은 어떤 운명을
맞이할까

범인의 다양한 최후

추리소설은 범죄로 시작되어 그 사건의 해결로 마무리되는 공식을 가지고 있다. 추리작가들은 독특한 소재, 기발한 트릭 등으로 이야기를 꾸며낸 다음 결말 부분에서 탐정을 통해 놀랄 만한 범죄를 저지른 범인을 밝혀내는데, 과연 이 범인은 어떻게 될까.

대체로 생각해보면 ① 사법기관에 체포된다, ② 잡히지 않는다, ③ 죽는다 등으로 진행될 것 같다.

전수조사가 불가능하니 정확한 통계를 확인할 수는 없지만, 책꽂이에서 이런저런 작품을 꺼내보면 아무래도 첫번째 방향인 "체포"의 경우가 가장 많은 것 같다. 고전적인 추리소설에서 명탐정이 여러 명의 용의자가 모여 있는 가운데 "이런저런 증거와 이유로 당신이 범인이오!" 하고 범인을 골라내는 장면은 많은 사람들에게 추리소설의 전형적 결말처럼 인식되어 있을 것이다. 지적 당한 사람은 부인하고 변명하지만, 탐정의 논리에 고개를 숙이고 만다. 대개는 체념하고 인정하지만, 덤벼들거나 달아나려는 사람도 있긴 하다. 이런 결말은 여전히 보편적인 마무리 방식으로 꼽을 수 있다. 정통파 추리소설에는 아직 이런 한정된 공간, 한정된 인원을 바탕으로 하는 작품이 많지만, 경찰이 주인공으로 등장하는 작품에서는 공간이나 구역이 훨씬 넓어져서 사람을 모아놓기보다는 증거와 단서를 찾으러 다니면서 범인을 알아낸 끝에 체포한다. 하드보일드 형식의 작품 중에서는 사립탐정이 매력적인 이성(남자이건 여자이건)과 애인 관계에까지 이르렀다가 범인임을 알아내고 경찰에 넘기는, 비극적 로맨스를 보여주는 작품도 가끔 보인다.

공권력이 없는 사립탐정에게는 체포권이 없으므로, 범인을 잡을 때는 대체로 경찰을 동반한다. 셜록 홈즈는 의뢰받은 사건이 형사사건이라고 여겨지면 스코틀랜드 야드(런던 경찰청)의 수사관과 연락해 반드시 함께하곤 했다. 비록 수갑을 채우거나 경찰서까지 호송되는 장면이 묘사되어 있지 않더라도 독자들은 범인이 틀림없이 체포되었으리라고 여길 것이다.

두번째인 범인이 잡히지 않는 결말은 ① 도주 ② 방면放免의 두 가지가 있다. 모리스 르블랑의 괴도 뤼팽이나 퍼트리샤 하이스미

스의 리플리처럼 아예 악당이 주인공인 시리즈는 체포되는 순간
더는 후속 작품을 진행할 수 없으므로 예외로 놓아야겠지만, 이
런 이야기를 제외하더라도 범인이 달아나는 결말로 끝나는 작품
이 종종 있다. 아마도 작가는 애써 구상한 악당을 한 차례 등장만
으로 끝내는 것이 아까워서 계속 쓰고 싶은 마음이 있었던 게 아
닌가 싶다. 예를 들어 퍼트리샤 콘웰의 법의관 케이 스카페타 시
리즈에 등장하는 연쇄살인마 템플 골트나 제프리 디버의 링컨 라
임 시리즈에 등장하는 "시계공"이라는 별명의 살인자는 처음 나
온 작품에서 용케 잡히지 않고 달아났다가 후속 작품에서 나타난
다. 다만 이런 유능한 악당도 언젠가는 잡혀야지, 그렇지 않으면
주인공의 능력이 형편없어 보이는 역효과가 날 위험이 있다. 다
만 작가가 파격적 선택을 하는 경우도 있다. 토머스 해리스가 창
조한 무시무시한 악당 한니발 렉터는 당초 프로파일링의 현실적
요소를 강조하기 위한 조연으로 등장했지만, 철창을 빠져나온 뒤
에는 아예 주연의 역할을 꿰찬 것이다(요즘은 한니발 이외의 등장인물
들을 기억하는 사람은 별로 없을 것 같다).

한편 방면, 즉 놓아주는 결말은 상대적으로 드물다. 요즘 작품
에 등장하는 악당들은 대부분 심각한 범죄를 저지른 자들이기 때
문에 이런 사람들을 놓아준다면 독자들의 공감을 얻기 어려울 것
이다. 하지만 지금보다 덜 흉흉하던(?) 19세기 말이나 20세기 초
반에는 가끔 보인다. 예를 들어 셜록 홈즈 시리즈를 보면 좀도둑

수준의 범죄자를 호통치며 보내주는 작품이 제법 있다. 애거서 크리스티의 명탐정 푸아로는 피해자가 너무나 고약한 악당임을 알자 범인을 밝혀내고도 누군지 모르는 것처럼 무마하기도 한다.

범인이 죽는 결말 역시 여러 가지인데, ① 자살 ② 타살 ③ 사고사 등으로 나뉜다. 범인의 자살은 일종의 죗값을 치른다는 의미에서인지 "죽음"의 결말 중에서 가장 많이 볼 수 있다. 여럿이 모인 자리에서 탐정이 누군가를 지적하면, 그는 자신이 범인임을 인정하고 솔직하게 사연을 고백한 다음 푹 쓰러지는 장면(이미 각오하고 독약을 먹었다.)은 일본의 작품에서 많이 본 것 같다. 한편 사회적·정치적 명사들은 움직일 수 없는 증거가 드러나기 전까지는 자신의 범죄를 철저히 부인하다가도, 움직일 수 없는 증거가 드러나면 기가 꺾이고 만다. 그때 탐정은 두 개의 길을 제시한다. 자수하거나 죽음을 택하면 진실을 묻어두겠다는 것. 탐정은 작별인사를 마치고 떠나며, 다음 날 신문에서 "명사 ○○○가 세상을 떠났다"는 기사를 읽으며 생각에 잠기는 결말이 전형적이다. 물론 드물기는 하지만 범인이 자살하지 않고 자수를 선택하는 작품도 있다.

다음 사례인 범인의 "타살"은 수사관들과 총격전을 벌이다가 사살당하거나(스릴러 형식의 작품에서 많이 볼 수 있다.) 혹은 민간인의 정당방위에 의해 죽는 경우인데, 추리소설뿐만 아니라 영화에서도 자주 볼 수 있는 결말이라 설명이 더 필요 없을 것이다. 유명한

하드보일드 작품에서는 범죄자들끼리 서로 싸움을 붙여 그 지역의 악당들을 모두 처리하는 영악한 탐정이 등장하기도 한다.

마지막 "사고사"는 범인이 거의 도망치는 데 성공한 것처럼 보이다가 절벽에서 떨어지거나 자동차 사고가 나거나 하는 식으로 죽는 결말이다. 인과응보라고나 할까. 그런데 유럽의 작품 중에는 의표를 찌르는 작품도 있다. 즉 범인이 일찌감치 사고로 죽었는데, 결말에 가서야 우연한 일로 그 사실을 알게 된다는 파격적인 내용이라 깊은 인상으로 남아 있다.

그렇다면 범인을 체포한다면 거기서 끝일까? 물론 많은 추리소설은 그렇다. 하지만 누구나 알다시피 현실은 허구와 많이 다르다. 추리소설의 대부분은 범인을 잡으면서 통쾌한 반전이건 뒷맛이 씁쓸하건 끝이 나지만, 현실에서는 아직 갈 길이 멀다. 도주와 죽음은 예외로 놓겠지만, 체포된 뒤부터 재판이 시작되는 것이다. 재판 관련 뉴스나 드라마를 보면서 느낀 것이지만, 이제는 범인을 잡는 것만으로는 끝나지 않을 것 같다. 오랜 시간에 걸친 수사로 범인을 잡았지만, 유능한(?) 변호사가 있다면 증거를 무효로 만들 수도 있고, 미국 같은 경우는 배심원들을 설득하여 의외의 판결이 나오는 경우도 있기 때문이다. 살인범에서 무죄로 판결이 난 O. J. 심슨 재판 같은 사례는 그 대표적인 사건일 것이다. 현실이 이런 만큼 독자들은 확실한 결말을 보여주는 추리소설을 즐겨 읽는지도 모르겠다.

9 무서운 아이들

천진난만한 얼굴의
작은 악마들

미국 대중영화 속설 중에 "절대로 어린이를 죽이는 장면은 넣지 말라"는 금기가 있다는 이야기를 들은 적이 있다. 병이나 사고라면 몰라도 폭력으로 살해되는 장면을 보여주지 말라는 의미인데, 기억을 더듬어봐도 아이를 구하려다 죽는 장면은 부지기수로 보았지만 어린아이가 악당의 총에 맞아 쓰러지는 모습을 본 일은 딱히 생각나지 않으니 어느 정도 타당성이 있는 속설 같다. 상업영화라면 관람등급에도 영향을 줄 만한 부분은 피할 테니 놀라운 현상은 아니다. 그런데 만약 천진난만한 어린이가 가해자로 등장한다면? 어린이용 동화에서도 얼마든지 등장하는 개구쟁이나 유쾌한 말썽꾸러기가 아닌, 남의 생명까지 위협하는 무서운 존재로 등장한다면 어쩐지 섬뜩해진다.

총기 자유화 국가인 미국에서는 총기 사고가 많이 벌어진다. 《워싱턴 포스트》보도에 따르면 2015년 1월부터 10월까지 3세 이하 아기가 일으킨 총기 오발 사고는 확인된 것만도 43건에 달하며, 그중에서 아기가 자기를 쏘아 숨진 것은 13건, 부상은 18건이라는 것이다. 사람이 다치지 않은 사건은 신고뇌지 않았을 테니 이보다는 훨씬 많은 것으로 추측할 수 있다. 총기 오발은 "우발적 사고"이지만, 조금 더 자란 어린이의 오발 중에는 어쩌면 "사고"가 아닌 것도 있을지도 모른다.

아무리 명탐정들이라도 범죄자가 성인이 아닌 어린이라면 난감해지게 마련이다. 미성년자의 범죄는 추리소설에서 자주 나오는 소재는 아니지만, 코난 도일의 셜록 홈즈 시리즈에서도 다룬 적이 있으니 꽤 오래전부터 사용되었음을 알 수 있다. 명탐정 홈즈는 한 작품에서 새엄마의 아기에게 관심이 쏠리자 앙심을 품은 열다섯 살 소년의 거듭된 살인미수 범죄를 밝혀낸 적이 있다. 집안에서 벌어진 일이고 미성년자였던 만큼 사법기관에 넘기는 대신 1년쯤 바닷가에서 보내라고 조언했지만, 경험 많은 홈즈조차 "인간의 얼굴에서 그토록 무서운 질투와 증오를 본 것은 처음이었다."라고 말할 정도로 소년의 증오심은 대단했다.

또 미국의 유명 작가가 1930년대에 발표한 작품에서는 열세 살짜리 소년이 범죄를 저지른다. 소년은 다른 사람이 쓴 추리소설의 초고를 읽은 후 그것을 토대로 자신의 할머니를 살해한다. 그 진상을 알아낸 탐정은 끔찍한 집안 환경에서 성장한 이 어린이에게 범죄에 대한 도덕적 관점을 물을 수 있을까 하는 고민에 빠진다. 하지만 그 소년이 아무런 의심도 받지 않고 살아간다면 사회에 위협적인 존재가 될 것이라고 판단하여 누구에게도 알리지 않고 극단적 방법을 선택한다.

윌리엄 마치의 『배드 시드』에 등장하는 소녀 로다는 사악하기로는 추리소설 전반 남녀노소를 통틀어도 상위권에 속할 만한 인물이다. 로다의 나이는 불과 여덟 살. 순수하고 사랑스러운 얼굴을 가졌지만 그 뒤에는 욕망에 따라 그대로 행동하는 무서운 본능이 숨겨져 있다. 영리하며 성숙한 사고력을 가졌지만 아이

다운 죄의식이나 불안감은 전혀 없다. 자신이 원하는 것은 반드시 차지해야만 하고, 그러기 위해 사람을 죽이고도 죄책감을 전혀 느끼지 않는 전형적인 사이코패스이다. 다만 이 무서운 소녀는 평범한 집안에 느닷없이 태어난 것이 아니라 독약, 도끼, 총 등을 사용해 무려 스물세 명이나 교묘하게 살해했던 외할머니의 혈통을 이어받았다는 설정이 이어진다. 1950년대에 출산된 이 작품은 영화로도 제작되어 대단한 충격을 주었다.

딘 쿤츠가 브라이언 커피라는 필명으로 발표한 『어둠의 소리』에서도 무서운 소년이 등장한다. 내성적이고 집에서 책 읽는 것을 좋아하는 열네 살 소년 콜린은 같은 반에서 인기 있는 로이와 의형제를 맺을 정도로 절친한 사이가 된다. 그런데 로이는 "뭘 죽여본 일 있어?"라고 묻기 시작하면서 뭔가를 죽인다는 이야기를 거듭한다. 콜린이 농담이거나 자신의 담력을 시험하는 것으로 여기자, 로이는 사람을 죽인 이야기까지 한다. 그리고 함께 사고를 칠 계획을 꾸몄다가 콜린이 거절해 실패로 돌아가자 로이는 콜린이 자신을 배반했다고 생각하고 콜린을 죽이려 한다. 콜린은 어머니에게 도움을 청하지만, 얌전해 보이는 로이를 위험한 아이라고 생각하는 사람은 아무도 없다. 과거에 로이가 친구를 여러 명 죽였다는 사실(모두 사고로 처리되었다.)을 알게 된 콜린은 자기를 지킬 수 있는 것은 자기뿐이라는 것을 깨닫는다.

이웃 일본에서도 역시 미성년자의 범죄를 다룬 작품이 종종 출

간된다. 한국에서도 영화로 제작된 바 있는 히가시노 게이고의
『방황하는 칼날』에서는 불량 청소년에 의해 딸을 잃은 아버지가
자기 손으로 범인을 처치하겠다고 결심한다. 범인이 미성년자이
기 때문에 처벌받을 가능성이 없다고 보았기 때문이다.

> 법은 범죄자를 구해준다. 죄를 저지른 사람에게 갱생할 기회를 주고
> 증오하는 사람의 시선에서 범죄자를 숨겨준다. 그 기간은 어처구니가
> 없을 정도로 짧다. 한 사람의 인생을 빼앗았음에도 불구하고 범죄자는
> 인생을 빼앗기지 않는다. 더구나 미성년자인 경우, 어쩌면 교도소에도
> 가지 않을지 모른다(『방황하는 칼날』, 이선희 옮김, 바움).

가노 료이치의 『제물의 야회』에서는 "범죄 피해자 가족의 모임"
에 참가한 여성 두 명이 살해되는데, 강력한 용의자로 그 모임에
패널로 참가했던 변호사가 지목된다. 그는 19년 전인 열네 살 때
동급생의 머리를 잘라 학교 교문 위에 올려놓은 엽기적 사건을 저
질렀던 경력이 있는 무서운 인물이다. 그러나 그에게서 과거의 범
죄에 대한 뉘우침은 전혀 보이지 않는다. 몇 년 동안 소년원에 들
어가 있다가 옛일이 세탁되고 누구에게도 알려지지 않은 채 변호
사라는 새로운 인생을 살아가고 있는 것이다. 살인범이 변호사가
되었다면 말도 안 되는 것처럼 보이지만, 놀랍게도 실제로 비슷
한 사례가 있다. 1969년, 열네 살 소년이 동급생을 살해했다. 그

러나 범인은 정신장애자로 판정되어 갱생교육을 받은 뒤 소년원에서 퇴소한다. 소년법에 따라 그의 과거는 사라지고 이름조차 공개가 금지되어 있다. "깨끗해진" 그는 명문대를 졸업하고 변호사로 일하고 있다. 반면 피해자 가족은 완전히 무너졌지만 범인으로부터 진솔한 사과조차 받은 일이 없다(『내 아들이 죽었습니다』, 오쿠노 슈지, 웅진지식하우스). 실제 인물이 소설에서처럼 다 자란 후에 무슨 범죄를 저질렀다는 이야기는 없지만, 제삼자의 입장에서도 분통이 터지는 현실이다.

한때 이런 사건은 소설이나 영화, 혹은 외국에서나 일어난다고 생각했었지만, 아파트 벽돌 투척 사건이나 도시가스 보일러실 방화 사건 등 초등학생이 벌인 사건을 보면 결코 남의 나라 일만은 아니다. 때로는 소설보다 현실이 훨씬 무서울 때가 있는데, 그게 잦아져서 더욱 겁이 난다.

10

제목이
바뀌는 이유

정하기도 어렵고
바꾸기도 고민

일본추리작가협회 작가들이 공동 저자로 참여한 『미스터리 쓰는 방법』에는 제목 그대로 추리소설이란 무엇인가 하는 개념에서부터 추리소설을 쓰기 위한 준비, 플롯 구성, 트릭이나 실마리를 만드는 방법 등 추리소설 창작에 관한 다양한 글이 실려 있다(아쉽게도 아직 번역되지 않았다). 또한 잠깐 쉬어가는 코너처럼 "작가에게 질문"이라는 제목의 설문조사 결과가 실려 있는데 역시 재미있는 내용이 많았다. "아이디어를 적는 노트가 있는가.", "집필 전에 취재를 하는가." 등의 일반적 궁금증뿐만 아니라 "애용하는 필기도구는 무엇인가.", "슬럼프 탈출 방법이 있으면 알려달라."라는 질문까지 나온다. 설문에 참여한 작가가 137명이나 되는 만큼 교과서 같은 답이 있는가 하면 기상천외한 답변까지 있어 본문 못지않게 흥미로웠다. 예를 들자면, "작품 집필 시작 전에 의식 같은 것이 있는가." 하는 질문에 쿠사카와 타카시라는 작가는 "술에 취한 상태가 된다."라는 답을 해서 웃음이 나올 수밖에 없었다.

여러 설문을 읽던 중 "소설을 쓰기 시작한 시점에서 제목을 정하지 못한 경우가 있는가."라는 항목을 눈여겨보았는데, 종종 만나는 한국 작가들도 제목을 정하는 문제로 고민했던 것이 기억났기 때문이다. 대답은 "있다"가 42퍼센트, "때때로 있다"가 30퍼센트였으며 "없다"라고 대답한 비율은 생각보다 많은 28퍼센트였다. 아마 전 세계의 작가에게 같은 질문을 던져도 비슷한 답이 나올 것 같다. 이처럼 제목 짓는 것은 작가의 고민거리 중 하나임은 분명하다. 사람에게 이름이 중요한 것처럼, 소설 또한 제목이 중요하다. 처음 떠오른 제목이 그럴듯해 보이지만, 하룻밤 자고 일어나면 왠지 어색하게 느껴지고 아무래도 다른 제목을 고르는 게 좋겠다는 생각이 든다. 이렇게 혼자 고민하거나 지인들과 상의하는 등 마음에 드는 제목을 찾기까지는 꽤 시간이 걸린다.

하지만 이렇게 힘들여 제목을 결정하더라도, 그것으로 끝나는 것은 아니다. "책을 출간할 때 소설 제목이 바뀌는 일이 있는가."라는 질문도 있었는데, 결과는 "있다"가 35퍼센트, "때때로 있다"가 38퍼센트, "없다"가 25퍼센트(기타 2퍼센트)였다. 바뀌는 이유는 여러 가지인데, 아즈마 나오미는 "편집자의 충고가 나의 아이디어보다 낫다고 생각할 때", 히가시노 게이고는 "이것으론 팔리지 않을 것 같다는 생각이 들었을 때", 니시무라 교타로는 "외국에 같은 제목의 책이 있다는 것을 알았을 때" 등으로 다양하다. 반면 바꾼 제목이 작가의 마음에 들지 않을 수도 있다. 모리무라 세이이치는 "출판사의 압력으로 마음속에 있는 제목과는 다른 제목으로 출판했을 때도 있었는데, 다른 출판사에서 재출간할 때 제목을 바꾸었다."라고 답했다.

이처럼 "상업적 압력"도 있지만, 경험 많은 담당 편집자의 눈을 무시할 수는 없다. 영국 작가 켄 폴릿이 데뷔작 『바늘구멍』으로 화려한 성공을 거둔 뒤 완성한 작품은 옥스퍼드 대학 친구 세 명이 20년의 세월이 흐른 후 플루토늄을 둘러싸고 치열한 정보전을 벌인다는 작품이었다. 당시 그 작품의 첫 완성 원고를 받은 편집자 도널드 파인은 자신이 가장 먼저 했던 일이 『조제 플루토늄 약탈자들』이라는 따분한 원래 제목을 새롭게 바꾸는 것이었다고 밝혔다. 작품은 『트리플』이라는 제목으로 출간 직후 베스트셀러가 되었으며, 폴릿은 신작 세 편에 300만 달러를 주겠다는 제의를 받아 새로운 출판사와 계약했다. 원래 그가 지었던 유치한 제목 그대로 출간되었더라면 독자의 눈길을 그만큼 끌 수 있었을지 궁금해진다.

이처럼 제목은 대부분 출판 전 단계에서 결정되지만, 출간 후에 제목이 바뀌는 경우도 볼 수 있다. 이에 관련된 일화는 가사이

기요시의 회상에서 찾아볼 수 있다. 그는 1987년 시마다 소지가 주최한 "미타라이 기요시(시마다 소지의 작품에 등장하는 탐정)의 생일"이라는 모임에 참석해서 막 데뷔했던 아야츠지 유키토와 아직 학생이었던 노리즈키 린타로를 처음 만났다고 한다. 그때 노리즈키 린타로는 그에게 『서머 아포칼립스』(번역판 제목은 『묵시록의 여름』)라는 제목이 문고판에서 『아포칼립스 살인사건』으로 바뀐 이유는 무엇인지 질문을 했는데, 답은 단순했다. 출판사에서 제목에 "살인사건"이라는 단어가 들어가지 않으면 책이 팔리지 않는다고 주장했기 때문에 영업적인 측면에서 따를 수밖에 없었다는 것이다. 12년 후 다른 출판사로 판권이 바뀌면서 다시 출간되었을 때는 원래의 제목으로 돌아왔는데, 아무래도 상투적인 제목보다는 낫다는 생각이 든다.

요즘은 별로 찾아볼 수 없지만, 영국 작품이 미국에서 출간될 때 제목이 바뀌는 일은 드물지 않았다. 거물 작가 애거서 크리스티의 작품 목록만을 살펴봐도 1931년 작 『시태퍼드 미스터리』가 『헤이즐무어 살인사건』으로 바뀐 것을 시작으로 무려 20편이나 제목이 바뀐 것을 찾아볼 수 있다. 『3막의 비극』이 『3막의 살인』으로, 『구름 속의 죽음』이 『하늘 위 죽음』 등으로 약간 바뀌는 경우도 있었지만, 『열 명의 꼬마 깜둥이』가 『그리고 아무도 없었다』로 완전히 다르게 바뀌기도 했다. 그 이유는 "깜둥이Nigger"라는 인종차별적 단어가 사용되었기 때문이었다.

같은 언어로 출간될 때도 이렇게 바뀌지만 언어가 달라질 때, 즉 번역이 된다면 더욱 큰 고민이 필요하다. 『셜록 홈즈의 모험』처럼 직역을 해도 괜찮은 단순명료한 제목도 있지만, 간단한 단어인데 커다란 오류가 생기는 경우도 있다. 007 시리즈 첫번째 영화인 《닥터 노Dr.No》(국내 개봉 제목은 《007 살인번호》)가 일본 언론에 처음 알려졌을 때 어느 매체에서는 《의사醫師는 필요 없다》로 소개했다는 일화는 그런 대표적인 사례이다. 어쨌든 외국어는 사전적 해석을 그대로 적용하기 어려운 단어도 많으므로 직역보다는 의역 쪽이 적합할 수도 있다. 다만 너무 막연해도 아쉽긴 하다. 평생 경마를 소재로 추리소설을 쓴 딕 프랜시스의 작품들이 국내에 번역될 때는 『경마장 살인사건』, 『경마장의 비밀』등 맹숭맹숭한 제목으로 출간되었는데, 경마 용어를 그대로 쓰기에는 대중성이 부족했기에 그런 선택을 할 수밖에 없었던 것 같다.

일본 작품들은 언어 구조나 단어가 한국어와 흡사해서 원제에 가까운 제목으로 번역해서 쓰는 경우가 대부분이다. 하지만 서구 작품들은 아무래도 어려운 감이 있어 번역 아닌 영어 제목을 쓰는 경우도 많이 늘어났다. 고유명사라면 몰라도 좀 아쉽게 느껴지는 흐름이다. 최근에 눈에 띄었던 작품 중에는 스티브 해밀턴의 에드거상 장편 부문 수상작인 『록 아티스트』가 있다. 이 작품은 어린 시절의 끔찍한 사건으로 말을 못 하게 되었지만, 그 대신 자물쇠 따기에 천재적인 능력을 발휘하게 된 청년의 이야기를 그리고 있다. 다만 자물쇠Lock가 아닌 음악Rock을 다룬 소설로 오해하는 사람도 있지 않을까 하는 괜한 걱정도 든다. 데니스 루헤인의 『리브 바이 나이트: 밤에 살다』처럼 원제와 번역 제목을 함께 쓰는 절충안도 좋겠지만, 정답이란 것이 없는 만큼 제목 변경은 어려운 일이다.

5장 사연들

1

추리소설가의 운세

논리적인 추리소설, 점술에 기댄 작가들

매년 1월에는 잡지나 신문 등에 "신년 운세" 등의 기사가 종종 보인다. 대한민국 국민 수천만 명을 대상으로 삼다 보니 내용이 모호하고 추상적이라 심각하게 받아들이는 사람이 있을 것 같진 않다. 아마도 들어맞으면 좋고 틀리더라도 그냥 재미로 여기는 것이 보통이지 않을까.

앞날을 예측한다는 것은 먼 옛날부터 사람들의 소망이었으며 아직도 이루지 못한 기술(?) 중의 하나이다. 물론 기상예보처럼 정확도가 높은 예측이 있고, 충분한 정보와 그것을 활용할 능력이 있다면 인구증가율, 경제상황 등 사회적 전망이나 운동경기 승리 팀도 꽤 높은 확률로 예측이 가능하다. 하지만 사람들은 이런 거시적 예측보다 개인적이고 불확실한 미래를 더욱 궁금하게 여긴다. 즉 사귀는 이성과의 궁합이 어떤지, 직장에서 승진할 수 있을지, 선거에 당선될 수 있을지 등을 더욱 절실하게 알고 싶어 하는 것이다. 언젠가는 모든 미래를 예측할 수 있는 기술이 개발될 수도 있고, 범죄까지 예방 가능한 날이 올지도 모른다.

소설에서는 이미 그런 미래가 묘사되었다. 필립 커익『철학적 탐구』에서는 뇌 검사를 통해 선천적 폭력 성향을 지녔다고 여겨지는 사람을 예비 범죄자로 보고 국가적 차원에서 관리하는 범죄 완전 예방 프로그램이 등장한다. 잘못이라곤 저지른 적 없는 평범한 사람마저 잠재적 범죄자가 되어버린다는 제도적 폭력은 비록 범죄 예방이라고는 해도 소름 끼치는 일이다.

이런 과학적 설정을 갖춘 작품과는 달리, 어느 유명한 외국 작가의 작품은 무척 실망스러웠다. 범인을 추적하게 된 계기가 단지 "인상 나쁜 사람"이라는 이유였을 뿐 그 이상의 별다른 근거도 없었기 때문이었다. 말하자면 관상으로 범인을 잡은 셈이다. 현실에서는 이런 일이 벌어질 수 있겠지만 추리소설에서는 독자를 무시하는 것처럼 느껴질 수밖에 없다.

『벤슨 살인사건』, 『비숍 살인사건』 등의 작품으로 1920년대 미국 최고의 인기 작가로 군림했던 S. S. 밴 다인은 1928년 "추리소설 작법 20가지 규칙"을 발표했다. 이것은 추리소설을 쓸 때의 금기와 필수 조건을 망라한 것인데, 그중 여덟번째 항목은 다음과 같다.

범죄의 문제는 반드시 엄격한 자연법칙에 따라 해결되어야만 한다. 사건을 해결하기 위한 방법으로 점술, 심령술, 독심술, 수정구슬 보기 등을 사용하는 것은 금물이다. 독자는 이성적 추리력이 있는 탐정과 머리싸움을 해야 승산이 있는 것이지 영계靈界와 경쟁을 한다면 처음부터 승산이 없다.

탐정이 미래를 예측할 수 있고 얼굴만 봐도 누가 범인인지 알 수 있다면 논리적 추리라는 과정도 필요 없고 아무런 재미도 없을 것이다. 따라서 이는 독자를 위해서 당연히 필요한 조건이다.

그러다 보니 영어권 추리소설에는 점술가와 같은 사람을 주인공으로 한 유명한 작품을 찾아보기 어렵다. 일본 쪽을 조사해보면 가끔 보이는데, 아마도 시마다 소지의 『점성술 살인사건』의 주인공인 미타라이 기요시는 한국 추리소설 독자들 사이에서 가장 잘 알려진 인물일 것이다. 처음 등장했을 때 그의 직업은 점성술사(탐정 일은 취미)였으나, 시리즈가 진행되면서 사설탐정(점성술이 취미)으로 바뀐다. 괴짜 소리를 듣는 그이지만 의뢰받은 사건은 점성술이 아닌 논리적 추리를 통해 해결한다. 작가인 시마다 소지는 추리소설가로 등단하기 전인 20대 시절 점성술사를 찾아가 가르침을 받았을 정도로 점성술에 많은 관심을 가졌다. 성명학姓名學에도 조예가 있는지 여러 후배 추리소설가의 필명을 지어주기도 했다.

　일본에는 점술을 신뢰하는 추리작가를 심심찮게 볼 수 있다. 『파계 재판』, 『대낮의 사각』 등의 작품으로 알려진 다카기 아키미쓰가 작가로 성공하기까지는 우여곡절이 있었다. 비행기 제작회사에서 엔지니어로 근무하다가 일본의 패전 후 실업자가 되어버린 그는 궁여지책으로 용하다는 점술사를 찾아갔다. 그가 만난 점술사는 관상이 유명한 소설가와 흡사하니 소설, 그것도 장편소설을 쓰면 성공할 것이라고 권했다. 공과대학 출신으로 그때까지 문학과는 거리가 멀었던 그에게 당혹스러운 권유였다. 하지만 그는 학생 시절 즐겨 읽었던 추리소설을 쓰기로 결심하고 3주 만에 600매 정도의 장편소설을 완성해 몇몇 출판사에 보낸다. 그러나 그의 희망과는 달리 젊은 무명작가의 소설을 출간해주겠다는 곳은 없었다. 답답해진 그는 다시 점술사를 찾아갔고, "대가大家에게 이 원고를 보내면 인정받을 것이고, 그럼 성공할 것이다."라는 이야기를 듣는다. 그러자 그는 원고를 깨끗하게 정리해 당대 최고의 추리소설가 에도가와 란포에게 원고를 보냈다. 란포는 일면식도 없던 이 청년의 작품을 읽은 후 참신한 내용에 감탄해 출판을 주선한다. 바로 이 작품이 일본 추리소설의 걸작을 꼽을 때 빠지지 않는 『문신 살인사건』이다. 이 작품의 주인공으로 등장한 가미즈 교스케는 최고의 천재 탐정으로 인기를 얻게 되었다. 이후 그는 수많은 추리소설을 썼을 뿐만 아니라 『점占의 인생론』 같은 일련의 점술 관련 서적을 집필하는 등 점술의 전면적 신봉자임을 밝혔다.

21세기에 들어와서도 이러한 믿음을 가진 작가가 눈에 띈다. 『제노사이드』로 국내에서도 많은 인기를 얻은 다카노 가즈아키의 경험은 독특하다. 그는 미국 유학에서 돌아와 영화나 드라마 시나리오 작가로 활동하는 동안 개인적 창작 욕구를 해소하기 위해 꾸준히 추리소설 공모전에 도전했지만 성과는 없었다. 자신의 운세가 좋지 않다고 여긴 그는 풍수風水 공부를 시작해 행운을 불러오는 "좋은 장소"로 이사를 간다. 마침 새집의 정남향에 신인 공모전인 에도가와 란포상을 후원하는 출판사가 있어서 대단히 좋은 징조라 생각하고 다시 새로운 작품을 써서 응모한다. 그리고 에도가와 란포상 최종 후보에 올랐다는 연락을 받은 날 밤, 꿈에서 자신을 향해 생글생글 웃는 미야베 미유키(그 해 심사위원을 맡았다.)를 보고 그는 수상을 확신했다고 한다. 기대대로 그의 작품 『13계단』은 만장일치로 수상이 결정되었다.

역시 21세기에 데뷔한 기노시타 한타도 비슷한 경험을 밝힌

바 있다. 연극계에서 각본가 겸 배우로 활동하던 그는 블로그에 글을 쓴 것을 계기로 장편소설에 도전해 첫 작품『악몽의 엘리베이터』를 발표했으나, 별다른 반응이 없었다. 오사카에 거주하던 그는 유명한 점술사로부터 "내년 2월 도쿄로 가면 잘 팔릴 것이다."라는 말을 듣고 도쿄로 이사했다. 그 덕택인지 데뷔작은 출간 2년 만에 뒤늦게 인기를 얻어 영화와 TV 드라마로도 제작되었고, 이후 발표한 "악몽" 시리즈는 수십만 부 팔리는 베스트셀러가 되었다.

추리소설을 쓰는 사람이라면 바늘 끝도 들어가지 않을 것처럼 논리적이고 합리적인 사고방식을 가졌으리라고 여겨지지만, 이처럼 엉뚱한 면모를 가진 작가들도 적지 않다. 이렇게 절실함을 가지고 성공한 과정은 오히려 그들을 더욱 인간적으로 보이게끔 한다.

2

CCTV는 추리소설가의 장애물?

작가를 난감하게 만드는 첨단기술들

뉴스에서 공개된 동영상 하나가 많은 사람들의 가슴을 철렁하게 했다. 다름 아닌 어린이집 폭행사건의 동영상. 수십 초에 불과한 짧은 순간을 보는 것만으로도 커다란 충격을 받았다. 물론 극소수 어린이집에서만 벌어지는 일이라고 믿고 싶지만, 다른 곳에서도 폭행 사례가 적지 않게 드러나고 있어 마음이 아프다.

그런데 만약 CCTV(폐쇄회로 텔레비전)가 없었다면 이 사건이 밝혀졌을까? 일등공신이라는 표현은 좀 어색하지만, 이제 CCTV는 현대사회의 필수불가결한 존재가 된 것 같아 복잡한 심경이다.

미국 영화 《에너미 오브 스테이트》에서는 정부기관이 인공위성이나 감시 카메라를 통해 주인공의 일거수일투족을 감시하는 장면이 나온다. 개봉 당시 볼 때만 해도 미국에서는 저런 일도 벌어질 수 있구나 하고 생각했는데, 그 이후 CCTV가 점점 늘어나면서 이제는 남의 나라 일이 아닌 한국에서도 충분히 가능한 현실이 되고 말았다.

CCTV는 양면성을 가지고 있다. 설치 초기만 해도 "범죄 예방"이라는 찬성 의견과 "감시 카메라"라는 인식 때문에 사생활 침해라는 반대 의견이 첨예하게 대립했다. 그러나 요즘은 어린이집 폭행사건을 비롯해 적지 않은 수의 강력범죄가 CCTV에 녹화된 영상에 의해 해결되면서 긍정적인 면이 부각되고 있다(물론 할리우드 영화에 나오는 것처럼 어느 큰 세력에 의한 부작용이 발생할 가능성도 충분히 존재한다).

과거에는 수십만 원에서 수백만 원에 이르는 비싼 가격이 걸림돌이었지만, 요즘은 성능도 좋아지고 가격도 저렴해져서 누구나 쉽사리 설치할 수 있게 되었다. 대문 인터폰에서부터 시작해 승용차에도 블랙박스가 달려 있으며, 공공주차장, 시내버스와 지하철역, 편의점과 식당 천장에도 CCTV가 달려 있다. 허름한 골목에도 "CCTV 녹화 중. 쓰레기 버리지 마시오."라는 경고문이 보인다. 외출해서도 스마트폰을 통해 집에 누가 다녀갔는지를 확인할 수 있다. 외딴 산속에라도 들어가지 않는 이상 현대인의 일상생활은 거의 어딘가의 저장 매체에 녹화되고 있다. 범죄로 먹고살아 갈 생각을 하는 사람들에게는 매우 어려운 시대가 된 셈이다.

실제로 범죄를 저지르지는 않지만, 소설 속에서 "완전에 가까운 범죄를 구상하는 것"이 직업인 한국의 추리소설가 역시 기하급수적으로 늘어난 CCTV 때문에 적지 않은 고민을 하고 있다.

이를테면 "어떤 사람이 짧은 시간 동안 서울과 대전을 오가며 범죄를 저지르면서 이동 과정이 남의 눈에 띄지 않아야 한다"는 설정이라고 하자. 도보로 이동할 수 없는 거리이니 승용차나 대중교통을 이용해야만 하는데, 도로 곳곳에 설치된 CCTV에 녹화되지 않을 방법이 없다. 모든 곳의 기계를 고장낸다거나, 수사관이 실수로 화면을 보지 않고 지나친다는 현실성 떨어지는 해결책은 당연히 쓸 수 없다. 혹시 누군가가 먼저 기발한 아이디어를 발휘했다면 작가의 자존심 때문에라도 같은 방법을 쓸 수는 없을 테니, 그것을 능가하는 아이디어를 짜내기 위해 머리를 쥐어짜야만 한다.

또 경찰의 수사 장면을 묘사할 때도 마찬가지. 신속한 해결이 필요한 현실 수사와는 달리 추리소설에서는 수사관과 미지의 범죄자 사이에 벌어지는 두뇌싸움으로 긴장감을 조성한다. 그런데 마침 범행 시간에 녹화된 영상이 있어 범인이 누구인지 단번에 드러난다면 너무 싱거워지고 만다. 요즘 추리소설에 알리바이(현장부재 증명) 트릭이 별로 나오지 않는 것도 이런 현실을 반영한 것으로 여겨진다.

CCTV는 예외에 속하지만, 첨단 과학은 추리소설가에게 영감을 가져다준다. 지문이 대표적인 예이다.

의사 출신인 코난 도일이 셜록 홈즈 시리즈를 발표하던 19세기 말에는 지문이 범죄의 중요한 증거로 막 인식되던 시기였다. 도일은 일찌감치 『네 사람의 서명』(1890), 「입술 삐뚤어진 사나이」(1891) 등에서 지문에 관련된 언급을 하는데, 이는 런던 경찰국이 1901년 지문 체계를 도입한 시기보다 앞선다. 「노우드의 건축업자」(1903)에서는 좀 더 적극적인 묘사가 나온다. 레스트레이드 경감은 현장에 남은 엄지손가락 지문과 용의자의 지문이 동일하기 때문에 범인이 확실하다고 주장한다.

몇 년 후 영국 작가 리처드 오스틴 프리먼(역시 의사 출신이다.)은 『붉은 엄지손가락 지문』(1907)을 발표했다. 지문을 중요한 증거로 다룬 이 작품을 통해 주인공 손다이크 박사는 추리소설 속 "과학수사"의 원조가 되었다. 그는 범죄수사를 위해 온갖 설비를 갖춘 개인 연구실을 가지고 있으며, 밖으로 나갈 일이 있으면 "휴대용 실험실"이라고 불리는 녹색 가방을 항상 들고 다닌다. 그 가방 안에는 각종 약품과 소형 현미경을 비롯해 자신의 연구실을 축소해놓은 듯한 갖가지 실험장비가 들어 있다.

100년이 지난 지금도 추리소설가는 첨단 과학기술을 십분 활용한다. 제프리 디버가 창조한 주인공 링컨 라임은 뉴욕 시경의 과학수사본부장 출신으로 범죄 현장에서 사고로 척추가 부러지는 중상을 입어 어깨 위 머리와 손가락을 제외한 모든 곳이 마비된 인물이다. 그는 뉴욕 시경 특별고문으로 수사에 참여하는데, 침대에 꼼짝 않고 누운 채 조수와 동료를 시켜 첨단 분석기기와 장비로 자료를 분석해 최종 결론을 내린다. 미세먼지의 분석만으로 그것이 뉴욕의 어느 지역에서 날아온 것인지 알아낼 정도이다.

대중화된 첨단 기기 중 휴대전화는 추리소설에서 필수 소도구가 되었다. 1984년 이동전화가 도입될 때만 해도 부유층이나 업무용으로만 쓸 수 있는 고가품이었으나 30여 년이 흐른 지금은 휴대전화가 없는 사람을 찾기가 어려울 정도로 일반화되었다. 또 도입 초기와는 달리 기지국도 곳곳에 있어 웬만한 곳이라면 통화가 가능하다. 특히 왕년의 컴퓨터보다도 성능이 좋아진 스마트폰 보급률이 80퍼센트에 달한다고 하니, 첨단기술의 완벽한 대중화라고 해도 과언이 아니다.

그러다 보니 가끔 엉뚱한 상상을 해보기도 한다. 21세기 한국을 배경으로 애거서 크리스티의 『그리고 아무도 없었다』나 아야츠지 유키토의 『십각관의 살인』과 같은 작품(외딴곳에 사람을 모아 놓고 누군가가 며칠에 걸쳐 연쇄살인을 벌이는 이야기)을 재구성한다면 어떨까 하는 것이다. 요즘은 둘이 마주 앉아서도 얼굴 대신 스마트폰을 보는 시대. 어딘가에 열 명쯤 모였을 때 범죄가 벌어지기라도 하면 누군가는 휴대전화로 경찰에 구원 요청을 하고, 또 어떤 사람은 범죄현장 사진을 찍어 SNS나 블로그에 실시간으로 올릴 것이다. 그러다 보면 제삼자인 인터넷 이용자가 용의자들의 신상 털기에 나서고……. 꼬리에 꼬리를 물면서 "외딴곳"이라는 의미는 완전히 사라질 것이다. 어쩌면 추리소설이 아니라 유머소설처럼 보일지도 모르겠다.

3

사실인 듯 사실 아닌
사실 같은 거짓말

진짜처럼 보이기 위한
작가들의 궁리

"이 작품은 픽션이며 특정 인물이나 상호, 특정 사실과 관련이 없
습니다."

소설책을 보면 가끔 이런 안내문이 눈에 띤다. 소설을 한자 뜻
으로만 풀어보면 "작은小 이야기說" 정도의 의미가 되겠지만, 영어
단어 "픽션Fiction"에는 "허구虛構", 즉 실제 이야기가 아닌 상상 속
이야기라는 뜻이 있다. 이런 안내문은 작가가 의도하지 않았지만
우연하게도 실존 인물, 혹은 어떤 사건과 비슷해 발생할 수도 있는
명예훼손 문제 등을 미리 방지하기 위한 선언문이라 할 수 있다.

따지고 보면 훌륭한 소설가는 솜씨 좋은 거짓말쟁이(?)인 셈이
다. 소설가들은 자신이 창조한 이야기가 조금이라도 더 사실처럼

보일 수 있도록 다양한 방법을 동원한다. 추리소설도 마찬가지. 19세기 후반에서 20세기 초반까지는 믿기 어려울 정도의 두뇌를 지닌 천재적 탐정이 연이어 등장했지만, 서서히 현실적인 인물상으로 수렴해가면서 요즘 추리소설의 주인공은 정말 있을 법한 인물처럼 묘사된다.

추리소설가가 조심해야 할 것은 너무 세세한 범죄 방법을 묘사하는 것이다. 한국에서 추리소설이 모방범죄의 원인으로 지목된 경우도 적지 않은 탓에 약간의 자기검열이 들어가곤 한다. 만약 지금까지 알려지지 않은 교묘한 범죄 수법을 고안했다면 한 번쯤 다시 생각해보는 것이다. 오히려 누구나 쉽게 할 수 있는 수법이라면 작가는 묻어둘 가능성이 더 많다. 일본의 의사 출신 추리소설가 유라 사부로는 그의 수필에서 "진정한 완전범죄 방법을 하나 알아냈으나, 공개하면 누가 악용할까 두려워 그냥 내 마음속에만 담아두겠다."라고 밝힌 일이 있다. 이렇게 덮어버리기도 하지만, 아예 그럴듯하게 보이는 가짜 범죄를 꾸미는 방법이 가장 적절해 보인다. 역시 일본 작가 기시 유스케는『푸른 불꽃』의 후기에서 "이 작품에 나온 살인 방법은 기발한 것처럼 보이지만, 현실에서는 이 방법으로 사람이 죽지는 않는다."라면서 완전히 가공의 살인 방법임을 친절하게 알려주고 있다.

소설이 거짓말처럼 보이지 않게 하기 위해서는 생동감 넘치는 문장, 첨단기술의 묘사 등 글솜씨나 소재로 승부하는 정공법이

있지만, 약간의 편법을 동원하기도 한다.

"당연히, 이것은 수기手記이다."

이는 움베르토 에코의『장미의 이름』첫 문장이다. 이어 서문에서 "1968년 8월 16일, 나는 발레라는 수도원장이 펴낸 한 권의 책을 손에 넣었다."라고 하면서 이 이야기가 자신의 창작이 아니라 과거(14세기)의 문헌을 번역한 것이라고 주장한다. 이로 인해『장미의 이름』이 실화라고 생각했던 독자도 꽤 있었던 것 같지만, 이 작품이 움베르토 에코의 순수 창작물이라는 것은 잘 알려진 사실이다.

이처럼 "사실"은 "허구"보다 아무래도 강렬한 인상을 주기 때문인지, 가끔 "실화"로 위장하는 경우도 볼 수 있다. 잘 알려지지 않았지만, 일제강점기 시절부터 1960년대까지 언론인으로 활동했던 신경순은 1930년대에 짬짬이 추리소설을 발표했다. 그런데 그중 잡지『개벽』에 실린「암굴의 혈투」,「미까도의 지하실」

등은 내용상 틀림없는 소설임에도 불구하고 모두 "실화"라는 표제를 달고 있다. 아마도 당시 독자들의 눈길을 끌기 위한 수단이었음에 틀림없다.

1996년대 미국에서는 로렌조 카르카테라가 자신의 어린 시절 경험을 토대로 집필한 『슬리퍼스』(『월킨슨의 아이들』이란 제목으로 번역되었다.)가 화제를 모았다. 이 이야기는 사소한 장난을 벌이다가 누군가를 크게 다치게 한 네 소년이 소년원에 들어가면서 벌어지는 비극적 이야기를 그린 "실화"이다. 이 작품은 상업적으로 큰 성공을 거두었으며, 톱스타들이 출연한 영화로도 제작되었다. 그러나 이 작품은 다른 방향에서 다시 화제가 되었다. 이것이 "실화"가 아니라는 것. 저자는 등장인물 보호를 위해 이름과 장소, 날짜 등을 의도적으로 바꾸었다고 주장했지만, 그의 주장과는 달리 책에 나오는 사건과 비슷한 재판 기록이 없으며, 또 한때 소년원에 있었다는 그의 이야기도 사실이 아닌 것으로 밝혀졌다. 작

가가 더는 언급을 하지 않아 진위가 확실하진 않으나, 인터넷 백과사전 위키피디아의 『슬리퍼스』 항목에는 "허구라는 의혹이 있지만 국회도서관 분류에는 여전히 논픽션에 포함되어 있다."라고 되어 있다.

사실 거짓말하기는 쉬워도 들키지 않는 것이 훨씬 어렵다. 누군가 미심쩍어 파고들면 그것을 모면하기 위해 또 거짓말을 하게 되는데, 당장에는 위기를 모면한 것 같아도 결국 탄로 나게 마련이다.

수많은 추리소설가 중에서도 위대한 작가로 손꼽히는 한 인물은 세월이 흐르면서 차츰 거짓말이 드러나고 있다. 혁신적인 스타일과 현학적인 문체로 1920년대 미국에서 가장 많은 돈을 번 추리소설가 S. S. 밴 다인은 미국의 추리평론가 하워드 헤이크래프트가 『오락을 위한 살인』에서 이렇게 표현할 정도였다.

1926년, 늦었지만 갑작스러운 새벽이 찾아왔다. S. S. 밴 다인의 획기적인 파일로 밴스가 등장하는 첫번째 작품 『벤슨 살인사건』이 출판되었다. 하룻밤 사이에 미국 추리소설은 성인이 되었다.

그런데 작품 면에서는 찬사를 보냈던 헤이크래프트가 놀랍게도 같은 책의 뒷부분에서는 그를 악질적인 사람이라고 표현했다. 출간되지도 않은 책을 자신의 저작 목록에 올려놓았기 때문이다. 사실 밴 다인이 윌러드 헌팅턴 라이트라는 본명으로 비평가 활동을 시작할 때부터 그가 밝힌 경력은 날조에 가까웠다. 존 로어리가 쓴 밴 다인의 전기 『일명 S. S. 밴 다인』(1993년 미국추리작가협회 상 평론/전기 부문 수상)에 따르면 그의 하버드대학 졸업 경력은 허위였으며(실제로는 하버드대학에서 두 과목을 청강), 아직 출간하지도 않은 책을 자신의 저서로 소개했다. 또한 그의 필명 S. S. 밴 다인은 어머니 쪽 먼 친척의 이름에서 따왔다고 했으나, 그런 성을 가진 친척은 없었다는 것이다. 이 전기는 이외에도 널리 알려진 것과는 여러 가지 다른 사실을 소개하고 있다. 진실을 추구하는 파일로 밴스와는 달리, 그의 인생 속에는 이처럼 거짓말이 곳곳에 숨어 있었던 것이다.

그래도 밴 다인의 거짓말은 남에게 큰 피해를 입히지 않은 일화 정도로 넘어갈 수준이다. 가끔 뭔가 의심스러운 일을 벌인 정치인에게 의혹을 제기하면 "추리소설 쓰지 마시오."라고 반박하는 모습을 1년에 한두 번씩은 꼭 보는 것 같다. 이럴 때마다 추리소설 애호가로서 불쾌한 느낌이 드는 동시에 예전에 들은 우스갯소리가 떠오른다.

"나는 그 사람이 언제 거짓말을 하는지 보면 알아."

"그게 언제인지 어떻게 알지?"

"그 사람이 말을 할 때라니까."

앞뒤가 다른 정치인들의 말들을 접할 때면, 위의 우스갯소리는 "거짓말"이 아닌 "실화"인지도 모르겠다는 생각이 문득 든다.

4   스포츠맨 작가

축구의 전설 펠레가
추리소설가?

프로스포츠 탄생 이후, 경기는 사시사철 벌어진다. 겨울에도 배구나 농구 경기가 열리지만, 아무래도 날씨가 풀리는 봄부터 축구와 야구가 시작되면서 본격적인 스포츠 활동의 열기가 달아오르는 것 같다.

　정적인 추리소설과 역동적인 스포츠는 어쩐지 거리가 있어 보이지만 꼭 그렇지만은 않다. 예를 들어 프로야구 역사가 오래된 미국이나 일본에서는 프로야구를 소재로 한 추리소설이 드물지 않다. 국내에 번역된 적이 있는 작품을 몇 편 예로 들자면 엘러리 퀸의 단편 「인간이 개를 물면」이나 로버트 파커의 『최후의 도박』, 리처드 로젠의 『스트라이크 살인』, 니시무라 교타로의 『프로야구 살인사건』, 미즈하라 슈사쿠의『사우스포 킬러』등이 있다. 이런 점에서 보면 소설과 스포츠는 사이가 좋은 셈이다.

아마도 그보다는 소설가는 운동과 거리가 멀다는 인상이 더 강할 것 같다. 소설가의 이미지는 "꼼짝 않고 골방에 틀어박혀 작품을 구상하는 머리 헝클어진 사람" 정도가 아닐까. 구릿빛으로 그을린 작가의 얼굴은 상상하기 어렵다. 수많은 작가가 작가 지망생에게 늘 하는 말은 "무엇보다 엉덩이가 무거워야 한다"는 것이다. 즉 책상에 오래 앉아 글을 쓰라는 충고인데, 이것만으로도 "소설가≠스포츠맨"이라는 공식이 딱 떠오를 것이다.

추리소설가라고 해서 특별히 다를 것은 없다. 특히 현대 추리소설의 선구자인 에드거 앨런 포의 잘 알려진 측면(알코올중독에 가까운 폭음 탓에 불과 40세라는 아까운 나이로 세상을 떠났다.)만 보면 그를 스포츠맨으로 생각할 사람은 없을 것 같다. 흔히 눈에 띄는 그의 사진을 보면 나이보다 늙어 보이며(콧수염 때문일 수도 있겠지만), 체격 역시 작고 쇠약할 것만 같다.

하지만 실제의 포는 그러한 이미지에서 크게 벗어난다. 키는 173센티미터 정도로 아주 크진 않아도 당시 미국 성인 남자의 평균 키(약 166센티미터)를 상회했다. 또 문헌을 살펴보면 어린 시절부터 운동신경이 뛰어났던 것 같다. 열다섯 살 무렵 6월의 어느 더운 날, 리치먼드의 제임스 강을 약 12킬로미터나 헤엄쳐 거슬러 올라갔을 정도로 수영 실력이 뛰어났다고 한다. 또 2년 후인

1826년 버지니아대학에 들어갔을 때 멀리뛰기 기록이 약 6미터로, 그와 비슷한 거리를 뛴 사람은 아무도 없었다고 한다. 놀랍게도 이 기록은 70년 후에 열린 1회 아테네 올림픽의 멀리뛰기 은메달리스트의 기록과 비슷하다(당시 금메달 기록은 6.35미터). 물론 대학의 체육시간이었으니만큼 정밀하게 측정한 것은 아니었겠지만, 육상선수로서 전문적 훈련을 받은 경험이 없다는 것을 감안한다면 포의 운동신경이 뛰어났음을 짐작할 수 있는 대목이다. 그는 대학을 중퇴하고 열아홉 살에 군에 입대해 2년 만에 상사로 진급했다. 제대 후 입학한 육군사관학교에서도 성적이 좋았던 것을 보면 머리뿐만 아니라 육체적인 면도 보통 사람 이상이었음에 틀림없다. 다만 명령 불복종으로 퇴학당한 것이 옥의 티였는데, 그에게 반골 기질이 없었다면 소설가 대신 유명한 군인이나 운동선수로 이름을 날렸을지도 모른다.

한편 포보다 반세기 정도 늦게 태어났지만, 불후의 명탐정 셜록 홈즈를 탄생시킨 코난 도일 역시 스포츠를 즐긴 작가였다. 약 185센티미터의 큰 체격을 가진 그는 축구팀에서 골키퍼로 뛰었으며, 40대의 나이에도 수준급 크리켓 선수로 활약했다. 또한 나이가 들어서도 골프, 사냥 등 다양한 운동을 즐긴 스포츠맨이었다. 특히 그는 노르웨이에서 배운 스키를 좋아해서, 아내의 요양을 위해 스위스에 머무를 때 열심히 스키를 탔다고 한다.

운동을 취미로 즐겼던 이들과는 달리 운동선수 출신이면서 추리소설가가 되어 성공한 사람이 있다. 평생 경마 관련 미스터리를 발표했던 딕 프랜시스는 그의 작품 소재에서 짐작할 수 있듯 전직 장거리 장애물 경마Steeplechase 기수였다. 기수였던 할아버지와 아버지를 따라 다섯 살 때부터 조랑말을 타면서 승마에 익숙해졌으며, 열다섯 살이 되자 아예 학교를 그만두고 기수를 목표로 삼는다. 제2차 세계대전 때 공군으로 복무를 마치고는 프로 기수가 되어 10여 년간 2305경기 출전, 345회 우승을 거둔 뒤 은퇴한다. 그는 경마 조교가 되는 대신 경마 담당기자로 활동을 하다가 아내의 조언으로 추리소설을 쓰기 시작한다. 결과는 대성공. 매년 100만 부 판매가 보장되는 인기 작가가 되었으며 영국추리작가협회 회장을 역임하는 등 그가 추리소설계에 남긴 발자취는 뚜렷하다.

20세기 프로스포츠가 번성하면서 유명 선수의 작품도 눈에 띈다. 먼저 축구계를 살펴보면, 펠레가 있다. 요즘은 축구평론가로서 항상 빗나가는 예측 때문에 "펠레의 저주"로 유명하지만, 네 차례 월드컵에 출전해 세 번이나 우승한 경력은 그를 세계 최고 선수 반열에 올려놓기에 충분하다. 이 "축구황제" 펠레는 1988년 추리소설가 허버트 레즈니카우와 함께 『월드컵 살인』이라는 추리소설을 발표했다. 미국 월드컵 결승전, 미국과 동독의 경기(불가능해 보이지만 소설이므로)가 벌어지는 도중 미국 프로축구팀 구단주가 살해되자 주인공인 스포츠 기자 마커스 아우렐리우스는 결승전이 끝나기 전에 사건을 해결하기 위해 동분서주한다. 마커스는 미식축구와 프로야구를 다룬 작품(이 역시 유명 선수들과 레즈니카우의 합작)에도 등장한다.

20세기 후반 세계 여자 프로테니스의 여왕이었던 마르티나 나브라틸로바는 은퇴 직후 리즈 니클스와 함께 『토털 존』, 『브레이킹 포인트』, 『킬러 본능』 등 세 편의 추리소설을 발표한다. 전직 프로테니스 스타인 조던 마일스가 아마추어 탐정으로 활약하는 시리즈물이다.

약간 다른 방향이지만, 유명 선수가 탐정 역할을 하는 작품도 있다. 비록 소설이 아닌 만화이지만. 1980년대부터 1990년대 후반까지 프로농구에서 활약했던 찰스 바클리는 『찰스 바클리와 심판 살인자』에 등장해, 경기 도중 자기를 퇴장시킨 심판이 살해되자 사건 해결에 나선다.

스포츠 경기에 접전이 벌어지면 자신도 모르게 손에 땀이 나곤 한다. 이 때문인지 야구팬들은 팽팽한 상황에서 흔들리는 구원투수에게 "작가"라는 호칭을 붙여주는데, 설마 이 "작가"가 로맨스 소설가나 시인은 아닐 테고, 서스펜스가 넘치는 작품을 쓰는 추리소설가임에 틀림없다. 어느새 추리소설가는 스포츠와 매우 밀접한 관계가 되어버린 것이 아닐까.

5

나무, 그리고
숲의 수수께끼

비밀의 세상
숲속을 조심하라

2000년대 들어와 주 5일 근무가 확립되면서 일상생활이 크게 바뀌었다. 매주 연휴가 있는 셈이라, 주말이면 집 안에서 쉬는 대신 야외로 놀러가는 사람이 크게 늘어났다. 하지만 이에 따른 반대급부로 4월의 유일한 공휴일이었던 식목일이 공휴일에서 제외(2006년부터)되었다. 어느덧 10년이 넘었지만, 4월 하면 식목일이 떠오르고 여전히 4월 5일이면 하루 쉴 것 같은 기분이 든다.

야외 활동으로 갈 만한 곳은 다양하다. 해수욕장이나 스키장처럼 특정 계절에만 갈 수 있는 곳과는 달리 수목원이나 삼림욕장 등의 숲은 사시사철 찾아갈 수 있다. 또 편한 복장과 신발만 있으면 되니 별다른 준비가 필요 없다는 것도 장점이다. 울창한 숲길에서 나무를 바라보고 걸을 때 마음이 가라앉았던 경험은 누구나 한 번쯤은 있을 것이다.

이처럼 나무는 사람에게 가까운 존재이다. 하지만 추리소설에서 개나 고양이 탐정은 등장했지만 나무 탐정, 혹은 꽃 탐정은 아직 본 일이 없다. 말도 못 하고 움직이지도 않으니 당연한 일이겠지만, 일본에서 나무로 만든 "안락의자"가 탐정으로 등장한 작품이 있는 것을 보면 어느 상상력 좋은 작가가 나무 탐정을 탄생시킬지도 모르겠다.

하지만 나무는 주인공은 못 되더라도 소재나 소도구로는 적지 않게 쓰이곤 한다. 누가 베어내거나 파내지만 않는다면 한자리에서 꼼짝하지 않고 수백 년을 살아가기 때문에 어떤 표지로 삼기에 최고라 할 수 있다. 에드거 앨런 포의 「황금 풍뎅이」는 암호 추리소설의 선구적 작품이면서 나무를 주요 목표물로 쓴 대표적인 작품이다. 유서 깊은 가문 출신이지만 지금은 외딴섬에서 빈곤하게 살아가는 윌리엄 레그런드의 취미는 곤충채집. 어느 날 신종 황금 풍뎅이를 발견한 그는 근처에서 주운 낡은 양피지로 풍뎅이를 감싸 집으로 돌아오는데, 그 양피지를 불에 쬐자 의미를 알 수 없는 숫자와 기호, 즉 암호들이 나타난다. 머리를 싸맨 끝에 풀어낸 암호는 바로 수십 미터에 달하는 아름드리 백합나무를 가리키고 있었다.

포의 "후계자"인 코난 도일 역시 오래된 나무를 표지로 사용하는 작품인 「머즈그레이브 전례문」을 썼다. 대학 동창의 의뢰로 집사 실종사건을 조사하기 시작한 홈즈는 몇백 년 전부터 전해 내려온 가문의 의식문이 암호라는 것을 알아내는데, 그 암호에서도 떡갈나무가 주요한 표지로 사용되고 있다.

일본 작가 츠하라 야스미의 단편 「백합나무 그늘」(『루피너스 탐정단의 우수』에 수록)은 이보다 소박한 수수께끼를 다룬다. 젊은 나이에 세상을 떠난 여성의 장례식을 찾아간 고등학교 시절 단짝 친구들은 시댁 식구들의 차가운 분위기에 당황한다. 그 이유는 그녀가 죽기 전 시댁 소유의 땅을 시에 기증하게 했기 때문. 그녀가 어떤 나무는 베어버리게 하고 백합나무들만을 남겨놓은 이유는 무엇인지, 남은 친구들은 지혜를 모은다.

나무는 가끔 좋지 않은 측면으로 쓰일 때도 있다. 나무는 대개 가공된 형태(각목이나 몽둥이)의 흉기로 많이 쓰인다. 공포영화에서는 사람 잡아먹는 식인식물도 가끔 나오는데, 현대 문명사회를 배경으로 한 추리소설에 등장시키기는 쉽지 않을 것이다. 그러나 도전정신이 투철한 시마다 소지는 『어둠 비탈의 식인나무』를 발표했다. 1941년, 요코하마의 어둠 비탈에 있는 거대한 녹나무 가지에 온몸이 갈가리 찢긴 여섯 살 여자아이의 시체가 걸려 있다. 그리고 40년 후인 1984년, 어둠 비탈 근처 저택 지붕에 앉은 채 그 거대 녹나무를 바라보는 듯한 자세로 죽은 한 남자가 발견되고, 이어 거대 녹나무의 밑동에서 어린아이로 추정되는 오래된

백골 네 구도 발견된다. 과연 이 나무는 수십 년에 걸쳐서 사람을 잡아먹어 온 괴물 나무일까. 마치 괴기소설처럼 분위기가 이어지지만, 명탐정 미타라이는 명쾌하게 사건을 해결해나간다.

나무가 많아져서 숲을 이루면 멋진 삼림이 되지만, 때로는 무서운 곳으로 변한다. 뒤에 누가 따라오는지 눈치채지도 못하고, 구원을 청하는 외침 소리도 전해지지 않고, 자칫하면 길을 잃을 수도 있는 그런 곳이 되는 것이다. 특히 어린아이들에게는 더욱 그럴 것이다.

숲은 반짝임과 속삭임, 환상으로 가득하다. (……) 바스락거림, 돌풍의 소란스러움, 누구의 것인지 알 수 없는 끊어진 비명소리들. 숲의 빈 공간은 비밀의 세상으로 충만하다. 그 세상은 우리의 눈이 미치지 못하는 곳에서 종종거리며 달리고 있다. 조심하라(『살인의 숲』, 타나 프렌치, 조한나 옮김, 영림카디널).

아일랜드 작가 타나 프렌치의 숲 묘사이다. 그녀의 데뷔작 『살인의 숲』에서 비극이 벌어지는 곳은 집 근처의 숲이다. 열두 살 동갑내기 친구 셋이 가까운 숲에 놀러 가지만 밤이 늦도록 돌아오지 않고, 수색 끝에 소년 하나만 발견된다. 그는 심한 정신적 충격으로 무슨 일이 있었는지 기억하지 못하고, 나머지 두 명은 영영 돌아오지 않는다. 숲에서 살아 돌아온 소년은 과거를 숨기고 이름마저 바꾸어 성장한다. 20년 후 형사가 된 그는 친구들이 실종된 숲에서 어린 소녀의 시체가 발견되자 과거의 트라우마와 싸우며 사건 수사에 나서는데, 모든 단서는 숲속을 향하고 있다.

그러나 숲속의 공포보다 더욱 무서운 것은 따로 있다. G. K. 체스터튼의 단편 「부러진 검의 의미」에서 브라운 신부는 다음과 같이 말한다.

현명한 사람이라면 어디에다가 잎사귀를 숨길까? 숲속이지. 만일 숲이 없다면 그는 숲을 만들려 할 거란 말일세. (……) 자, 누군가 시체를 숨겨야 한다면 그는 그것을 숨기기 위해 시체 더미를 만들 것이란 말일세. (……) 끔찍한 죄악일세.

은유이긴 하지만 현실에서도 "잎사귀를 숨기려고 숲을 만드는" 힘 있는 사람이 있으니 무서울 수밖에 없는 일이다.

스티븐 킹은 체스터튼이나 타나 프렌치보다는 훨씬 밝은 면을 보여준다. 미국 프로야구팀 보스턴 레드삭스의 팬인 그는 『톰 고든을 사랑한 소녀』에서 아홉 살 난 어린 소녀의 모험담을 묘사한다. 주말에 엄마, 오빠와 함께 숲으로 소풍을 나간 트리샤는 뒤처지는 바람에 길을 잃고 만다. 숲속을 헤매는 동안 허기와 외로움이 찾아오고, 무언가가 계속 자신을 따라오는 듯한 기분에 무서움도 생기지만, 유일한 휴대품인 라디오에서 들리는 야구 중계에서 투수 톰 고든의 활약에 힘을 얻어가며 계속 나아간다.

다행히 한국의 수목원이나 삼림욕장은 미국보다는 규모가 훨씬 조촐한 편이라 길을 잃거나 조난당할 염려는 하지 않아도 될 것 같다. 날씨가 좋다면 잠시 책을 덮고 숲을 찾아 나서는 것이 어떨지.

6

인적이 드문 외딴 휴가지, 무슨 일이 벌어질 것 같다

놀러가서도 주의할 것

여름 더위가 본격적으로 찾아오면 휴가철도 시작된다. 어렸을 때는 어디 놀러 간다면 그저 즐거울 따름이라 아무런 고민 없이 뭘 하고 놀 것인지만 생각하면 되었다. 하지만 나이를 먹고 나니 신경 쓸 일도 많아서 요즘은 어디 여행을 가려고 해도 매우 고심을 해야 한다. 우스운 일이지만, 여행을 다녀오면 집이 좋다는 것을 새삼 느끼곤 한다.

추리소설 속에서 가장 사건이 많이 벌어지는 장소는 으리으리한 대저택이나 시골의 낡은 집, 독신자용 원룸 등 아마도 "집"일 것이다. 하지만 집 떠난 곳에서도 많은 사건이 벌어지는데, 그중에서도 휴가지는 많은 사건이 벌어지는 장소다. 사람들은 대개

한적한 곳을 찾아 휴가지를 선택하는 경향이 있다. 도시에서 멀리 떨어졌다는 점, 사람들이 많지 않다는 점, 장소의 특색을 살리기 좋다는 점 등에서 휴가지는 추리소설가가 무서운 계획을 짜기에 안성맞춤이다.

한국추리작가협회에서는 1980년대 중반부터 매년 여름마다 "여름추리소설학교"라는 행사를 개최해오고 있다. 이 행사에서는 강연을 비롯한 여러 가지 프로그램을 진행하는데, 예전에는 "추리소설 백일장"도 있었다. 참가자(소설가가 아닌)가 단편 추리소설을 쓰는 것인데, 제법 많은 작품이 여름추리소설학교 행사장을 배경으로 삼았던 일이 떠오른다. 행사 장소가 도심지에서 약간 떨어진 곳이다 보니 범행 장소로 적합(?)하다고 여겼던 것 같다. 추리소설을 좋아하는 사람들이 모이다 보니 생각도 비슷한 것이 아니었을까 싶다.

만약 추리소설 속의 등장인물이 된다면 휴가지로서 반드시 피해야만 하는 두 가지 지역이 있다.

첫번째로 피할 곳은 너무 외딴 지역이다.

도심지에서 "약간" 떨어진 장소는 여행 기분이 덜 느껴지는 탓인지 좀 더 멀리 떨어진 곳, 즉 무인도나 산속 오지로 가고 싶을 때가 있다. 하지만 이런 곳은 추리소설가가 독자들의 손에 땀을 쥐게 할 수 있는 적합한 곳이다.

대표적인 작품으로 애거서 크리스티의 『그리고 아무도 없었다』를 꼽을 수 있겠다. 전직 판사, 전직 교사, 전직 군인, 의사 등 각계각층의 열 명이 누군가의 초대를 받고 무인도인 "인디언 섬"에 도착한다. 편안한 휴가를 즐기러 온 이들은 정체불명의 초청자가 남긴 녹음기를 통해 자신들의 어두운 과거를 폭로당하고 충격을 받는다. 여기서 그치지 않고 누군가가 그들을 차례차례 살해하기 시작하는데, 단 열 명뿐인데도 누가 살인자인지 알 수 없다는 것이 그들을 공포에 질리게 만든다. 이곳은 요즘처럼 휴대전화도 없고 육지와의 교통수단인 배도 없는 무인도이다. 누군가가 모든 비용을 부담한다고 해서 걱정 없이 왔지만 쉽게 돌아갈 수 없다는 것을 알게 되자 그들은 후회한다.

꼭 무인도가 아니라도 위험하다. 아리스가와 아리스의 『월광 게임』의 배경이 되는 곳은 평범한 산의 캠프장이다. 주인공을 비롯한 대학 추리소설연구회 회원들은 여름 합숙을 위해 산을 찾아가 낭만을 즐기는데, 갑작스러운 화산 활동이 시작되면서 캠프장은 순식간에 고립되어 버리고 만다. 때맞춰 누군가가 살해되자 공포를 느낀 그들은 화산의 위험을 무릅쓰고 필사적으로 산을 내려가기 시작한다. 살인자와 치명적 자연재해 중 어느 것을 먼저 피해야 하는가는 각자의 선택에 맡겨야 할 것이다.

한적한 휴양지에서도 사건은 벌어진다. 와카타케 나나미는 『빌라 매그놀리아의 살인』을 비롯해 "하자키 일상 미스터리" 3부작을 썼는데, 작품의 무대인 가상 도시 "하자키"는 한적하고 낭만적인 바닷가 마을이며 휴가지로도 적합한 곳이다. 이런 작은 마을에서도 의문 속에 사람들이 살해되니 마음 놓고 여행 갈 수 있는 곳은 별로 없는지도 모르겠다.

두번째로 피해야 할 곳은 명탐정이 있는 곳이다.

사건이 벌어진 곳에는 언제나 명탐정이 등장한다. 이는 추리소설의 공식과도 마찬가지이니 전혀 놀라운 일이 아니다. 그러나 추리소설의 세계는 매우 고약해서 그 역逆도 성립한다. 평온한 곳에도 명탐정이 등장하기만 하면 뭔가 무서운 사건이 생기고야 마는 것이다. 그러니 그들을 멋진 주인공이라 해야 할지 아니면 멀쩡한 사람들에게 민폐를 끼치는 존재라고 해야 할지 난감하기만 하다.

영국의 여성작가 크리스티아나 브랜드가 탄생시킨 커크릴 경감은 여러 가지 사건을 해결한 유능한 수사관이다.『위험한 여로』에서 그는 모처럼 휴가를 즐기러 나섰지만, 이탈리아 카프리 섬에서 관광객들을 둘러싸고 벌어지는 수수께끼 같은 연속 살인사건과 마주치고야 만다.

아리스가와 아리스의 일본추리작가협회상 수상작『말레이 철도의 비밀』은 외국 휴양지를 무대로 한다. 주인공인 범죄학자 히무라와 추리소설가 아리스가와는 대학 시절 친구인 타이론의 초대를 받아 말레이시아의 휴양지 카메론 하일랜드를 방문한다. 그들이 도착하자마자 곧 살인사건이 벌어지고, 옛 친구는 살인 용

의자로 의심받기까지 한다. 물론 명탐정인 히무라는 명석한 두뇌로 사건을 해결하지만 본의 아닌 민폐를 끼친다.

명탐정들이 에필로그에서 휴가지로 여행을 떠나는 정도라면 안심할 수 있을까? 데니스 루헤인의 『신성한 관계』나 마이클 코넬리의 『트렁크 뮤직』에서는 주인공들이 사건을 해결한 뒤 휴양지에서 머리를 식히는 장면으로 마무리된다. 그들의 옆에 있던 사람들에게 별다른 일이 생기지 않을지 걱정스럽긴 하지만…….

휴가지를 배경으로 삼은 작품 중 기발한 작품을 꼽으라면 니시자와 야스히코의 『맥주별장의 모험』이 머리에 떠오른다. 주인공 일행은 선배가 소를 보고 싶다고 한 것을 계기로 여름방학 마지막 사흘을 어느 고원지대에서 보내기로 한다. 돌아오던 중 연료가 떨어져 차에서 내려 걸어가다가 어느 별장에 무단으로 들어가게 되는데, 그곳에서 놀라운 사건과 마주친다. 별장 안에는 침대 하나와 맥주가 무려 96캔이나 들어 있는 냉장고밖에 없었던 것. 그들은 도대체 왜 이런 물건들만 존재해야 하는가를 토론하면서 놀라운 결론에 이르고 만다.

여행 갈 때는 물론이고, 혹시 휴가를 못 가더라도 흥미진진한 책 한 권을 잡으면 더위 쫓는 데는 도움이 될 것임에 틀림없다.

7

무인도에
가져가고 싶은 작품

아무것도 할 수 없을 때
읽고 싶은 책은?

설마 모든 사람이 그렇진 않겠지만, "여름" 하면 더위와 함께 휴
가라는 단어가 떠오르고, 여름휴가 하면 바다가 머리에 떠오른
다. 또 "여름은 추리소설의 계절"이라는 말도 있다. 이 광고 문구
와도 같은 구호(?)가 누구의 머리에서 처음 나온 것인지는 알아
내지 못했지만, 반세기 전인 1960년대의 잡지 여름호(대개 7월, 8
월호)에도 "납량특집"이라는 굵은 활자 아래 단편 추리소설들이
게재되었던 것을 보면 분명 꽤 오래된 것임에는 틀림없다. 요즘
도 별로 다를 바가 없어서 여름이면 신문이나 잡지에 "여름에 읽
을 만한 추리소설"을 소개하는 것을 쉽게 볼 수 있을 것이다. 또
한 휴가지로 떠날 때 제법 긴 시간 동안 기차나 고속버스 등을 타

고 가자면 따분해지기도 하는데, 그 따분함을 달래기 위해 추리소설을 한 권 들고 읽는 것도 여행의 즐거움이다.

다만 휴가지에 도착하면 책을 읽을 틈이 있는 사람은 거의 없을 것 같다. "기왕 멀리까지 여행을 왔으니 가족이나 친구와 함께 재미있게 놀아야지 책은 무슨 책" 하는 것이 일반적이다. 그리고 성수기 해수욕장이라면 시끄럽고 번잡해서 글씨가 눈에 들어오지도 않을 것이다.

반면 한적한 곳에 있다면 시간 보내기에 독서만큼 좋은 일도 없다. 서양 사람들은 휴가지에 책을 가져가 해변에서 일광욕을 하는 동안 읽곤 하는데, 이럴 때 읽는 책은 대개 추리소설이 많다. 만약 사람이 살지 않는 무인도에라도 간다면, 책 읽을 시간은 더욱 많아질 것이다. 그렇다면 과연 무인도에는 어떤 책을 가져가야 할까?

엘러리 퀸의 짤막한 글들을 모아놓은 『탐정 탐구 생활』을 보면 "무인도에서 읽을 것"에 대한 이야기가 나온다. "미국 추리소설의 왕" 엘러리 퀸과 "밀실의 제왕" 존 딕슨 카는 뉴욕에 살 때 서로 집이 가까워서 자주 찾아갔다고 한다. 특히 카의 서재는 낡은 벽난로, 벽에 걸린 오래된 칼, 영국산 안락의자 등이 있어서 마치 평화롭고 쾌적한 사교 클럽에 온 것 같았다고 퀸은 회상한다. 그러던 어느 날 평상시처럼 저녁에 만나 밀실 이야기에 열중하던 도중, 퀸에게 갑작스럽게 아이디어가 떠오른다. 그가 발간중인 잡지 『엘러리 퀸 미스터리 매거진』에 "유명한 추리소설가가 좋아하는 추리소설"이라는 코너를 연재하면 어떨까 하는 것이었다. 카는 "좋은 생각이긴 하지만, 훌륭한 작품은 여러 사람에게 선택될 가능성이 많은데 중복된 소개는 의미가 없지 않을까……." 하는 의견을 제시했다. 퀸은 그 생각에 동의했지만, 일단 카에게 머릿속에 떠오르는 단편 추리소설을 열 작품 이야기해보라 했다. 그에 따라 즉석 단편집 구상이 시작되었다.

카가 고른 작품으로는 첫번째로 코난 도일의 홈즈 시리즈 중 하나인 「입술 삐뚤어진 사나이」, 뒤이어 G. K. 체스터튼의 「통로에 있었던 사람」, 토머스 버크의 「오터몰 씨의 손」, 재크 푸트렐의 「13호 독방의 문제」, M. D. 포스트의 「대암호」, 앤서니 버클리의 「우연의 심판」, 리처드 오스틴 프리먼의 「알루미늄 단검」, 브렛

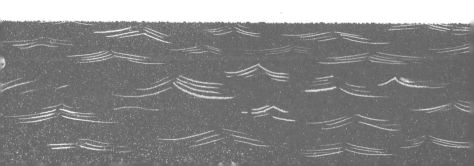

할리데이의 「인정미담」, 윌리엄 호지슨의 「보이지 않는 물체」. 마지막으로 고를 작품이 하나 남자, 카는 마치 호랑이처럼 방을 빙글빙글 돌다가 로널드 녹스의 「동기」를 선택했다(에드거 앨런 포의 작품을 하나도 고르지 않은 이유를 묻자, 카는 "포의 작품은 특별하기 때문에 감히 이 목록에 넣을 수 없다"고 답했다).

이 아이디어는 점점 커져서, 얼마 후 퀸은 여러 명의 지인에게 편지를 보내 역대 단편 추리소설 베스트 선정에 대한 의견을 물었다. 곧 "쓸데없는 생각", 혹은 "고를 자격이 없는 것 같다"는 답장이 돌아왔고, 그중에는 "무인도에 혼자 머물러야 할 때를 위해 생각해볼 만하다."라는 의견도 있었다. 작가, 평론가, 출판편집자, 추리소설 전문서점 경영자, 그리고 독자 등 열두 명이 각각 열두 작품을 골랐는데, 「오터몰 씨의 손」이 열두 명 중 여덟 명에게서 표를 얻어 최고 득표를 했다. 포의 「도둑맞은 편지」, 도일의 「빨간 머리 연맹」, 버클리의 「우연의 심판」 등이 여섯 표, 「13호 독방의 문제」와 로버트 바의 「건망증 클럽」이 다섯 표, 체스터튼의 「보이지 않는 남자」, 포스트의 「나보테의 포도원」, H. C. 베일리의 「노란 민달팽이」, E. C. 벤틀리의 「진품 타바드」, 올더스 헉슬리의 「지오콘다의 미소」, 도로시 세이어즈의 「의혹」 등이 세 표를 얻어 모두 열두 작품이 선정되었다. 퀸은 이 작품들에 "황금의 12"라는 명예로운 호칭을 부여했다(이들 작품들은 대부분 번역되었다).

퀸에게 보낸 누군가의 답장처럼, 이 정도의 걸작이라면 무인도에 혼자 머무를 때 읽으면서 시간을 보내기에는 충분하다.

한편 일본에서는 무인도에 가져가고 싶은 추리소설 설문조사를 한 적이 있다. 그런데 이 설문의 결과는 앞에 언급했던 퀸을 비롯한 선정단의 투표와는 매우 다른 양상을 보였다. 어떤 사람은 아예 "너무 많아서 고를 수가 없다"는 답을 했고, "○○ 출판사의 추리소설 전집"을 통째로 들고 가겠다는 욕심 많은 답변도 있었다. 결과적으로는 유메노 규사쿠의 『도구라마구라』나 오구리 무시타로의 『흑사관 살인사건』 등이 많은 표를 얻었다. 그런데 일본 추리소설에 관심이 많은 분들은 아시겠지만 이 두 작품에 대해 솔직히 평가하자면 아무리 좋게 말하려 해도 흥미진진해서 술술 읽힌다는 말은 할 수가 없다. 일본의 추리소설 연구가인 후지와라 사이타로는 이 두 작품이 "일본 추리소설 베스트" 설문조사를 하면 단골로 순위에 들어가는 것에 의문을 품고 있다. 후지와라 자신조차 두 번 세 번 읽으려 도전했지만, 결국 복잡한 내용 탓에 지겨워져서 끝까지 읽는 데에 실패했다는 것이다. 그는 설문에 답한 사람들도 제대로 읽지 않았지만, 과거의 명성에 이끌려 무책임하게 투표한 것이 아닐까 하는 의견을 제시했다.

다만 "무인도에 가져가고 싶은 책"이라는 전제 아래에서는 충분히 이해가 간다. 설문을 받은 사람들의 기본 전제가 "아무것도 없는 무인도에 혼자 오랫동안 머무른다"는 것이라면, 너무나 재미있어 순식간에 읽어버릴 책보다는 그다지 재미가 없어도 오랜 시간 동안 천천히 읽을 책을 고르는 것이 당연할 것이다(퀸의 글 제목이 "무인도에서 읽을 것"이긴 하지만, 진짜로 무인도에 가져갈 작품을 고르는 것이 아니라 가장 뛰어난 작품을 고르는 설문이라는 점에서 답변에 큰 차이가 날 수밖에 없다). 사실 아무것도 없는 무인도에서 한참 머물러야만 한다면 아무리 지루한 작품이라도 한 줄 한 줄 아껴가면서 읽을 것 같긴 하다.

8　될성부른 나무는···

신인 작가는
어떻게 탄생하는가

크게 성공한 음악가나 운동선수는 이미 유아 시절부터 말도 못 하면서 노래를 흥얼거렸다거나 남들보다 빨리 걸음마를 익혔다는 둥, 어릴 때부터 싹이 보였다는 이야기를 종종 듣곤 한다. 모든 일엔 적성이 있게 마련인데, 이러한 예체능 계열의 재능은 일찌감치 발휘되어서 부모들을 들뜨게 만들기도 한다. 반면 글 쓰는 재주는 훨씬 뒤늦게 발현된다. 최소한 읽고 쓰는 방법을 익혀야 하고, 웬만큼 교육을 받아야 조금 긴 글짓기가 가능하기 때문에 소질을 발견하기까지는 꽤 시간이 걸린다. 유명한 운동선수가 막 태어난 아기를 운동선수로 키우고 싶다는 기사는 많이 봤지만, 유명 소설가가 자기 아기를 소설가로 키우겠다는 이야기는 본 기

억이 없다. 특히 출판시장이 줄어들고 있는 한국에서 그런 말을
했다가는 어림없는 소리라는 핀잔을 들을 것이 틀림없다.

어떤 사람이 자신에게 뛰어난 글재주, 그것도 기발한 추리소설
을 쓸 수 있는 능력이 있다는 것을 깨닫는다면 어떻게 할까? 한
국에서는 아쉽게도 첫발을 내디딜 만한 곳이 별로 없다.『계간 미
스터리』와『미스테리아』등의 추리소설 전문잡지가 있지만, 단
편소설만 투고가 가능하고 장편소설은 불가능하다. 몇 년 전만
해도 제법 많은 상금을 내건 장편 대중소설 공모전이 있었는데,
어느덧 유명무실해진 것 같다.

이런 점에서는 외국, 특히 이웃 일본의 현황이 부러울 수밖에
없다. 일본은 "추리소설의 왕국"이라고 불러도 별로 이상할 것이
없을 정도로 추리소설의 인기가 높은 나라이다. 수백 명에 달하
는 작가가 연간 수백 종의 작품을 쏟아내고, 독자들도 꾸준히 책
을 구입해서 읽는다. 몇 년 전에 "돈을 벌려면 추리소설을 써라."
라는 특집기사를 본 기억이 있는데, 이처럼 상업적으로 큰 성공
을 기대할 정도로 시장의 저변이 넓다. 그만큼 추리소설가 지망생
도 많은데, 일본에는 장편 추리소설 공모전이 많아서 자신을 알
릴 기회가 그만큼 열려 있다(사실 추리 부문만 아니라 문학공모전 자체
가 많은 편이다). 일본의 장편 추리소설 관련 신인 문학 공모전은 열
개 정도(이들 중 두 공모전은 "엔터테인먼트소설"이 응모 대상)인데, 이들
중에서 가장 권위 있는 상은 "에도가와 란포상"이다. 일본 추리

문학계의 태두인 에도가와 란포가 기부한 기금을 바탕으로 1955년부터 시작되었다. 오랜 전통도 있지만 상금 1000만 엔과 단행본 출판, TV 드라마 제작 또는 영화화라는 부상副賞 또한 추리소설가 지망생의 의욕을 끓게 하는 커다란 미끼다. 최근 몇 년 동안의 수상작은 혹평을 받으면서 권위가 떨어졌다는 이야기도 나오지만, 2000년대 이후에는 매년 응모작이 300편이 넘고 본심까지 올라갔다가 탈락한 사람들이 거듭 응모하기도 한다. 히가시노 게이고, 기리노 나쓰오, 다카노 가즈아키 등 한국에서도 잘 알려진 작가들이 에도가와 란포상의 수상자이기도 하다.

2015년에는 에도가와 란포상 수상자를 소개하는 기사가 한국 신문에 실렸다. 뜬금없이 외국의 추리소설 공모전 소식이 소개된 이유는 수상자가 재일교포였기 때문이다. 수상자인 오승호(일본 이름은 고 가쓰히로)는 1981년생으로『도덕의 시간』이라는 작품으로 응모, 전체 316편의 응모작 중 본심까지 올라간 다섯 편을 제치고 수상작으로 뽑혔다. 이 작품은 취재 실패로 일거리를 잃은 비디오 저널리스트가 13년 전 있었던 살인사건 관련 다큐멘터리를 촬영하다가 새로운 살인사건에 말려든다는 내용으로, 심사위원들로부터 "재미있고 매력적인 수수께끼"를 만들어냈다고 호평을 받았다.

그는 초등학교 시절 애거서 크리스티의『애크로이드 살인사건』을 읽고 놀라운 결말에 감탄해 추리소설에 빠져들었다고 한다. 대학에서 영화학을 전공했으나 졸업 후 이력서 한 장 쓰지 않고 3년간 아르바이트로만 생활하다가 어느 날 일자리를 잃자 소설을 써보겠다고 결심한다. 그로부터 시작된 글쓰기는 콜센터에서 아르바이트를 하면서도 계속 이어졌다. 그러다가 지난해 에도가와 란포상의 최종 본심까지 올라간 것에 기운을 얻어 새롭게 쓴 작품이 드디어 수상작이 된 것이다.

이처럼 추리소설 공모전은 어떠한 문학적 재능을 발견한 사람의 디딤돌이 되는 경우가 많다. 하지만 거꾸로 이런 상을 받거나 데뷔작으로 호평을 받은 뒤 후속작이 미흡해 소리 없이 명성을 잃는 작가도 드물지 않다. 첫 작품의 성공은 가능성일 뿐 밝은 앞날을 보장하는 것은 아니다. 이런 방면의 대표적인 예로 꼽히는 작품은 퍼거스 흄이 1886년 발표한 데뷔작 『이륜마차의 미스터리』이다. 흄은 이 작품의 성공으로 평생 여유 있는 삶을 살았으나 이후 발표한 100여 편 가까운 작품에 대한 반응은 미미했다. 작가이자 평론가 줄리언 시먼스는 『블러디 머더』에서 이 작품을 "불가해하게 높았던 판매고 때문에 신기하게 기억되는 책"이지만 "별다른 가치가 없는 책"이라고 평가했다.

대중음악계에 원 히트 원더one-hit wonder라는 용어가 있는데, 단 하나의 곡만 큰 인기를 끈 가수를 의미한다. 추리소설에도 원 히트 원더는 얼마든지 꼽을 수 있을 텐데, 이유는 여럿이다. 『이륜마차의 미스터리』를 쓴 퍼거스 흄처럼 능력의 한계가 드러나서

사라지는 사례가 가장 많을 것이다. 사고나 질병 등의 불상사처럼 작가의 능력과 무관한 경우도 있고, 때로는 새로운 진로를 선택하는 경우도 적지 않다.

앞에 재일교포의 에도가와 란포상 소식을 전했지만, 이보다 10년 전인 2005년에는 재미교포 작가 돈 리가 미국추리작가협회상(일명 에드거상) 장편소설 신인상을 수상했다. 하지만 한국에서는 전혀 보도조차 되지 않았던 것 같다. 1959년생인 돈 리는 미국에서 태어난 한국계 3세로 외교관인 아버지를 따라 서울과 도쿄에서 유년시절을 보냈으며, 한국과 일본에서 생활한 경험을 바탕으로 『모국』을 발표, 에드거상 신인상을 받는다. 1980년, 도쿄에서 리사라는 이름의 여자 대학원생이 실종되면서 시작되는 이 작품은 미국과 일본, 그리고 한국을 넘나들며 벌어지는 스릴러이다. 돈 리는 이 작품으로 추리문학계에서 기대를 받았지만, 본인은 다른 방향을 선택한 것 같다. 현재 그는 대학에서 문예창작을 가르치고 있다. 『모국』 이후 두 편의 장편소설을 발표했지만 추리소설과는 거리가 먼 순문학 작품이다.

이처럼 아무리 뛰어난 재능이 있더라도 선택은 결국 작가 자신의 몫이다. 어쩌면 한국에서는 멋진 떡잎과는 상관없이 경제적 문제로 추리소설 창작을 포기한 재능 있는 숨은 인물이 수두룩할 것 같아서 씁쓸한 마음이다.

9

명맥 끊긴
추리소설 공모

외국에서는 성황인
신인상

연말이 다가오면 눈에 들어오는 것이 "신춘문예 공모" 안내 공지이다. 과거에 비해 문학청년이 줄어든 탓인지 인지도도 많이 떨어졌지만, 많은 유명 문인들이 신춘문예 당선이라는 훈장을 달고 여전히 활동하고 있으며 작가 지망생들이 처음 목표로 삼는 지점이기도 하다.

요즘 신춘문예는 "순문학"의 영역처럼 보인다. 추리소설 부문에서도 스포츠신문들의 신춘문예가 있었으나 2000년대 들어오면서 모두 사라져버렸으니 무척 아쉬운 일이다.

과거를 돌이켜 보면, 한국 추리소설의 선구자 김내성이 일본 유학 도중 탐정소설 잡지인 『프로필』의 공모전을 통해 작가로 데뷔한 것처럼 잡지와 신문 공모전은 작가를 발굴하는 가장 대표적인 경로이다. 일본에서는 20세기 초반부터 수많은 추리소설 전문잡지들이 발간되었다. 이때 유명 작가의 작품만으로는 지면을 메꾸기 어렵다는 판단 아래 작품 공모를 통해 꾸준히 신인 작가를 발굴했고, 이를 통해 "추리소설 선진국"이라는 결실을 맺었다.

반면 비슷한 시기의 한국은 식민통치와 전쟁이라는 척박한 환경 탓에 일본의 저변과는 비교할 수준이 아니었다. 그래도 추리소설의 매력이 독자를 끌어들일 수 있다고 판단한 일부 잡지사에서는 유망한 신진 작가를 찾아내기 위해 공모전을 개최했다. 기록을 뒤져보면, 한국전쟁이 일어난 지 불과 5년 후인 1955년, 대중종합잡지 『희망』은 여섯 분야의 문예공모전을 여는데, 그중에 탐정소설이 포함되어 있었다(나머지는 "명랑소설", "엽편소설(콩트)", "실화/미담", "나의 생활 공개 - 특히 전쟁미망인", "만화"). 탐정소설 부문 상금은 2만 환이었는데, 『희망』 잡지의 가격이 300환이었으니 엄청난 상금은 아니었던 것 같다. 심사위원은 당대 유명 소설가인 김내성과 방인근이었고, 허문녕의 「결혼저주마結婚咀呪魔」가 당선작으로 뽑혔다. 1956년 『야담』에서도 "시대탐정소설" 분야의 공모전이 있었으며, 『주간한국』에서는 1965년부터 단편이 아닌 장편 추리소설을 공모했다. 1970년까지 총 8회에 걸쳐 진행되었지만, 심사위원들이 까다로웠던 탓인지(정비석, 한운사, 조풍연, 이어령, 장덕조, 박경리, 유주현, 선우휘, 이가형 등 유명 문인과 언론인이었다.) 문윤성의 『완전사회』, 유춘기의 『벙어리 초인종』 등 당선작은 단 두 편 뿐이었고, 가작이 세 편 나오는 데 그쳤다.

1980년대에는 스포츠신문들의 신춘문예 공모가 시작되어 추리소설가 지망생들의 목표 지점이 되었다. 다만 앞서 언급했던 대로 《스포츠서울》은 1986년에서 2001년, 《일간스포츠》는 1996년에서 2000년까지 진행하면서 막을 내렸다. 이후에도 일부 신문사나 출판사에서 "대중소설" 부문의 공모전을 몇 차례 개최했지만, 10년 이상 이어지는 행사를 찾기 어려운 상황을 보면 아직 "진정한 대중성"을 찾지 못한 게 아닐까.

한국에 비해 외국, 특히 일본은 공모전을 통한 작가 발굴이 대단히 활발한 편이다.

일본의 신인 작가상은 수상의 명예 외에도 함께 따라오는 부상(대부분 상금)이 있다. 농담 반 진담 반으로 상금 때문에 글을 썼다는 작가들도 있으니 대단히 큰 목적의식(?)을 주는 요소이다. 가장 오랜 전통을 가진 에도가와 란포상은 한동안 1000만 엔이라는 최고의 상금이 걸려 있었는데, 2002년 창설된 "이 미스터리가 대단하다!" 대상은 거기에 200만 엔을 더 얹은 1200만 엔의 상금을 내걸고 추리작가 지망생들의 관심을 받으며 매년 응모작의 성황을 이루고 있다. 이외의 주요 신인 공모전으로는 "요코미조 세이시 미스터리 대상"(400만 엔), "일본미스터리문학대상 신인상"(500만 엔), "마쓰모토 세이초상"(500만 엔), "신초 미스터리 대상"(300만 엔), "아유카와 데쓰야상"(인세 전액) 등이 있으니, 일본은 추리작가 지망생들의 천국이 아닐까 싶다.

서구 쪽에서는 "공모전" 개념을 찾아보기 어려운 편이다. 프랑스의 대표적인 신인상 공모전으로는 "파리 경찰청장상Prix du Quai des Orfevres"을 들 수 있다. 1946년부터 시작된 이 공모전은 상의 이름에서 눈치챌 수 있는 것처럼 파리 경찰본부가 후원(상의 명칭은 경찰본부가 있는 거리 이름이다.)하며 심사위원으로 평론가와 저널리스트 이외에 경찰 관계자도 참여해 경찰 사법활동 묘사의 정확성을 중요하게 평가하는 것으로 알려져 있다. 수상자에게는 777유로의 상금이 수여되며 파이야르 출판사에서 최저 5만 부 출간 보장을 내걸고 있다.

영국추리작가협회상 중에도 공모전의 성격을 띤 신인상이 있다. 1998년 창설한 "데뷔 대거"는 출간되지 않은 작품을 심사 대상으로 삼는다. 공식 홈페이지의 안내를 보면 "이 작품의 수상이 당신의 책 출판을 보장하지 않는다"는 문구가 있는데, 실제로 역대 수상작 열여덟 편 중 출간된 작품은 놀랍게도 여덟 편에 불과하니 영국 출판계는 무척 험난하다는 인상이 든다.

미국의 경우는 약간 다르다. 에도가와 란포상을 일본추리작가협회가 주관하는 것처럼 에드거상 신인상은 미국추리작가협회가 주관하지만, 비공모와 공모라는 점이 큰 차이다. 즉 에드거상 신인상은 이미 출간된 작품 중에서 심사하는 반면, 일본의 에도

가와 란포상은 미발표 작품을 심사한다. 그러므로 작품 성격이나 수준과는 별개로 미국에는 신인상을 받을 기회가 단 한 차례밖에 없는 반면, 일본에는 끈기와 실력만 있다면 다음 기회를 노려볼 수도 있다. 실제로 몇 년 동안 도전한 끝에 성공한 작가가 많으며, 본심에 여러 차례 오르고도 수상에 실패해 다른 공모전을 택해 당선된 작가도 드물지 않다. 그러다 보니 훗날 성공하고서도 "본심에도 못 올라가서 자괴감을 가졌다"는 아쉬움을 토로하는 낙방 작가들도 종종 있다.

여담이지만, 수상자의 나이는 어느 정도일까 하는 궁금증도 든다. 운동선수나 연예계 신인이라면 10대, 20대의 새파란 젊은이를 떠올리겠지만, 검색을 해보면 문학계는 상황이 좀 달라 어느 정도의 연륜이 있음이 드러난다. 출생연도 확인이 가능한 미국 추리작가협회 신인상 수상자 중 최연소는 만 25세로『죽음의 키스』의 아이라 레빈이며, 최고령 작가는『모비를 찾아라』로 상을 받은 A. H. Z. 카로 당시 70세였다. 30, 40대가 대부분이며, 레빈의 최연소 기록이나 카의 최고령 기록은 쉽게 깨질 것 같지 않다.

한편 일본 에도가와 란포상의 최연소 수상 작가는 24세의 카미야마 유스케(2004년 수상)이며, 1977년 수상자인 후지모토 센은 54세로 최고령 수상자 기록을 32년간 보유 중이다. 일본도 30, 40대 수상자가 주류라는 점은 미국과 마찬가지다.

10

겨울 미스터리

폭설, 기발한 트릭
만들기에 딱이야

12월 끝자락의 크리스마스, 그리고 이어지는 연말 분위기는 겨울을 한껏 느끼게 하는 통과의례이다. 한 해를 마무리할 시점이 다가오는 만큼 모든 사람이 분주하고 신경 쓸 일도 많기 때문에 그에 따라 책을 읽을 시간도 줄어드는 약간 아쉬운 시기이기도 하다. "추리소설의 계절"로 불리는 여름에 비해 독자가 추리소설을 많이 찾는 분위기는 아닌 것 같다. 하지만 독자가 아닌 작가가 작품을 쓰는 입장에서 보면 겨울 쪽을 오히려 매력적으로 생각하는 것 같다. 크리스마스, 눈, 얼음……. 평범하면서도 한겨울에만 볼 수 있는 이런 소재는 고전적 수수께끼 풀이 소설을 쓰는 작가에서부터 현대 액션소설을 쓰는 작가에 이르기까지 다양한 창작

의욕을 북돋우곤 한다.

추리소설 전문잡지『미스터리 독자 저널』편집자이자 2016년 미국추리작가협회상 엘러리 퀸 상(추리소설 출판계에서 뛰어난 업적을 남긴 사람에게 수여한다.) 수상자로 내정된 재닛 루돌프는 "미스터리 팡파르"라는 블로그도 운영하는데, 그곳의 "크리스마스 미스터리" 항목을 살펴보면 600편 이상의 작품 목록을 확인할 수 있다. 아쉽게도 일부만이 번역되어 있지만, 번역된 작품들은 대부분 걸작, 혹은 최소한 누군가에게 추천해도 민망하지 않을 정도로 훌륭한 작품들이다. 고전 작품으로는 코난 도일의 단편「푸른 석류석」, 애거서 크리스티의『푸아로의 크리스마스』,『시태퍼드 미스터리』, 엘러리 퀸의『최후의 일격』,『재앙의 거리』, 시릴 헤어의『영국식 살인』, 대실 해밋의『그림자 없는 남자』등이 있고, 21세기의 작품으로는 아날두르 인드리다손의『목소리』, 요 네스뵈의『레드브레스트』, 루이즈 페니의『치명적인 은총』등이 눈에 띈다. 여담이지만 목록을 살펴보니 조이스 크리스마스라는 작가의 작품이 두 편이나 포함되어 있던데, 이름만 봐서는 크리스마스 미스터리를 잘 쓸 것 같다는 엉뚱한 생각이 들었다.

셜록 홈즈 시리즈 첫번째 단편집인『셜록 홈즈의 모험』에 수록된「푸른 석류석」은 홈즈의 이야기 중에서 유일하게 크리스마스를 배경으로 삼고 있으며, 요즘에는 보기 어려운 따뜻한(?) 분위기를 풍기는 작품이다. 누군가가 잃어버린 거위 배 속에서 값비싼 푸른 보석이 발견되고, 홈즈는 특유의 추리력을 유감없이 발휘해 범인을 찾아낸다. 그러나 홈즈는 범인을 경찰에 넘기면 상습범이 될지도 모른다는 생각에, 호되게 꾸짖고 쫓아버리는 아량을 발휘한다. 사람이 죽거나 다치지도 않고, 모두 만족스러운(범인만을 빼고) 결말을 맞이하는 인간적인 이야기이다.

크리스마스가 배경이지만, 약간 이색적인 작품으로는 남아프리카공화국 출신 작가 제임스 매클루어의 『구스베리 풀』이 있다. 가공 도시 트레커스버그를 무대로 수사관 트롬프 크레이머와 미키 존디 콤비가 활약하는 시리즈 중 세번째 작품이다. 이 작품에서는 크리스마스를 전후해 살인사건이 벌어지는데, 남아프리카가 배경인 만큼 눈이나 추위는커녕 시원한 곳을 찾아야 할 정도로 무더운 날씨라는 것이 독특하다(그래서인지 일본에서는 『무더운 크리스마스』라는 제목으로 출간되었다).

겨울에만 볼 수 있는 눈에는 다양한 특성이 있다. 눈이 내리면 즐거울 수도 있지만 갑작스러운 폭설은 교통을 마비시키는 성가신 존재가 된다. 물의 기본적인 특성, 즉 얼었다가 녹았다가 증발하는 성질을 가지고 있어서 기발한 트릭을 만들기에 적합하다. 퀴즈 등으로 잘 알려진 트릭을 살펴보면, 범죄현장에 도착한 발자국만 있고 떠난 발자국은 없다(뒷걸음질로 걸어갔다.), 여러 사람이 있었던 것 같은데 발자국은 하나다(한 줄로 가면서 밟은 자리만 밟고 걷거나 업고 갔다.), 사람이 아닌 짐승 발자국만 있다(짐승 발자국

모양을 한 죽마를 탔다.), 벌판이나 절벽에서 발자국이 중간에서 없어져 버렸다(기구나 헬리콥터의 줄사다리 등을 잡고 떠났다.)는 등 잠깐 감탄할 만한 것들이 많다. 하지만 과연 실제로 가능할까 생각해보면 현실성이 없어서 "좋은" 작품이라고 하기에는 부족함이 느껴진다. 그보다는 범인이 자신의 범죄와 자취를 숨기는 수단으로 눈을 사용하는 것이 현실적이다. 날씨가 추워서 눈이 녹지 않는 동안 제법 긴 시간을 벌 수 있기 때문이다. 마틴 크루즈 스미스의 『고리키 공원』에서는 모스크바 고리키 공원의 쌓인 눈이 차츰 녹으면서 세 명의 시체가 사람들의 눈앞에 드러난다. 신원을 확인하기 힘들 정도로 얼굴을 심하게 훼손한 데다가 사건 발생 시점마저 알아내기 어려워서, 범인을 찾아내는 것은 거의 오리무중이 되어버린다.

애거서 크리스티의 『오리엔트 특급 살인』에서는 폭설로 멈추어 버린 유럽 대륙 횡단 특급열차 1등석에서 살인사건이 벌어진다. 누군가가 밖에서 들어왔다가 달아나는 것은 불가능하기 때문에 범인은 분명 승객 중 누군가임에 틀림없다. 마침 이 기차 안에 타고 있던 명탐정 에르퀼 푸아로 덕택에 사건은 무리 없이 해결되고, 파격적인 트릭은 이 작품을 영원한 걸작의 위치에 올려놓았다.

일본 작가의 작품 중에도 폭설로 고립된 장소가 배경이 되는 작품이 종종 있다. 구라치 준의 『별 내리는 산장의 살인』에서는 눈 때문에 꼼짝달싹 못 하게 된 산장에서 벌어지는 연쇄살인을 다룬다. 이 작품도 『오리엔트 특급 살인』에서와 마찬가지로 마침 "명탐정"이라 할 만한 인물이 머무르고 있어서 사건을 조사하는 데, 속임수가 전혀 없는 것처럼 보이면서도 막판에 "앗, 속았다!"라는 말이 나올 정도의 기막힌 반전을 보여준다.

히가시노 게이고의 『백은의 잭』은 스키장을 배경으로 삼고 있다. 스키장에 폭탄을 설치했다는 협박 이메일이 도착하사, 실무자는 손님의 안전을 위해 경찰에 신고하자고 주장한다. 하지만 소문이 퍼지면 스키장 영업에 좋지 않다면서 협박범의 요구를 들어주고 사건을 덮어버리자는 경영진들의 명령에 밀리고 만다. 돈을 넘겨주고 무사히 마무리되면 좋겠지만, 누구나 예상할 수 있듯 일은 점점 꼬이면서 위험한 상황까지 이어진다. 히가시노 게이고는 본인이 스키와 스노보드를 즐기기 때문인지 과거에도 스키점프 선수를 등장시킨 장편 추리소설 『조인鳥人계획』도 발표한 바 있다.

과거 애거서 크리스티가 현역으로 왕성한 활동을 하던 시절, 출판사에서 "크리스마스에는 크리스티를"이라는 문구로 그녀의 신작을 크리스마스에 선물하라는 광고도 했다. 이 이야기를 들으면 겨울도 추리소설 읽기에 좋은 시기인 것 같다.

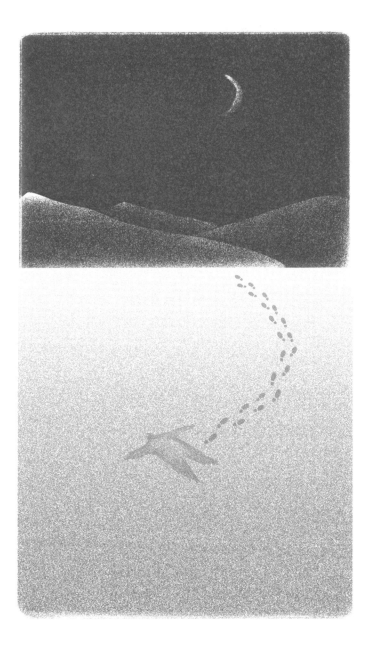

단행본

다카하시 데쓰오, 고려대학교 일본추리소설연
구회 옮김, 『미스터리의 사회학』, 역락, 2015.

로빈스, 그웬, 임부희 옮김, 『애거서 크리스티
의 비밀』, 해문출판사, 1990.

시먼스, 줄리언, 김명남 옮김, 『블러디 머더』,
을유문화사, 2012.

챈들러, 레이먼드, 최내현 옮김, 『심플 아트 오
브 머더』, 북스피어, 2011.

크리스티, 애거서, 김시현 옮김, 『애거서 크리
스티 자서전』, 황금가지, 2014.

Ashley, Mike, *The Mammoth
Encyclopedia of Modern Crime
Fiction*, Caroll & Graf, 2002.

Bourgeau, Art, *The Mystery Lover's
Companion*, Crown, 1986.

Bunson, Mathew, *The Sherlock
Holmes Encyclopedia*, Pavilion, 1995.

DeAndrea, William L., *Encyclopedia
Mysteriosa*, Prentice Hall, 1994.

Haining, Peter, *The Complete Maigret*,
Boxtree, 1994.

Haycraft, Howard, *Murder for
Pleasure: The Life and Time of the
Detective Fiction*, Carroll & Graf, 1941.

Herbert, Rosemary, *The Oxford
Companion to Crime & Mystery Writing*,
Oxford, 1999.

Keating, H. R. F., *Crime and Mystery:
the 100 Best Books*, Carroll & Graf, 1987.

Keating, H. R. F., *Whodunit?: A Guide
to Crime, Suspense & Spy Fiction*, Van
Nostrand Reinhold, 1982.

Loughery, John, *Alias S. S. Van Dine:
The Man Who Created Philo Vance*,
Scribners, 1992.

Malloy, William, *The Mystery Book of
Days*, The Mysterious Press, 1990.

Murphy, Bruce F., *The Encyclopedia
of Murder and Mystery*, St. Martin's
Minotaur, 1999.

Pearsall, Jay, *Mystery & Crime:
The New York Public Library Book of
Answers*, Fireside, 1995.

Pronzini, Bill & Muller, Marcia, *1001
Midnights: The Aficionado's Guide to
Mystery and Detective Fiction*, Arbor
House, 1986.

Queen, Ellery, *In The Queen's Parlor*,
Simon and Schuster, 1957.

Stein, Kate, *The Armchair Detective
Book of Lists*, Otto Penzler Books, 1995.

Steinbrunner, Chris & Penzler, Otto,
Encyclopedia of Mystery and Detection,
McGraw-Hill, 1976.

Stout, Rex, *The Nero Wolfe Cookbook*,
Penguin Books, 1981.

The Monday Murder Club, *A Miscellany
of Murder*, Adams Media, 2011.

Webb, Nancy & Webb, Jean Francis,
*Plots & Pans: Recipes and Antidotes
from The Mystery Writers of America*,

Wynwood, 1989.

Wynn, Dilys, *Murder Ink*, Workman
Publishing, 1984.

渡辺剣次,『ミステリイ・カクテル』, 講談社
文庫, 1985.

由良三郎,『ミステリーを科学したら』, 文
春文庫, 1991.

仁賀克雄,『江戸川乱歩99の謎: 生誕百年·
探偵小説の大御所』, 二見書房, 1994.

日本推理作家協會,『ミステリーの書き
方』, 幻冬舎, 2010.

直井明,『本棚のスフィンクス: 捉破りの
ミステリ·エッセイ』, 論創社, 2008.

ホヴェイダ, フレイドン(Fereydoun Hoveyda),
『推理小説の歴史はアルキメデスに始ま
る』, 東京創元社, 1981.

잡지

『**The Armchair Detective**』, *The Armchair
Detective Magazine Inc.*, 1978~1997.

『**EQ**』, 光文社, 1978~1999.

『**ミステリマガジン**』, 早川書房,
1980~2016.

(1920), 『애크로이드 살인사건』(1926), 『그리고 아무도 없었다』(1939)

키팅, H. R. F. 『추리소설 쓰는 법』(1986)

킹, 스티븐 『캐리』(1974), 『살렘스 롯』(1975), 『샤이닝』(1977), 『리타 헤이워드와 쇼생크 탈출』(1982), 『스탠 바이 미』(1982), 『살아 있는 크리스티나』(1983), 『시너 Thinner』(1984) 미번역, 『그것』(1986), 『미저리』(1987), 『토미노커』(1987), 『조이랜드』(2013), 『미스터 메르세데스』(2014)

포, 에드거 앨런 「검은 고양이」(1843)

푸트렐, 재크 「13호 독방의 문제」(1905)

피슈테르, 장 자크 『편집된 죽음』(1993)

해리스, 로버트 『고스트라이터』(2007)

황세연 『떠도는 시체』(1998)

휘터커, 아서 「지명수배된 사나이 The Case of the Man Who was Wanted」(1892~1910?) 미번역

3장 사건들

가보리오, 에밀 『르루주 사건』(1866)

그리샴, 존 『타임 투 킬』(1989)

기기 다카타로 『아름다움의 비극美の悲劇』(1953) 미번역

김내성 『마인』(1936), 『사상의 장미』(1953), 『실락원의 별』(1957)

김용환 『흑연』(1956), 「적량리 사건」(1957)

김재희 『경성 탐정 이상』(2012)

나오이 아키라 『책장의 스핑크스 本棚のスフィンクス 捉破りのミステリ・エッセイ』(2008) 미번역

다카기 아키미쓰 『문신 살인사건』(1948)

더닝, 존 『책 사냥꾼의 죽음』(1992)

덱스터, 콜린 『옥스퍼드 운하 살인사건』(1989)

덴도 신 『대유괴』(1978)

도일, 아서 코난 『주홍색 연구』(1887), 『네 사람의 서명』(1890), 「보헤미아 왕국 스캔들」(1891), 「빨간 머리 연맹」(1891), 『셜록 홈즈의 모험』(1892), 『셜록 홈즈의 회상』(1894), 「프라이어리 학교」(1904)

디버, 제프리 『카르트 블랑슈』(2011)

디킨스, 찰스 『에드윈 드루드의 비밀』(1870)

라이스, 크레이그 · 맥베인, 에드 「에이프릴 로빈 살인 The April Robin Murders」(1958) 미번역

러들럼, 로버트 『챈슬러 원고 The Chancellor Manuscript』(1977) 미번역

레빈, 아이라 『로즈메리의 아기』(1967), 『로즈메리의 아들』(1997)

루헤인, 데니스 『전쟁 전 한 잔』(1994)

맥베인, 에드 『킹의 몸값』(1959)

모펫, 클리블랜드 「수수께끼의 카드」(1895)

미야베 미유키 『맏물 이야기』(1995), 「가모우 저택 사건」(1996), 『외딴집』(2002)

미카미 엔 『비블리아 고서당 사건수첩』(2011)

밀른, A. A. 『빨강집의 수수께끼』(1922)

밴 다인, S. S. 『벤슨 살인사건』(1926), 『비숍 살인사건』(1929)

버고, 아트 『미스터리 애호가의 지침서 The Mystery Lovers Companion』(1986) 미번역

벤틀리, 에드먼드 클러리휴 『트렌트 최후의 사건』(1913)

보너, 마저리 『칼의 마지막 뒤틀림 The Last Twist of the Knife』(1946) 미번역

부스, 마틴 『코난 도일』(1997)

브라운, 댄 『다빈치 코드』(2003)

블록, 로버트 『사이코』(1959)

스미스, 마틴 크루즈 『고리키 공원』(1981)

histoire du roman policier』(1965) 미번역

힐, 조 『하트 모양 상자』(2007)

4장 조연들

가노 료이치 『제물의 야회』(2006)

가드너, 얼 스탠리 『관리인의 고양이』(1935)

가드너, 존 『모리어티의 귀환』(1974), 『모리어티의 복수』(1975), 『모리어티Moriarty』(2008) 미번역

가르시아, 에릭 『익명匿名 렉스Anonymous Rex』(1999) 미번역

가사이 기요시 『묵시록의 여름』(1981)

그리샴, 존 『펠리컨 브리프』(1992)

김내성 『무마霧魔』(1939)

도일, 아서 코난 『네 사람의 서명』(1890), 『셜록 홈즈의 모험』(1892), 『바스커빌 가문의 사냥개』(1901), 『실종된 스리쿼터백』(1904), 『죽어가는 탐정』(1913)

도일, 아서 코난·클링거, 레슬리 『주석 달린 셜록 홈즈』(2004)

드밀, 넬슨 『플럼 아일랜드』(1997)

디버, 제프리 『코핀 댄서』(1998), 『블루 노웨어』(2001), 『브로큰 윈도』(2009)

라르손, 스티그 『밀레니엄』 시리즈

루헤인, 데니스 『리브 바이 나이트: 밤에 살다』(2012)

마치, 윌리엄 『배드 시드』(1954)

미야베 미유키 『퍼펙트 블루』(1989), 『명탐견 마사의 사건 일지』(1997), 『이름 없는 독』(2006)

미요시 토루 『컴퓨터의 몸값』(1981)

밴 다인, S. S. 『드래건 살인사건』(1934)

브라운, 릴리언 잭슨 『거꾸로 읽을 수 있는 고양이The Cat Who Could Read Backwards』

(1966) 미번역

스도 야스오 엮음 『애거서 크리스티 백과사전 アガサ・クリスティー百科事典』(2004) 미번역

스미스, 톰 롭 『차일드 44』(2008)

심농, 조르주 『누런 개』(1931)

아를레, 카트린 『지푸라기 여자』(1956)

아이리시, 윌리엄 「만찬 후의 이야기」(1944)

아일스, 프랜시스 『살의』(1931)

아카가와 지로 『삼색털 고양이 홈즈의 추리』(1978), 『삼색털 고양이 홈즈의 회전무대三毛猫ホームズの回り舞台』(2015) 미번역

오쿠노 슈지 『내 아들이 죽었습니다』(2006)

유라 사부로 『미스터리를 과학하면ミステリーを科学したら』(1991) 미번역

일본추리가협회 엮음 『미스터리 쓰는 방법 ミステリーの書き方』(2010) 미번역

정유정 『28』(2013)

코넬리, 마이클 『허수아비』(2009)

쿡, 로빈 『바이러스』(1987), 『벡터』(1999)

쿤츠, 딘(커피, 브라이언) 『어둠의 소리』(1980)

퀴넬, A. J. 『크리시 2: 죽음을 부르는 사나이』(1992)

크라이튼, 마이클 『안드로메다 스트레인』(1969), 『먹이』(2002)

크리스티, 애거서 「이집트 무덤의 모험」(1924), 『시태퍼드 미스터리』·「헤이즐무어 살인사건」(1931), 『3막의 비극』(1935), 『구름 속의 죽음』(1935), 『그리고 아무도 없었다』(1939), 『애거서 크리스티 자서전』(1977)

킹, 스티븐 『스탠드』(1978)

포, 에드거 앨런 「검은 고양이」(1843)

포사이스, 프레더릭 『자칼의 날』(1971)

박광규

고려대학교 대학원(비교문화비교문학협동과정)에서 석사학위를 받았다. 계간 『미스터리』 편집장, 월간 『판타스틱』과 한국어판 『엘러리 퀸즈 미스터리 매거진』 편집위원으로 활동했으며 한국 추리작가협회 사무국장을 역임했다. "블랙캣 시리즈" 등을 비롯한 다수 추리소설 해설을 썼고 주간경향, 스포츠투데이 등에 칼럼을 연재했다. 2012년부터 해방 이후부터 1970년대까지의 한국 추리소설을 조사, 정리 작업을 하면서 계간 『미스터리』에 「한국 추리소설사 발굴」을 연재하고 있다. 저서로는 『우리 시대의 대중 문화』, 『일본추리소설사전』(공저) 등이 있고, 역서로는 『지킬 박사와 하이드 씨』, 『세계 추리소설 걸작선』(공역) 등이 있다.

미스터리는 풀렸다!

1판 1쇄 찍음 2016년 11월 25일
1판 1쇄 펴냄 2016년 11월 30일

지은이 박광규
그린이 어희경
펴낸이 정성원·심민규
펴낸곳 도서출판 눌민

출판등록 2013. 2. 28 제2013-000064호
주소 서울시 마포구 양화로 156, 1624호 (04050)
전화 (02) 332-2486 **팩스** (02) 332-2487 **이메일** nulminbooks@gmail.com

Text©박광규 2016
Illustrations©어희경 2016

Printed in Seoul, Korea
ISBN 979-11-87750-02-4 03800

이 책은 한국출판문화산업진흥원 2016년 우수출판콘텐츠 제작 지원 사업 선정작입니다.

이 도서의 국립중앙도서관 출판예정도서목록(CIP)은 서지정보유통지원시스템 홈페이지(http://seoji.nl.go.kr)와 국가자료공동목록시스템(http://www.nl.go.kr/kolisnet)에서 이용하실 수 있습니다. (CIP제어번호: CIP2016028185)